RAPPORT

L'EXPOSITION INTERNATIONALE

DE PHILADELPHIE

RAPPORT

SUR

L'EXPOSITION INTERNATIONALE

DE PHILADELPHIE

PAR

ERNEST VAN BRUYSSEL

Consul général de Belgique à la Nouvelle-Orléans

BRUXELLES
IMPRIMERIE ADOLPHE MERTENS
22, RUE DE L'ESCALIER, 22

—

1877

OUVRAGES DU MÊME AUTEUR :

Histoire du Commerce et de la Marine en Belgique, 3 vol. in-8o, Bruxelles 1863.

L'Industrie et le Commerce en Belgique, leur état actuel et leur avenir, 1 vol. in-8o, Bruxelles 1868.

Monsieur le Ministre,

L'Exposition internationale de Philadelphie, dont vous m'avez donné la mission d'étudier les richesses, constituait, dans son vaste ensemble, trois grandes sections parfaitement distinctes.

La première, essentiellement archéologique, résumait en quelque sorte l'histoire de la civilisation américaine, et comprenait un véritable musée, où toutes les phases de la vie sociale aux États-Unis, à différentes périodes, se trouvaient indiquées par une série d'objets intéressants et variés.

La seconde, consacrée plus spécialement à l'ethnologie, nous initiait au genre d'existence des tribus indigènes du *Far-West*, dont nous retrouvions là, avec profusion, les instruments de pêche, de chasse et de guerre, les emblèmes symboliques, les costumes, les ustensiles et les grossiers essais de fabrication industrielle.

La troisième, et la plus belle sans contredit, était réservée au travail de l'homme, dans tous les pays, à l'époque actuelle. C'est celle dont l'examen offrait l'intérêt le plus pratique et qui a particulièrement attiré notre attention.

Les subdivisions que nous venons de définir avaient leur raison d'être. L'Exposition internationale de Philadelphie, commémorative de la déclaration d'indépendance proclamée le 4 juillet 1776, se rattachait, par ce fait, à la fondation de l'Union américaine : les reliques du passé devaient donc y trouver place. Installée d'autre part dans une immense contrée, où vivent concurremment des races distinctes, elle eut été incomplète si elle n'en avait reflété les aptitudes diverses : de là l'extension donnée aux collections ethnographiques. Organisée, enfin, par un peuple intelligent et progressif, il fallait qu'elle fût de notre temps et qu'elle nous présentât, dans un cadre imposant, la manufacture indigène à côté des produits étrangers, les merveilles de la science et de l'art modernes.

Ce plan, parfaitement conçu, présentait de sérieuses difficultés d'exécution. Au point de vue local, il exigeait la coopération active de tous les États faisant partie de l'Union américaine. Or cette coopération n'était pas aisée à obtenir, car ces États, en ce qui concerne l'application de leurs ressources particulières, jouissent encore d'une certaine autonomie et, ce qui est plus grave, n'ont pas les mêmes tendances commerciales. En effet, les districts du Nord et de l'Est, essentiellement manufacturiers, réclament le maintien du régime protecteur, qu'ils considèrent — erronément d'après nous — comme favorable à leur développement, tandis que les districts du Sud et de l'Ouest, plus exclusivement agricoles, désirent le libre échange, ou tout au moins une législation douanière très libérale. Les États de l'Atlantique sont, de plus, en constantes relations avec l'Europe, tandis que ceux du Pacifique, trop éloignés de ce continent, ont plutôt intérêt à multiplier leurs rapports avec la Chine, le Japon et autres contrées avoisinantes.

Quant au concours étranger, indispensable également au succès de l'entreprise, il ne semblait rien moins qu'assuré. Comment décider en effet les manufacturiers d'Europe à exposer leurs produits dans un pays d'où ils sont écartés, systématiquement, par des droits quasi prohibitifs ? Les relations qu'ils y ont conservées sont de celles qu'il est impossible de rompre, mais quant à s'y créer de nouveaux débouchés, ils ne pouvaient s'y attendre, au moins tant qu'on n'y admettrait pas le seul régime digne d'une grande nation : celui de la libre concurrence. Quels avantages devaient-ils retirer, dans la situation actuelle, d'une lutte forcément inégale ? Qui leur garantissait, d'ailleurs, dans cette contrée lointaine, où toute procédure est dispendieuse, la propriété de leurs types, de leurs modèles, de leurs marques de fabrique ?

Ces difficultés n'ont été vaincues qu'en partie. Les sections manufacturières et commerciales du Nord et de l'Est, formant la grande zone territoriale qui compose le versant de l'Atlantique, ont répondu immédiatement à l'appel qui leur a été fait. Il n'en a pas été de même des États du Sud, qui ont été très imparfaitement représentés au Centenaire. Quant aux États de l'Ouest, sauf quelques exceptions, ils n'y ont exhibé que des collections minéralogiques, qui étaient, il est vrai, d'une grande valeur.

Le succès n'a pas été plus complet auprès des manufacturiers d'Europe, dont l'intelligente activité est loin de s'être manifestée, dans tout son éclat, à Philadelphie. Beaucoup d'entre eux, et des plus renommés, guidés par les considérations que nous avons déjà énumérées, se sont abstenus d'y faire aucun envoi.

Les adhésions obtenues — et nous venons de voir que ce n'était pas chose facile — restait à déterminer le mode d'organisation de l'entreprise. Or plusieurs États américains, tout en consentant à contribuer à l'étalage général, tenaient à installer, dans le parc de Fairmount, des expositions spéciales, exclusivement consacrées à leurs productions. C'était, pour chacun d'eux, un appel direct à l'émigration étrangère, dont tous apprécient les bénéfices réels. D'autre part, il devait en résulter un certain éparpillement, défavorable aux études d'ensemble et de nature à diminuer l'effet de l'exhibition collective.

Les promoteurs du Centenaire ont eu des concessions à faire à ces exigences. De plus, n'ayant reçu du Gouvernement Fédéral qu'un appui tardif et assez limité, ils ont été obligés — afin d'éviter de grands embarras financiers — de faire construire, en vue d'une utilité pratique future, les principaux bâtiments qu'ils ont eus à élever.

Huit vastes édifices, auxquels il faut ajouter de nombreuses annexes, ainsi qu'une quantité de pavillons séparés, constituaient les locaux de l'Exposition internationale de Philadelphie. Bien qu'ils eussent chacun leur destination particulière, la classification des objets qu'ils contenaient laissait à désirer et manquait de méthode. Le groupement par pays d'origine, adopté par les organisateurs de l'Exposition, offre certains avantages, mais à condition de ne pas disséminer, sur un espace trop étendu, des marchandises similaires, qu'il convient d'examiner et d'analyser concurremment. Rien n'était moins aisé que de suivre, à Philadelphie, de section en section, le même genre de manufacture, afin d'en apprécier par comparaison le mérite relatif. Ce travail, qui eut dû se faire aussi rapidement que possible, nécessitait, au Centenaire, de longues et pénibles recherches.

Ces recherches, nous avons cru devoir les faire, préférant réunir les observations qui ont donné lieu au présent rapport, plutôt d'après leur sujet que suivant les hasards d'une distribution géographique arbitraire.

Comme toute industrie présuppose, indépendamment de l'agent qui la crée, des matières premières à approprier aux besoins de l'homme, c'est par l'examen de celles-ci, dans les différents départements, que nous commencerons notre revue de l'Exposition internationale de Philadelphie.

———

Produits des Mines.

(CLASSES 100 A 107.)

L'exploitation des mines, qui fournit à l'industrie humaine de si précieux éléments, occupait une place importante au Centenaire. Indépendamment d'une belle collection de plans et de coupes géologiques, on y avait accumulé des minerais de tous genres, dont l'étude permettait d'apprécier, assez exactement, les ressources spéciales de chaque pays, ainsi que les procédés d'extraction qui y sont en usage.

L'examen approfondi d'un tel ensemble dépasserait les limites que nous nous sommes tracées. Nous nous bornerons donc à en indiquer les parties saillantes, commençant nos investigations par les métaux proprement dits.

I.

OR. — Les plus précieux gisements de ce métal se trouvent aux États-Unis et dans les colonies anglaises d'Australie. Les terrains aurifères américains s'étendent sur un vaste espace, mais sont d'une valeur très inégale. Avant l'exploitation des placers californiens, leur production était peu considérable. A partir de ce moment, c'est-à-dire depuis 1848, elle s'est accrue avec rapidité. De nombreux émigrants se sont répandus sur les territoires — jusqu'alors presque inconnus — du *Far-West*, et y ont découvert de nouveaux dépôts de minerais, dans l'Orégon, en 1858 ; au Colorado, en 1859 ; dans l'Idaho et au Montana, en 1860. La partie occidentale des États-Unis a été entièrement explorée par eux, sauf la région des Montagnes-Noires, dans le Dacota, encore en possession de diverses tribus indiennes, qui en défendent énergiquement les approches.

L'or de Californie donne en moyenne 0.88 de métal pur. Il est souvent mêlé à d'autres substances métalliques, avec combinaison de soufre ou de tellurium. On le rencontre tantôt dans le lit des rivières, tantôt parmi des veines de quartz, intersectant des roches métamorphiques.

Pour le séparer de ses composés, on a recours à différents moyens, suivant les circonstances. Dans certains districts, les mineurs attaquent les roches quartzeuses à l'aide de fortes colonnes d'eau, qui y font brèche, entraînant le cailloutis à leur suite, dans des chenals, où se fait le lavage de l'or ainsi mis à découvert. Cet emploi nouveau des forces hydrauliques a créé aux États-Unis une branche originale de l'industrie extractive, comprenant des combinaisons hydrodynamiques et hydrostatiques extrêmement ingénieuses. Les gisements ainsi traités fournissent de meilleurs résultats, comparativement, que les placers, et leur rapport annuel est évalué à 12 millions de dollars.

Pour donner une idée de l'importance de certains travaux miniers exécutés en Californie, nous citerons, par exemple, les opérations de la *North Bloomfield Company*, et des deux associations affiliées à celle-ci. Leurs dépenses d'installation se sont élevées à 3,500,000 dollars, employés à l'établissement de dix chenals, répartis sur un espace de 20,000 pieds et communiquant avec un système de canaux distribuant 100,000,000 de gallons d'eau par jour.

Les minerais d'Australie sont plus riches, en moyenne, que ceux des États-Unis, et fournissent 0.925 de métal pur. Les principaux gisements australiens sont situés dans la Nouvelle-Galles du Sud et dans les colonies de Queensland et de Victoria.

On a reçu à Philadelphie, de la Nouvelle-Galles du Sud, une collection fort intéressante de quartz aurifères. Les différents districts miniers de cette colonie mirent en circulation, de 1851 à 1874, 8,205,232 onces d'or. En 1874, ils produisirent pour 8,377,080 dollars de métal. L'exploitation de ces mines date de 1850.

Dans le Queensland, il existe de nombreux placers, particulièrement sur les affluents des rivières qui se déversent dans le golfe de Carpentaria. Comme on ne perçoit pas de droits sur l'or à Queensland, il est assez difficile d'évaluer exactement le produit de ces gîtes. D'après des renseignements fournis par les banques locales, le rendement des placers précités aurait atteint, en 1874, une valeur d'un million de livres sterling et se serait encore accru en 1875. Les alluvions d'où l'on extrait cet or forment une couche peu profonde, et ne peuvent être mis en œuvre qu'au moment des basses eaux.

En Australie, comme aux États-Unis, l'attention des spéculateurs se porte principalement vers l'exploitation du quartz aurifère. Les profits qu'on en retire justifient cette préférence. On a réalisé, en 1870, à Gympie, deux onces et demie d'or par tonne de quartz. En 1873, sur 80,064 tonnes de minerai, on perçut 139,527 onces d'or. La découverte du gîte de Gympie, que nous venons de citer, date de 1867.

La colonie australienne de Victoria a exhibé, pour sa part, des fac-simile de ses plus belles pépites. L'extraction de l'or, dans les différents districts dépendant de cette colonie, rapporta, en 1874, 4,630,000 livres sterling.

La Colombie Britannique, qui doit sa prospérité croissante à ses richesses minéralogiques, emploie 3,220 ouvriers aux placers et aux mines. Chacun d'eux obtient, en moyenne, un salaire annuel de 658 dollars, et leurs efforts réunis produisirent, de 1858 à 1875, un capital de 38,166,970 dollars.

Citons encore, parmi les lieux de provenance représentés à l'Exposition, la Nouvelle-Zélande, dont les terrains aurifères donnent des résultats très satisfaisants ; l'Autriche, qui y a envoyé une collection assez complète de minerais ; le Brésil, que nous aurons l'occasion de citer souvent pour l'importance de ses matières premières, et enfin la Russie, qui y exhiba un modèle du plus grand lingot trouvé dans l'Oural, pesant 88 livres. Il provenait de la mine Czarevo-Alexandrovskii.

ARGENT. — L'exploitation des mines d'argent est très-active aux États-Unis, le Gouvernement Fédéral s'étant décidé à rembourser en pièces d'argent les petites coupures de papier-monnaie. Elle a surtout beaucoup d'importance dans le Nevada, en Californie, dans l'Idaho et au Colorado.

Le rendement des mines américaines est considérable.

La grande Compagnie minière *California*, voisine de la *Consolidated Virginia*, a inauguré, au mois de mai dernier, le payement de ses dividendes. Les propriétés de ces deux associations réunies produisent actuellement près de 12 millions de francs par mois, à ajouter à 100 millions de francs réalisés depuis le mois de janvier 1875 par la *Consolidated Virginia*. On estime que les deux mines rapporteront, pendant l'année 1876, près de 35 millions de dollars, soit 175 millions de francs.

Dans l'Idaho, c'est le district d'Owyhee qui est surtout exploité; au Colorado, les régions de Clear-Creek, Boulder, Summit et San Juan ; dans l'Utah, celles de Coton-Wood et de Bingham.

Les travaux d'extraction exécutés aux États-Unis, depuis une quinzaine d'années, en ce qui concerne le minerai d'argent, valurent à cette contrée une somme de 200,000,000 de dollars.

La République Argentine s'est distinguée, à l'Exposition de Philadelphie, dans la spécialité qui nous occupe, par la beauté de ses envois. Ils provenaient des provinces d'Andine, de Rioja, de San-Juan et de Catamarca. La collection comprenait des spécimens très remarquables, tirés de différentes profondeurs. A Famatina, dans le Cerro-Negro, le minerai d'argent ferrugineux rapporte 8 p. c ; mêlé de quartz et de blende, on l'estime à 3 p. c. Dans le district de Cynaico, on exploite du plomb argentifère contenant 0.45 d'argent.

Les minerais exhibés par M. Escobar, de Santiago, Chili, attiraient également l'attention des connaisseurs. On y remarquait des cristaux de chlorure d'argent, où ce métal figurait pour les trois quarts du poids total de l'échantillon, ainsi que de magnifiques blocs d'argent rouge, ou de proustite, les plus beaux que l'on ait vus jusqu'à ce jour.

Le Mexique, comme le Chili, possède de vastes dépôts de sulfure d'argent. Ce pays a expédié à Philadelphie une masse de métal pesant 1,844 kilogrammes, provenant de la réduction d'une quantité considérable de plomb argentifère. Cet énorme lingot avait été fabriqué dans un four à coupeller, de construction allemande, d'un grand diamètre. Les frais de l'opération se sont élevés à 1 dollar 75 cents par tonne de 1,000 kilogrammes de matière brute.

De Norwége, on reçut aussi de beaux minerais, originaires des mines de Kongsberg, gouvernement d'Aggerhuus ; du Portugal, des galènes argentifères de Ribeiro de Castanheira.

CUIVRE. — La région du lac Supérieur, aux États-Unis, contient, comme on le sait, des gisements de cuivre d'une grande puissance. Ils commencent non loin de la côte, vers Keweenah-Point, puis s'en écartent insensiblement, dans une direction sud-ouest. J'ai déjà donné ailleurs quelques renseignements sur ces gisements, dont l'exploitation remonte à l'année 1845. Elle se poursuivit, avec accroissement d'activité, jusqu'en 1862, puis subit une période de déclin qui se prolongea jusqu'en 1869. Depuis lors, elle a repris une importance nouvelle. Sur une production générale, pour les États-Unis, d'environ 12,000 tonnes de métal, la région du lac Supérieur en fournit les trois quarts. Le département américain contenait d'énormes blocs de cuivre natif.

Nous avons observé, dans les sections étrangères, des sulfures de cuivre du cap de Bonne-Espérance, et de beaux minerais exhibés par la Nouvelle-Galles du Sud, dont les gîtes rapportèrent, en 1874, 320,444 livres sterling. Il existe des mines de cuivre, en voie d'exploitation, à Peak-Down, dans le Queensland.

Le Chili produit aussi beaucoup de cuivre. On a expédié de ce pays, vers l'Angleterre, en 1873, 60,682,246 kilogrammes de cuivre en barres, en régules ou sous forme de minerai brut. De riches échantillons de ses mines faisaient partie de son étalage à Philadelphie. Les mines turques de Trébizonde y étaient également représentées par leurs produits, de même que les exploitations naissantes de l'État libre d'Orange, sur le territoire duquel on a découvert, récemment, du cuivre sulfuré.

Étain. — Le seul minerai d'étain est l'oxyde. On le trouve principalement dans le Cornouailles, en Allemagne, au Pérou, en Australie, à Malacca et à Banca dans l'Inde. Des cristaux d'oxyde d'étain ont été recueillis sur divers points du territoire américain. Quelques-uns des gisements ainsi indiqués furent même mis en œuvre, entre autres ceux du Missouri, mais sans grand profit jusqu'à ce jour.

Le plus beau groupe minéralogique d'oxydes d'étain était, d'après nous, celui de la Nouvelle-Galles du Sud. Un ministre protestant, le révérend W.-B. Clarke, signala dès 1852 l'existence de filons d'étain dans cette colonie. On n'utilisa toutefois ses recherches qu'en 1870. Le produit obtenu est d'excellente qualité et vaut environ 24 livres sterling la tonne. On en retira, en 1874, un revenu de 484,354 livres sterling.

Nickel. — L'extraction de ce métal est une opération de laboratoire plutôt qu'un travail métallurgique. On le trouve, dans la nature, à l'état hydraté, sous forme d'un minéral transparent, d'une couleur vert émeraude. Joseph Warden, de Camden, dans le Nouveau-Jersey, a envoyé à Philadelphie des nickelines blanches et rouges, c'est-à-dire des arséniures de nickel. Il existe des gisements de ce métal en Pensylvanie, au Missouri et à Wallace-Mine, sur les bords du lac Huron. En Saxe, le nickel est mêlé à du cobalt, de l'argent et du cuivre. La composition connue dans le commerce sous le nom de « nickel cristallisé » représente un alliage de 70 à 80 p. c. de nickel, 18 à 22 p. c. de cuivre, 1.5 à 2.5 de fer. C'est à Klefva, en Suède, qu'on la prépare, par une succession de grillages et de fusions d'une pyrite magnétique. Elle se manufacture également en Norwége, dans les ateliers de la *Glorud nickel Company*, dont les produits figuraient à l'Exposition. Ajoutons qu'on a aussi découvert du nickel, tout récemment, dans la colonie anglaise de Victoria.

PLOMB. — Les minerais de plomb, assez riches pour donner lieu à un commerce, peuvent être divisés en deux classes: les minerais sulfurés, contenant du plomb à l'état de sulfure ou de galène, et les minerais oxydés, où le métal se trouve combiné avec différents acides.

La galène est le minerai le plus répandu. On le trouve en filons, en amas et en couches dans le Missouri, l'Illinois, l'Iowa et le Wisconsin. Il existe aussi dans l'État de New-York, le Maine, le Nouveau-Hampshire, la Pensylvanie, etc.

Toutes ces mines n'ont donné que d'assez faibles résultats, et leur production, en 1870, n'était évaluée qu'à 736,004 dollars.

Indépendamment de quelques spécimens américains, provenant des gîtes que nous venons d'indiquer, nous n'avons examiné, à l'Exposition, que quelques minerais provenant des mines de Chileté, au Pérou, des exploitations turques, aux Dardanelles, et de la mine russe de Beresorsk, district de Katharinenburg, Oural.

ZINC. — Une compagnie américaine, installée dans le Nouveau-Jersey, à Franklin-Furnace, comté de Sussex, a exposé de la franklinite — un oxyde ferrugineux de zinc — et de la zincite. Mentionnons aussi les zincs silicatés de Sterling-Hill, même comté.

Le zinc n'est pas commun aux États-Unis, où l'on n'en trouve guère que dans les localités citées plus haut, et en Pensylvanie, dans le comté de Lancastre.

Nous observons, parmi les produits de ce genre venus de l'étranger, nos minerais belges de Bleyberg et de Montzen, ainsi que quelques expéditions allemandes. La production du zinc, en Allemagne, a réalisé en 1870 un capital de 2,315,429 thalers.

CHROMIUM. — Ce métal est rare, et n'est connu que depuis 1797. Très difficile à réduire, il n'est employé qu'après combinaison et à l'état d'oxydes. Nous n'avons vu, au Centenaire, que quelques échantillons de fer chromé, provenant des environs de Québec, Canada, et un groupe de minerais, originaires de Salonique, déposés dans la section turque.

FER. — Le fer, si répandu dans la nature et si utile à l'homme, était présenté, à Philadelphie, sous toutes ses formes. Presque tous les États de l'Union américaine — parmi lesquels nous mentionnerons surtout l'Ohio, la Pensylvanie et le Kentucky — y avaient envoyé de riches collections de minerais de fer. L'analyse détaillée de ces envois nous entraînerait trop loin. Nous nous bornerons à constater l'abondance du fer magnétique aux États-Unis. On rencontre cette variété, en vastes dépôts, dans l'État de New-York. Les minerais exploités par la *Poplar Creek mineral R. R. C°*, venant du Tennessee, donnent 68.34, 69.08, 67, 63 p. c. de métal. Au Missouri, le fer spéculaire, ou hématite, prédomine. Il existe, à 90 milles de St-Louis, deux grandes collines qui en sont entièrement formées.

L'hématite brune, ou fer oxydé hydraté, très recherchée à cause de l'oxyde de manganèse qu'elle contient, forme de grands gisements en Pensylvanie, dans le Missouri, le Tennessee et le Connecticut. Les chiffres suivants permettront de juger de la valeur des minerais du Missouri :

Mine de Henney . . . . 63.177 de métal.
   —   Maranica . . . 65.897   —
   —   Fitzwater . . . 66.888   —
   —   Current-River . . 59.227   —
   —   Shannon. . . . 69.574   —

A New-River, en Virginie, on obtient, après traitement, jusqu'à 70.238 p. c., et dans certaines localités du Vermont, jusqu'à 78 p. c. de métal.

L'extraction du fer s'opère aussi avec grand succès dans la région du lac Supérieur. Elle y fut inaugurée en 1856. Des minerais d'une grande richesse, provenant de la haute péninsule du Michigan, s'expédient chaque année, jusqu'à concurrence d'un million de tonnes, par bateaux, vers Cleveland, d'où ils sont distribués dans les districts manufacturiers de la Pensylvanie et de l'Ohio.

Les minerais carbonatés, donnant environ 48 p. c. de métal, sont fort communs en Connecticut, dans le Massachusetts, le Vermont et l'État de New-York. La pyrite martiale, qui sert à fabriquer le sulfure de fer, est largement mise en œuvre à Stafford, État du Vermont, et dans quelques autres localités. Notons encore une pyrite de fer arsenicale, dont il se trouvait quelques spécimens à l'Exposition, provenant de Waterbury, et fournissant, après analyse, 34.4 de fer, 46 d'arsenic, 19.6 de soufre. La franklinite, du Nouveau-Jersey, dont nous avons déjà parlé, contient 66 parties de fer, 16 parties d'oxyde de manganèse et 17 parties d'oxyde de zinc.

La plupart des gisements, si variés, si nombreux et si riches, relevés aux États-Unis, ne sont exploités qu'à condition de ne pas être trop éloignés des grands centres industriels ou d'un cours d'eau navigable. Le taux élevé du fret, par railway, ne permet pas d'en tirer parti dans toute autre circonstance.

Le Canada, comme l'Union américaine, possède des dépôts considérables de fer magnétique. Les minerais que nous avons examinés à l'Exposition sont noirâtres et cassants. Ils contenaient 72.4 parties de fer et 27.6 parties d'oxygène. On les rencontre rarement dans cet état. Le métal est souvent moins pur et mêlé de substances étrangères.

Dans la section espagnole, nous signalerons l'étalage de la Société franco-belge de Somorrostro, à Alondigo. La mine San-Martin produit des minerais contenant 53 à 61 p. c. de métal; ceux de la mine San-Benito, 61 à 77 p. c.

Le fer spéculaire de Suède est connu sur tous les marchés. Les propriétaires des mines d'Udevaka en ont exhibé quelques beaux spécimens. L'Allemagne et l'Autriche ont exposé également du minerai de fer, ainsi que le Brésil. Les échantillons brésiliens étaient d'excellente qualité.

Dans la section portugaise, nous remarquons un plan détaillé des mines de fer de Moncorvo; au compartiment italien, des minerais provenant des exploitations de MM. Rae frères, de Monte-Argentaro, en Toscane. La gangue de ces minerais est formée de carbonate de chaux. Ils contiennent très peu de silice, ce qui rend leur réduction facile et peu

coûteuse. On extrait de très bons fers de certaines mines
russes. L'hématite brune de Mont-Saur-Mogila comprend
78 p. c. d'oxyde de fer. On a reçu d'Angleterre des minerais du Cumberland, dont les qualités sont connues et
qu'il est inutile de décrire.

ANTIMOINE. — L'antimoine, à l'état natif, se rencontre
en Europe dans la mine suédoise de Sahla, en Dauphiné
et dans le Hartz. Il est aussi exploité en Australie, dans la
colonie de Queensland. MM. Berens, Ranniger et Cie, de
St-John's Creek, district de Burnett, en avaient expédié
quelques spécimens à Philadelphie. Huit tonnes de ceux-ci
représentent, en moyenne, 36 p. c. de métal.

Nous signalerons, en outre, parmi les collections réunies
au Centenaire, du sulfure rayé d'antimoine, de provenance
péruvienne, et quelques produits assez riches en métal,
extraits de la mine de Valonga-Stibina, en Portugal.

MERCURE. — La métallurgie du mercure est extrêmement simple : on le trouve à l'état natif et de sulfure. Les
principaux gisements sont à Almaden et à Oviedo (Espagne); à Idria (Corinthe), et à New-Almaden (Californie).
On commença à exploiter ce dernier gîte en 1851. La
réduction du minerai s'opère, soit par simple distillation,
après élimination par le feu des substances sulfureuses qu'il
contient, soit par mélange du cinabre avec des limailles
de fer ou de la chaux, opération d'où résulte une combinaison entre le soufre et le calcium, à la suite de laquelle
on recueille, par distillation, le mercure proprement dit. Le
premier de ces procédés est employé en Amérique, et
entraîne une grande déperdition de métal, la méthode de
condensation qu'il comporte étant défectueuse.

II.

Parmi les substances minérales non métalliques qui ont été exhibées à Philadelphie, nous mentionnerons rapidement quelques produits remarquables par leur haute valeur, leur fréquent usage ou leurs applications diverses.

PIERRES PRÉCIEUSES. — L'exposition russe comprenait une collection très complète de topazes parmi lesquelles une belle variété provenant du village de Murzinka, district de Katharinenburg ; puis encore des tourmalines noires, des chrysocales, des aigues-marines, des améthystes, des agates, des chrysobéryls, des jaspes verts et rubanés. Toutes ces pierres étaient originaires des montagnes de l'Oural.

L'État libre d'Orange avait envoyé une quantité de diamants bruts. Quelques-uns des plus gros ont été évalués, dans l'état où ils se trouvaient, à 2,500 dollars. Ils étaient de différentes couleurs, de la nuance paille au blanc le plus pur. On les trouve dans un sol plus ou moins pierreux — dont les couches s'étendent parfois à 250 pieds sous le niveau actuel — mêlés à des grenats, des agates et des émeraudes.

La collection de minéraux provenant de la colonie anglaise de Victoria contenait aussi quelques pierres précieuses, mais de peu de valeur. J'y ai remarqué toutefois des diamants, des saphirs bleus, des émeraudes orientales, du corindon, des tourmalines, des rubis et des opales. Ces dernières formaient l'une des parties les plus intéressantes de l'exhibition hongroise.

Cette exhibition était, sans contredit, digne d'attention. Elle comprenait plusieurs casiers remplis d'opales, de teintes variées, et présentées sous toutes leurs phases, depuis le produit brut, sortant de la mine, jusqu'à la réduction de celui-ci en camées splendides. Deux de ces camées attiraient les connaisseurs, et constituent de véritables œuvres d'art, d'autant plus appréciées que l'opale est très difficile à graver convenablement.

Le premier de ces camées porte un portrait de l'Empereur d'Autriche actuel. Ce portrait, fort ressemblant, est taillé dans une magnifique pierre, montée en bracelet et entourée d'émeraudes, de rubis et de brillants. Les teintes de ce cadre sont disposées de façon à reproduire les couleurs nationales de Hongrie.

Le second camée est monté en médaillon, et l'on y a gravé un portrait de l'Impératrice. Les contours de ces deux pièces sont d'une netteté parfaite, et la taille en a duré deux ans.

Dans un autre casier était disposée une opale énorme, du poids de 602 carats.

Toutes ces pièces ont été recueillies dans les Carpathes. Les mines d'où elles sont extraites ont de six à huit milles d'étendue et une profondeur maximum d'un millier de pieds. Elles appartiennent au Gouvernement et sont exploitées depuis plus de cinq cents ans. Elles sont devenues très fructueuses depuis une trentaine d'années, c'est-à-dire depuis qu'elles ont été placées sous la direction de la famille Libanka. Elles occupent 400 ouvriers, qui y travaillent nuit et jour alternativement.

C'est en Angleterre que l'opale se vend le plus avantageusement. Elle est assez recherchée aussi en Allemagne et en Autriche.

Nous ferons encore mention, en terminant ces observations et pour les compléter, de pierres précieuses non polies, exhibées par MM. Verschuur et Vander Voort, dans la section hollandaise.

CHARBONS. — Les États-Unis possèdent des gisements très considérables de charbons, et particulièrement de charbon anthracite. On commença à faire usage de cette précieuse variété en 1820. Elle fut appliquée, dès 1829, au chauffage des hauts-fourneaux. Une demande toujours croissante s'en étant suivie, les mines d'anthracite prirent beaucoup de développement, surtout en Pensylvanie. Quelques industries américaines — la fabrication des oxydes de zinc, par exemple — dépendent entièrement de ce produit, dont l'utilité est reconnue dans la marine de guerre, l'anthracite ne donnant pas de fumée et sa combustion ne décélant pas, conséquemment, la présence d'un navire à l'horizon.

Le charbon bitumineux ne fait pas défaut aux États-Unis. On en trouve des couches abondantes à partir de la chaîne des Apalaches, s'étendant sur l'Ohio, l'Indiana, l'Illinois, le Kentucky et l'Alabama, puis inclinant vers le Missouri, pour se prolonger à deux cents milles au delà du Mississipi. On ne l'emploie dans les hauts-fourneaux américains que depuis l'année 1843.

L'extraction du charbon, déjà très active en Amérique, comme nous venons de le dire, le serait encore davantage si certaines compagnies de chemins de fer n'étaient devenues propriétaires de houillères et n'avaient cherché à en contrôler le rendement. Quoi qu'il en soit, durant les huit premiers mois de l'année 1876, on a expédié, des districts houillers, 8,943,800 tonnes de charbon anthracite et 1,983,262 tonnes de charbon bitumineux, soit un total de 10,927,062 tonnes de combustibles. En 1875, la produc-

tion s'éleva, durant la même période, à 11,471,716 tonnes.
Il y eut, en 1876, décroissement de 469,056 tonnes sur
les ventes d'anthracite et de 75,698 tonnes sur les ventes
de charbon bitumineux.

Cette diminution sera compensée toutefois, avant la fin
de l'année courante. Elle résulte d'abord de la stagnation
de l'industrie métallurgique aux États-Unis, et ensuite
du haut prix du charbon, maintenu longtemps à un taux
excessif par suite de coalition entre les principaux producteurs. Cette coalition vient d'être dissoute, et une baisse
considérable a suivi sa désorganisation.

Trente-cinq exposants américains ont envoyé des minerais au Centenaire. Dix-neuf de ces exposants appartiennent
à la Pensylvanie, onze à l'Ohio, quatre au Kentucky et un
au Tennessee.

L'Ohio figure en ce moment, après la Pensylvanie, au
premier rang parmi les États producteurs. On y comptait
266 mines en 1875, d'où l'on retira 4,868,252 tonnes de
charbon. Le seul comté de Cumberland contribua à ce total
pour 332,446 tonnes.

La Russie possède aussi de l'anthracite et en exhiba
quelques échantillons, extraits des mines situées sur les
bords de l'Olchowaya, près du village d'Orlowa. Elle exploite
aussi d'autres gisements de charbon sur les rives du
Calmius, près du village d'Alecksejewka.

Nous avons aussi remarqué, à Philadelphie, des minerais
du Cap-Breton et de la Nouvelle-Écosse ; du charbon
provenant de la chaîne des Vosges, en France ; des
asphaltes de Pyrimont-Seyssel du même pays.

La composition de l'asphalte, formée de carbone, d'hy-
drogène et d'oxygène, et mélangée de sable et de calcaire,
la rapproche beaucoup du charbon. On en trouve aussi

dans les environs de Neufchâtel, ainsi que nous l'apprenons par l'examen de la section suisse.

L'exploitation de la houille constitue en Allemagne une partie importante du revenu national et y figurait, dès 1870, pour une somme de 61,863,399 thalers. Les Iles Philippines ont aussi envoyé des houilles à Philadelphie, de même que les Iles de Cuba et de la Trinité.

La Nouvelle-Galles du Sud, dont nous avons déjà constaté les ressources naturelles, a aussi ses terrains carbonifères. On en a extrait, en 1874, 632,247 tonnes de combustibles.

D'Angleterre sont arrivés à Philadelphie des charbons du Cumberland, du Lancashire et du pays de Galles.

Nos sociétés charbonnières belges n'y ont rien exhibé, ce qui est regrettable, car il eût été à désirer que notre section représentât, autant que possible, toutes les branches de notre industrie nationale.

L'Italie a exposé, non du charbon, mais un produit nouveau, composé de rejets de tous genres, d'origine végétale, fortement pressés en briquettes et constituant une sorte de tourbe artificielle. Cette tourbe, au dire de son inventeur, ne dégage aucun gaz sulfureux ou malfaisant, ne corrode point les chaudières et donne de 3 à 6 p. c. de cendres. Elle se vend à raison de 25 francs la tonne de mille kilogrammes.

LAPIZ-LAZULI. — Le lapiz-lazuli était très utilisé autrefois pour la fabrication de l'outremer. Il est moins recherché aujourd'hui, à moins d'être d'un beau bleu, sans mélange, et de pouvoir être employé à l'ornementation, l'outremer s'obtenant actuellement, grâce aux progrès de la science, par d'autres moyens.

L'exposition péruvienne en offrait quelques spécimens, recueillis au gisement *del rededor de aya encho*.

Nous en avons observé aussi, et d'assez beaux, dans la section russe, parmi les envois minéralogiques de Sibérie.

GRAPHITE. — Aux États-Unis, on emploie le graphite comme lubrifieur, à cause de sa propriété de polir les surfaces, de les couvrir d'une sorte de vernis et de remplir leurs inégalités, tout en n'étant pas susceptible de s'échauffer. On le vend à Philadelphie, tout préparé, à des prix modérés.

On rencontre le graphite, à l'état de nature, dans le granit, le gneiss, le micachiste et le calcaire cristallin.

On le travaille, aux États-Unis, à Sturbridge, Massachusetts. Les mines anglaises de Cumberland en fournissent d'excellente qualité. Le Canada en a fait exhiber aussi quelques spécimens à Philadelphie. Ceux-ci sont très cristallins et viennent de Greenville, Buckingham et Burgess.

GYPSE. — Comme le graphite, il est employé dans l'industrie. On en connaît, aux États-Unis, des couches assez fortes, s'étendant dans le New-York, l'Ohio, l'Illinois, la Virginie, le Tennessee et l'Arkansas. Brûlé et moulu, on s'en sert fréquemment sous le nom de plâtre de Paris.

Nous avons vu d'assez beaux gypses dans la collection de minerais du Michigan.

ARDOISES. — On tire parti, en Amérique — pour l'ornementation en général — des grandes feuilles d'ardoises, que l'on recouvre d'une sorte d'émail et qui servent à faire des imitations de marbres. On en confectionne des cheminées et autres pièces décoratives. Il y a quelques années, divers pays d'Europe et en particulier l'Angleterre, expédiaient des ardoises aux États-Unis. Cette importation, à une certaine époque, était même assez considérable. Depuis lors, des ardoisières ont été ouvertes dans le Vermont, l'État de New-York, la Pensylvanie, le Maryland, et le produit étranger a été écarté des marchés américains.

ÉMERI. — L'émeri, très précieux dans les arts à cause de sa dureté, qui le rend très propre au polissage des pierres et des métaux, est assez répandu aux États-Unis. On en a découvert un gîte fort abondant à 60 milles au nord de Troy, près des Montagnes-Vertes, dans l'État de New-York. Ce gîte, situé à côté de la station de Thurman, sur la ligne d'Adirondack, affleure sur une colline, près de la base, et on le suit d'une manière continue jusqu'au faîte. Il présente un grain cristallin assez gros. On ne connaissait, avant cette découverte, qu'un seul banc d'émeri, celui de Massachussetts. Dans le commerce général, on distingue trois sortes d'émeri : celui des Indes orientales, qui sert à polir les glaces, l'émeri de Jersey ou d'Angleterre et l'émeri de Smyrne, de Naxos ou de Mételin. Toutes ces variétés étaient représentées au Centenaire.

GRANITS. — Les Montagnes-Blanches, aux États-Unis, sont entièrement formées de roches granitiques. Ces roches abondent dans le Nouveau-Hampshire, le Maine, et composent en grande partie la masse imposante des Montagnes-Rocheuses. Les carrières américaines les plus renommées pour la beauté de leurs produits appartiennent au Massachussetts. Il existe aussi d'importantes exploitations dans la Caroline du Nord et en Georgie, mais la pierre y est plus ou moins mêlée de feldspath et de mica, et offre par conséquent moins de résistance.

On a exhibé, au Centenaire, de nombreuses variétés de granits. Mentionnons, parmi les plus beaux d'origine étrangère, les granits rouges d'Écosse, les granits bleus et gris d'Irlande, et les granits de Suède envoyés par la veuve C.-A. Kullgreen, d'Uddevalla. La *Bay of fundy red Granite C. G.*, du Nouveau-Brunswick, a fait également un bel étalage en ce genre.

MARBRES. — Les carrières de marbres les plus exploitées aux Etats-Unis, sont situées en Pensylvanie, dans le Vermont, le Tennessee et l'Ohio. Le Nouveau-Jersey fournit un marbre rose cristallisé, d'une grande beauté; on trouve, d'autre part, dans le Maryland, un vert antique fort apprécié dans l'industrie.

Dans les sections étrangères, nous avons observé de beaux échantillons de marbres, venant des carrières très accessibles de la province de Québec, en Canada; puis encore des marbres turcs de Bosnie; de beaux marbres très variés et des jaspes d'excellente qualité, de provenance espagnole; du marbre de Gothland, riche en fossiles et de différentes couleurs; du marbre noir belge, en blocs et en tranches, de toutes dimensions, exposé par M. Vincent fils, de Basècles, Hainaut, etc., etc.

Toutes ces variétés sont connues et trop nombreuses pour que nous nous y arrêtions longtemps.

Faisons cependant une exception pour la section portugaise. Elle contenait des marbres d'Extremar, presque blancs, et des marbres de Cintra, d'une teinte bleuâtre. J.-A. Santos, propriétaire de carrières, en avait exhibé des échantillons variés, comprenant le Brecha d'Arrabida, le blanc d'Extra-

mar, le vert de Santa-Cruz, le jaune de Pero-Pinheiro, le
noir de Cintra, l'onyx de Montes-Clares, le rose impérial,
le blanc de Pero-Pinheiro, le jaune d'Oeires. Il livre toutes
ces variétés à raison de 200 francs le mètre cube, mises à
bord, franco, à Lisbonne.

MARNE. — Deux exposants américains avaient envoyé de
la marne. Elle nous a paru assez aride au toucher et devrait
être très finement broyée pour faire pâte avec l'eau. L'Hon.
Benj. T. Biggs, autrefois membre du Congrès pour le
Delaware, a fait quelques essais de fertilisation, dans ses
exploitations agricoles, avec de la marne chargée d'ammoniaque et nitrogénée. Il en a obtenu les meilleurs résultats.
Ce produit équivaut, paraît-il, aux bons phosphates de
chaux et se vend moins cher.

KAOLIN. — Le kaolin qui, sous le nom de « terre à porcelaine », entre comme élément fondamental dans la composition de cette poterie, présente donc une assez grande
valeur industrielle. L'un de ses gisements particulièrement
cité est celui de Saint-Yrieix, dans le Limousin, qui fournit
la terre servant à la fabrication de la porcelaine de Sèvres.
Le kaolin ne fait pas défaut aux États-Unis, vingt exposants américains en ayant exhibé, parmi lesquels M. Bloomfield, de Roaring-Springs ; la Compagnie Blair, de Pensylvanie ; celle de Lawrence, dont le siége principal est en
Indiana, etc.

Les sections portugaise et japonaise en contenaient également, surtout la dernière, dont l'étalage était intéressant.

SOUFRE. — Les États-Unis reçoivent de l'étranger une
certaine quantité de soufre raffiné. Ce soufre arrive princi-

palement d'Italie, du Mexique et de Turquie. Ces trois
contrées avaient envoyé des spécimens de leurs produits,
venant de Catane, de Palerme, de Lapsake et des environs de Mexico.

Mica. — Il existe de nombreuses carrières de mica dans
la Caroline du Nord, d'où l'on en a expédié quelques belles
feuilles à Philadelphie. On exploite aussi ce minerai dans
le Nouveau-Hampshire.

Le mica, aux États-Unis, est très-utilisé. Il sert à la
fabrication de lettres transparentes pour enseignes ; on en
fait aussi des plaques servant à la décoration des poêles
en fonte, des verres de lampe, des écrans, des abat-
jour, etc.

Nous pourrions étendre considérablement la nomenclature qui précède, en y comprenant une foule d'autres produits minéralogiques, tels que les porphyres, les pierres à
chaux et à bâtir, les diverses variétés de ciments, les
pierres lithographiques, les pierres meulières, le pétrole,
les eaux minérales, etc., etc. Leur examen, toutefois, élar-
girait trop le cadre de nos recherches. Nous passerons
donc, sans plus de délai, à une nouvelle étude, celle des
produits métallurgiques.

Produits de la Métallurgie.

(CLASSES 110 A 114.)

Les principales usines métallurgiques aux États-Unis
sont situées dans les districts de l'est et du centre. La
manipulation industrielle du fer et de l'acier s'opère en

Pensylvanie, dans l'Ohio, le Kentucky et l'État de New-York. On y fait des saumons, des loupes, des barres, des rails, des aciers de tous genres. On travaille le zinc dans le Nouveau-Jersey et l'Illinois ; le cuivre dans le New-York, en Pensylvanie et en Connecticut ; le plomb et l'étain en Pensylvanie, où s'effectue aussi le battage des feuilles d'or et d'argent. Quant au nickel, on le manufacture particulièrement dans le Nouveau-Jersey.

La production du fer aux États-Unis, en 1875, est représentée par les chiffres suivants :

Fer en saumons. . . . . 2,266,581 tonnes
— laminé y compris les rails . . . 1,890,379 »
— — à l'exclusion des rails . 1,097,867 »
Rails de tous genres . . . . . 792,512 »
— en acier Bessemer . . . . 290,863 »
— en fer, divers. . . . . . 501,649 »
— de tramways . . . . . . 16,340 »
Barrilets de clous et de pointes . . 4,726,881 »
Acier de creuset. . . . . 39,401 »
— de forge . . . . 9,050 »
— divers . . . . 12,607 »
Loupes, pour fabrication de fers en
saumons . . . . 49,243 »

Cette production a diminué en 1876, l'industrie métallurgique n'étant rien moins que prospère, en ce moment, aux États-Unis. Elle a fait néanmoins, en quelques années, des progrès notables. A peine M. Bessemer, en 1856, avait-il fait connaître le résultat de ses travaux, que des américains, MM. Cooper et Hewitt, de Philippsburg, dans le Nouveau-Jersey, faisaient des expériences sur les données fournies par le célèbre métallurgiste durant ses conférences devant l'Association pour l'avancement des sciences, réunie à Cheltenham, en Angleterre. Ces expériences, d'abord peu satisfaisantes, furent reprises ensuite par MM. John A. Griswold et ses associés, auxquels il était réservé d'introduire et de perfectionner l'excellente méthode de Bessemer, aujourd'hui généralement ·pratiquée aux États-Unis.

D'autres améliorations, presque aussi importantes, ont été effectuées dans le travail des minerais. Nous citerons, par exemple, l'adoption d'excellents moulins concasseurs et celle d'un procédé avantageux concernant l'amalgamation de l'or, en Californie ; l'application du système Washoc, dans le traitement des minerais d'argent ; la mise en pratique d'un nouveau mode de construction des fourneaux de grillage ; l'emploi du procédé de chlorination de M. Plattner, etc., etc.

Parmi les meilleurs appareils exhibés à Philadelphie, nous devons mentionner le *Blake Crusher*, d'invention américaine. Il sert à broyer le minerai, avant le passage de celui-ci par les fourneaux, et à réduire en fragments toutes espèces de roches, utilisées ensuite sur les routes macadamisées.

Le *Blake Crusher*, d'une construction simple et massive, possède une puissance d'action remarquable, et met en pièces des produits minéralogiques qui ne cèdent qu'à une pression de 27,000 livres par pouce carré.

Il se compose d'une épaisse monture, entre les diverses parties de laquelle sont disposées deux mâchoires verticales. L'une de ces mâchoires est fixe, l'autre subit un mouvement de vibration, d'avant en arrière, communiqué par une axe tournante, mue par un levier brisé.

Les mâchoires dont il s'agit sont armées de billons verti-

caux. Elles sont assez écartées, à leur ouverture, afin de
faciliter l'entrée des pierres à broyer, mais convergent l'une
vers l'autre à leurs points d'attache, de sorte que, vers ces
points, des fragments concassés peuvent seuls en sortir.

Lorsqu'un bloc solide est placé dans l'appareil, la
mâchoire supérieure mobile est projetée en avant, brise le
bloc en quartiers, puis recule, livrant passage aux dits quartiers, qui glissent plus bas, où ils sont broyés de nouveau
par action réitérée de la machine, jusqu'à être suffisamment
réduits pour passer par le trou ouvert aux points d'attache.

Les appareils exhibés sont de différentes dimensions.
Quelques-uns d'entre eux sont assez forts pour briser, en
cinq secondes, une masse pierreuse d'une demi-tonne.

On a reçu au Centenaire, de l'Empire du Brésil, de la
poudre d'or de Goyaz, du fer et du nickel de Santa-Catha-
rina, quelques spécimens métallurgiques de l'usine d'Ipa-
nema et quelques lingots de plomb.

La République Argentine y a exhibé des lingots d'or et
d'argent, préparés à Salta, Catamarca et San-Luis, et des
cuivres de Corrientes et de Catamarca.

La Russie, justement réputée pour l'excellence de son fer,
avait élevé, dans les locaux de l'Exposition, une sorte de
monument à l'industrie métallurgique. Il se composait d'une
grande étagère, de forme ronde, sur laquelle étaient
arrangés des fers en saumon ; de larges feuilles de cuivre ;
du fer en barres et en feuilles ; du fer pour chaudières, des
poutrelles, des chaînes, etc.

Plus loin, dans le même compartiment, s'élevaient deux
constructions, en forme d'obélisques, servant de supports à
d'autres produits métallurgiques, consistant surtout en
pièces de fer, applaties, arrondies, tordues, de manière à
faire apprécier leur force de résistance et la finesse de leur

grain. Nous y avons remarqué, entre autres choses, un certain nombre de barres, ayant plus d'un pouce d'épaisseur, réunies en nœuds, et dont la texture était parfaitement lisse et n'indiquait pas la moindre fissure. Les spécimens russes de fer d'angle, et les rails enroulés en spirales qu'on avait placés près de ceux-ci, nous ont paru très soignés. L'étalage comprenait, en outre, de grands bandages pour roues de locomotives et de pesantes roues de wagons, montées sur leur axe.

Des éloges sont également dus à l'exhibition suédoise, qui contenait des échantillons fort remarquables, mais d'un prix élevé. On travaille encore au bois, en Suède, dans les meilleures conditions de belle production, un minerai de première qualité. L'industrie du fer y occupait, en 1873, vingt-trois mille sept cent cinquante personnes. Quinze usines y ont mis en pratique le procédé Bessemer.

La Norwége ne comptait, dans la spécialité qui nous occupe, que deux exposants. Ils avaient envoyé des câbles en fer, des chaînes, des boulets, des clous de navire, des ancres et des poêles en fonte à colonne.

Presque toutes les branches de la métallurgie étaient représentées dans la section belge. Quelques-uns de nos établissements les plus importants se sont abstenus, cependant, de faire aucun envoi à Philadelphie. Quoi qu'il en soit, nous y avons remarqué de belles tôles polies et non polies, de la Société anonyme des forges et laminoirs de Régissa. Les tôles de fer, fabriquées dans les environs de Huy, sur les bords du Hoyoux et sur les bords de l'Ourthe, jouissent depuis longtemps d'une réputation justement acquise. MM. Bonehill frères ont exhibé des fers profilés de tous genres, cotés au prix de 210 francs les mille kilogrammes, franco-bord à Anvers ; MM. Iowa

Delheid et Cie, de Liége, des fers petits ronds laminés pour tréfileries, clôtures, fils télégraphiques et des tôles galvanisées ondulées pour toitures et tabliers de ponts ; la Société anonyme de la fabrique de fer de Charleroi, à Marchienne-au-Pont, a envoyé des fers de construction ; celle des aciéries d'Angleur, des produits en acier fondu Bessemer : rails, bandages, essieux, pièces de forges et barres laminées.

Parmi les pièces les plus remarquées, nous mentionnerons les fers ouvrés de M. Valère Mabille, de Mariemont. Elles comprenaient, entre autres, un grand trépan du poids de 25,000 kilogrammes, et un autre trépan, de moindre dimension, pesant 14,000 kilogrammes, faisant partie des appareils de fonçage Kind-Chaudron.

Le travail du cuivre constitue une ancienne industrie en Belgique. L'une des maisons, représentée au Centenaire, la maison Bivort-Raymond, d'Arbre, remonte à 1725. Son étalage consistait en feuilles, fils et chaudrons de cuivre d'une bonne fabrication.

Le compartiment belge renfermait, de plus, du zinc en lingots pour le laminage et la galvanisation, et du plomb en saumons pour la manufacture des miniums, des céruses et des cristaux. Ces derniers produits appartenaient à la Société anonyme de Bleyberg-ès-Montzen.

Le département chilien était fort intéressant et contenait des modèles d'une machine à pulvériser le minerai d'argent, inventée par Bartolda Kinika, et employée dans les usines de La Plata. Ces modèles étaient au nombre de trois, et chacun d'eux représentait, en dimension, un sixième de l'appareil auquel il se rapportait. Nous voudrions pouvoir en parler en détail, car ils étaient ingénieusement combinés, mais force nous est d'abréger. Les machines employées à l'usine de La Plata peuvent réduire 78,000 livres de minerai par jour.

Les produits anglais sont trop connus pour que nous en fassions, dans cette notice, une longue description. En Angleterre comme aux États-Unis, l'industrie métallurgique a été assez rudement éprouvée depuis quelque temps. Le travail du fer, sous toutes ses phases, était représenté dans la section britannique par de beaux produits, sortis des usines du Yorkshire et du Lancashire. M. John Biggs, de Liverpool, avait exposé, dans cette spécialité, quelques échantillons que nous eussions désiré pouvoir étudier plus soigneusement, comprenant des objets de fer et d'acier, manufacturés à l'aide d'un procédé nouveau. Mentionnons de plus du zinc ouvré, venu du Staffordshire ; des feuilles d'étain ; des fils d'acier et de cuivre ; des modèles de fourneaux adaptés aux opérations métallurgiques, et de nombreux articles en platine à l'usage des chimistes.

Nous avons déjà signalé, à diverses reprises, les richesses minéralogiques accumulées dans le groupe formé par les colonies d'Australie et la Nouvelle-Zélande. On remarquait, dans leurs étalages, des lingots de cuivre, d'étain, d'antimoine sulfuré, de plomb, de l'or en barres, fondu et raffiné, des barres de chloride d'argent et d'argent pur, etc., etc.

L'exposition française mérite d'être citée pour ses fers. Les spécimens exhibés provenaient de divers départements. L'usine des hauts-fourneaux de Marseille, fondée en 1855, et dont le premier fourneau fut allumé en 1857, avait envoyé à Philadelphie une collection assez complète de ses produits. Cette collection comprenait : 1° des fontes grises à gros grains, convenables pour l'affinage au bas foyer au combustible végétal, comme pour la fabrication de l'acier

Bessemer; 2° des fontes grises à grain serré, blanches, rayonnées, employées pour les puddlages supérieurs, dans la fabrication de l'acier Martin-Siemens; 3° des fontes rubanées et blanches lamelleuses, utilisées pour des usages analogues; 4° des fontes manganesées de toutes teneurs, depuis 8 p. c. jusqu'à 60 p. c. de manganèse.

Les analyses ci-contre permettront d'apprécier la composition de ces produits :

	Spiegeleisen.		Ferro manganèses.		Fontes fines grises à gros grains.
Manganèse, .	10,930	18,500	28,400	63,690	3,400
Silicium. . .	0,690	0,168	0,186	0,069	1,770
Carbone. . .	4,410	5,750	5,450	6,000	3,800
Soufre . . .	0,010	0.000	0,008	0,019	0,037
Phosphore . .	0,002	0,025	0,020	0,013	traces.

L'usine des hauts-fourneaux de Marseille comprend actuellement trois hauts-fourneaux, et sa fabrication annuelle peut atteindre 45,000 tonnes. Elle emploie des minerais d'Espagne, d'Algérie, d'Italie et de l'île d'Elbe.

D'autres exposants français avaient exhibé des objets de platine et de cuivre.

La production minière et métallurgique française atteint un chiffre annuel de 600 millions de francs.

L'Allemagne a été en possession, pendant quelque temps, du monopole des fontes manganesées miroitantes ou *spiegeleisen*. L'industrie étrangère, toutefois, n'a pas tardé à la suivre dans cette voie. Quinze exposants allemands avaient répondu à l'appel de la Compagnie du Centenaire, dont onze avaient exposé du fer, deux du cuivre, un du nickel et un du zinc. On s'est beaucoup occupé en Allemagne, des moyens d'éclairage et de ventilation des mines. Le compartiment allemand contenait, à ce sujet, des renseignements et des travaux dignes de toute l'attention des spécialistes. En 1870, la production minière et métallurgique, en Allemagne, s'élevait à 246,482,099 thalers.

Une seule compagnie autrichienne était représentée à Philadelphie: l'association de Krain-Laibach. Elle y avait envoyé des fers, manganèse et spéculaire.

La section suisse et la section italienne laissaient à désirer sous le rapport métallurgique. De Suisse, on n'a reçu au Centenaire que quelques phosphates de bronze, diversement composés, provenant de la fabrique de MM. Bürgin frères, de Schauffhauzen; d'Italie, il n'a été présenté que des fils de fer, du manganèse et quelques autres produits de peu d'importance, expédiés par deux exposants.

Produits chimiques.

(CLASSES 200 A 205.)

Les manufacturiers américains se sont distingués dans cette industrie. Elle est très développée en Pensylvanie, dans l'État de New-York, l'Ohio, le Massachusetts et le Nouveau-Jersey.

On fabrique, dans le New-York et en Pensylvanie, des acides sulfurique, nitrique, muriatique, acétique, stéarique, oléique, pyrolique. Dans le Nouveau-Jersey, on s'occupe de la production des sels chimiques; on fait de la pepsine saccharine, et beaucoup de levûres, en poudre.

Quelques vastes établissements sont entièrement consacrés à la confection de ce dernier article, fort exploité aussi dans le Rhode-Island. Ailleurs, on prépare du carbonate de soude par un procédé relativement nouveau, c'est-à-dire à l'aide d'un fluorure double d'aluminium et de sodium, importé du Groenland. La soude, en général, n'est guère manufacturée, au moins jusqu'à ce jour, aux États-Unis. On y a négligé également la production du sel ordinaire, du chlorate de potasse, de l'éther, du chloroforme, du carbonate de magnésie, du citrate de magnésie.

On permet l'importation libre, sur le territoire de l'Union, du chlorure de chaux et du nitrate de soude.

Le bicarbonate de soude, le carbonate de soude, la soude caustique, les acétates, phosphates et autres sels de soude sont taxés à l'entrée. Les exportations de préparations chimiques et pharmaceutiques, faites des États-Unis vers l'étranger, sont insignifiantes.

L'exhibition anglaise de produits chimiques révélait, dans son ensemble, l'habileté commerciale des négociants du Royaume-Uni et la connaissance parfaite qu'ils possèdent des marchés d'outre-mer. En effet, elle comprenait presque tous les articles que nous venons de citer, comme peu ou point manufacturés, dans l'Amérique du Nord, c'est-à-dire des soudes, sous leurs différentes formes ; de la poudre à blanchir ; de la chlorure de chaux ; du sel ordinaire, en blocs et raffiné ; du chlorate de potasse, du carbonate de magnésie.

Les principaux centres de fabrication, en Angleterre, se trouvent dans le Lancashire, le Cheshire, le Northumberland et la ville de Londres.

L'étalage anglais était fort intéressant, mais moins remarquable toutefois que l'exhibition française, que nous devons placer immédiatement après celle des États-Unis pour la variété des produits. La plupart des exposants français représentés au Centenaire, étaient de Paris, de Marseille ou de Vaucluse.

Leurs envois comprenaient un grand nombre de préparations pharmaceutiques, des élixirs, des sirops, des capsules diverses, etc., etc.

La Belgique produit surtout de l'acide sulfurique, de l'acide chlorydrique et du sulfate de soude. Ces produits, sauf peut-être l'acide sulfurique, sont d'un prix trop peu élevé pour pouvoir être exportés avec avantage. Quant à l'acide sulfurique, comme il existe entre les prix belges et les prix américains une différence, en faveur des premiers, de près de la moitié, il y aurait peut-être moyen d'en opérer la vente en Amérique,

Parmi les articles belges exhibés à Philadelphie, nous avons surtout remarqué les sels de soude de M. Solvay, obtenus au moyen d'un procédé particulier, que l'Angleterre et l'Allemagne se sont empressées d'adopter. Ce procédé consiste à fabriquer des cendres de soude, en se servant, pour cette fabrication, de sel commun. Il est basé sur ce fait que le bicarbonate d'ammoniaque peut, dans certaines circonstances, décomposer le chloride de sodium et le transformer en chloride d'ammonium et en bicarbonate de soude. M. Solvay a pris différents brevets en garantie de ses droits. Le premier de ces brevets date de 1863.

Citons encore, dans la section belge, les intéressants appareils exposés par M. A. de Hemptinne, relatifs à la manufacture de l'acide sulfurique; les produits chimiques de M. Desespringalle, pour la médecine et les arts, et enfin, de beaux spécimens de soufre raffiné, sortant de la fabrique de M. Meeus.

La Nouvelle-Galles du Sud, ce pays nouveau où la civilisation européenne s'est implantée si rapidement, avait envoyé au Centenaire des extraits de salsepareille, des cordiaux et des levûres ; la colonie de Victoria, diverses préparations tirées de l'Eucalyptus, des filtres désinfectants, des hydro-silicates d'alumine et du guano ; la Jamaïque, du sel ordinaire et du bisulfate de chaux.

Au Canada on s'occupe particulièrement de la fabrication du sel commun. L'étalage canadien contenait toutefois, à côté de ce produit principal, quelques préparations pharmaceutiques ; du carbonate de potasse ; du nitrate de soude ; des acides nitrique, muriatique, sulfurique, et du nître.

L'Autriche n'avait exhibé que de la crème de tartre, et le contingent suisse n'était guère plus riche. M. Guyot-Lupold, de Neufchâtel, y a contribué par ses diamants noirs artificiels, sa diamantine, sa poudre de rubis et ses émaux pour joaillerie ; M. Ruffner-Casper, par quelques échantillons d'albumine cristallisé.

L'exposition allemande était particulièrement remarquable pour ses produits fins. Parmi ceux-ci, notons avec éloges la vanilline du Dr W. Haarman. Cet habile chimiste est parvenu à extraire, d'une manière très-inattendue, un principe aromatique entièrement semblable à celui de la vanille, de la sève de certaines espèces de pins.

Cet article peut acquérir une grande importance commerciale. Le Dr Haarman demandait, pour la cession de son brevet américain, une somme de cinquante mille dollars.

Entre autres raretés faisant partie de l'étalage allemand, nous mentionnerons encore l'acide salicylique, exhibé par le Dr Heyden, de Dresde. Cet acide est connu depuis longtemps, mais on ne l'avait obtenu, jusqu'à ce jour, qu'en petites quantités. Le Dr Heyden a réussi à le préparer assez économiquement et à donner, par conséquent, plus d'extension à cette manufacture.

Tout ce qui précède démontre les progrès réalisés en Allemagne dans l'industrie des produits chimiques. Cette industrie, surtout depuis quelques années, tend à s'y spécialiser de plus en plus. Dès à présent, il y a division, nette et bien tranchée, entre les travaux concernant la chimie organique et ceux qui se rapportent à la chimie inorganique. Parmi les manufactures consacrées à la première de ces branches, se présentent tout d'abord les fabriques d'alcaloïdes. Elles appartiennent, en général, à de fortes maisons, les liquides qu'elles produisent — tels que l'éther proprement dit, l'éther acétique et l'alcool concentré, étant d'un transport difficile et soumis à des droits élevés. L'Allemagne exporte, entre autres articles, du chloroforme, du chloral, du tannin, des acides pyrogallique, iodoforme, etc., etc., qui trouvent placement en France, en Angleterre et aux États-Unis.

L'iodide de potassium et le bromide, bien que fabriqués également à l'étranger, peuvent aussi être rangés parmi les articles allemands d'exportation.

L'Italie ne figurait au Centenaire, dans ce département, que pour quelques marchandises courantes : des extraits de réglisse, de Sicile; de la crème de tartre, d'Alexandrie, de Padoue et de Catane; du sel de mer et du sel de roche, de Sicile; des produits sulfureux, de Naples; quelques acides manufacturés dans le Nord, et du carbonate de plomb, de provenance génoise.

Les industriels hollandais avaient envoyé, à Philadelphie, du sulfate d'ammoniaque; les Danois, du carbonate et du bicarbonate de soude; les Norwégiens et les Suédois, du sulfate d'ammoniaque, brut et raffiné; quelques préparations chimiques et de l'acide sulfurique.

Les conquêtes de la science s'étendent chaque jour et

exercent leur influence jusque dans les contrées les plus lointaines. L'Égypte avait expédié quelques préparations pharmaceutiques au Centenaire, et le Japon en avait fait de même. Ce pays possède, à Kiyoto, une association ayant pour objet le développement des études chimiques.

Les savons et les huiles, les couleurs, la parfumerie, les composés fulminants et détonants, les pièces pyrotechniques se relient, par leur origine et leur composition, au groupe des produits chimiques. Nous passerons donc successivement en revue ces différents articles avant de clore nos observations sur cette importante section.

Les États-Unis sont encore tributaires de l'étranger pour les savons fins, qu'ils reçoivent de France, d'Angleterre et de Belgique. Il existe cependant, surtout en Pensylvanie et dans l'État de New-York, quelques manufactures où l'on fabrique des savons de toilette; mais ces produits luttent difficilement, comme nous venons de le dire, contre les importations du dehors. Les savons américains sont moins soignés, leur empaquetage est moins élégant et leur prix est, relativement, trop élevé. De plus, beaucoup des articles indigènes sont falsifiés. On cherche à augmenter leur poids, par exemple, en y introduisant de la résine, du talc, du sulfate de baryte, des terres argileuses et ocreuses. Quelques fabricants, toutefois, ont suivi une meilleure voie, et parmi eux nous citerons MM. Colgate et Cᵒ, de New-York, et MM. M. Keone, Van Haagen et Cᵒ, de Philadelphie. Le savon dit « électrique » de M. Dobbins, mérite également une mention honorable.

L'étalage allemand, comme celui des États-Unis, laissait à désirer dans cette spécialité. Il existe peu de grandes savonneries consacrées à la fabrication des articles fins dans l'Empire Germanique. L'un des établissements le mieux représenté à Philadelphie, n'occupe que trente-deux ouvriers et une machine de quatre chevaux-vapeur. Nous remarquons, parmi les envois, des briques de savons ayant les formes les plus bizarres, pressées et colorées en imitation de fruits, de gâteaux, de quartiers de fromage, de saucisses, etc. Ces reproductions sont incontestablement de très mauvais goût.

La savonnerie française figurait très imparfaitement au Centenaire, quelques maisons très-importantes, dont les marques sont très estimées aux États-Unis, n'y ayant point fait d'envois. Le compartiment français comprenait cependant quelques beaux produits, exhibés par MM. Poiret et fils, de Paris ; MM. Rigaud et Cie ; MM. Violet, Godefroid, (L.) et Cie ; des savons incrustés de lettres et ornements divers ; des savons marbrés de Marseille ; des savons blancs à l'huile d'olive, pour la teinture, etc.

Dans la section belge, nous avons remarqué les savons superfins, très appréciés, de la maison des Cressonnières (veuve) et fils. Cette maison a déjà obtenu de nombreuses récompenses à l'étranger, notamment à Londres, Paris, Amsterdam et Vienne.

Au Canada, il existe quelques fortes savonneries, particulièrement à Montréal et dans l'État d'Ontario. Cette industrie s'est établie aussi au Japon, à Tokio. Elle s'est développée en Autriche, surtout à Vienne et à Prague, puis encore, et plus récemment, dans les colonies anglaises d'Australie et du Cap. En Italie, elle occupe un grand nombre d'ouvriers et fonctionne dans de bonnes conditions économiques. Quelques firmes anglaises avaient envoyé d'excellents savons de toilette au Centenaire, entre autres M. Eugène Rimmel ; MM. J. et E. Atkinson ; MM. A. et F. Pears.

Les huiles minérales, presque inconnues autrefois, ont fait l'objet, dans ces derniers temps, d'un commerce considérable. Elles comprennent les huiles de pétrole, les produits de la distillation des houilles, des schistes bitumineux, etc.

Les régions oléifères, aux États-Unis, ont été fréquemment décrites, et nous n'avons pas à en faire le tableau. Leur production est considérable et pourrait encore être augmentée.

Ci-dessous nous donnons le relevé des exportations de pétrole faites de tous les ports des États-Unis vers l'étranger pendant douze ans, c'est-à-dire de l'année 1863 à l'année 1874.

Années.	Quantités en gallons.	Années.	Quantités en gallons.	Années.	Quantités en gallons.
1863	28,250,721	1867	67,052,020	1871	155,074,791
1864	31,872,972	1868	99,281,750	1872	150,385,869
1865	29,805,523	1869	102,748,604	1873	237,481,633
1866	67,430,451	1870	140,602,305	1874	235,143,151

Le total général indiqué pour 1874 comprenait 384,866 barils d'huile brute; 5,258,872 barils d'huile raffinée, et 234,840 barils de naphte, le baril ayant une capacité de quarante gallons.

L'huile de pétrole raffinée exhibée dans la section américaine, à Philadelphie, était d'une extrême pureté et d'une transparence parfaite. En général toutefois, les produits livrés à la consommation sont loin de ressembler à ces échantillons. Sur dix-neuf spécimens de pétrole recueillis chez les détaillants, et soigneusement examinés, un seul soutint l'épreuve du feu jusqu'à 110° Fahrenheit, à air libre; les autres, sous couvert, s'enflammèrent entre 72 et 90 degrés.

On manufacture de la paraffine et de l'huile minérale en

Allemagne, au moyen de tourbes. Cette branche d'industrie, comparativement nouvelle , puisqu'elle ne remonte qu'à l'année 1855, est concentrée dans la province de Saxe, aux environs de Halle, de Weissenfels et de Zeitz. Durant la première période de son existence, elle eut quelque peine à se maintenir, à cause des importations de pétrole américain, faites dans le pays. Depuis lors, les fabricants allemands se sont occupés plus spécialement de la production de la paraffine. En 1861, ils envoyaient sur les marchés 1,650,000 livres de paraffine sur 7,040,000 livres d'huile minérale ; en 1871, le rendement en paraffine montait à 11,000,000 de livres, et celui de l'huile minérale à 33,000,000 de livres. Il y avait, en outre, 9,900,000 livres de produits accessoires. La valeur totale des articles sortant de toutes les manufactures était de 4,000,000 de dollars. Trente-cinq millions cent mille paniers de tourbe y avaient été utilisés.

La paraffine est employée à la fabrication d'excellentes bougies, supérieures, sous certains rapports, aux bougies confectionnées avec de la cire ou de l'acide stéarique. On se sert aussi de la paraffine dans les fabriques d'allumettes et dans les manufactures de papiers, de sucreries et de jouets.

Le pétrole raffiné allemand est consommé dans le pays et importé en Autriche. Les huiles paraffines, de couleurs claires et foncées, trouvent placement comme lubrifieurs, et les plus médiocres sont recherchées pour les usines à gaz. 110 livres de paraffine produisent environ 106 pieds cubes de gaz. L'usage de plus en plus général de celui-ci et la concurrence du pétrole américain ont diminué, depuis quelques années, l'importance des fabriques de stéarine.

Dans le Royaume-Uni, le pétrole n'est pas resté, non plus qu'en Allemagne, en possession exclusive des marchés.

On y fait une huile minérale, le *Shale oil*, à l'aide d'une espèce d'argile bitumineuse recueillie en Écosse.

En Suède, il existe deux importantes manufactures d'huiles, l'une à Stockholm, l'autre à Götzberg, et trente-trois autres établissements du même genre dans d'autres localités. On y prépare de l'huile de lin, de l'huile de graines de navette, et des tourteaux. Il se fait quelques exportations de ce dernier article vers l'Angleterre.

Au Japon, les huiles employées à l'éclairage proviennent de la graine de navette et de résidus de poissons. Depuis quelque temps cependant on y consomme aussi du pétrole américain. Parmi les huiles comestibles, on y remarque deux produits particuliers au pays, dont l'un s'extrait de la *Sesamum orientale*, et l'autre de la *Perilla ocimoides*, de la famille des Labiées. Le premier est employé dans les cuissons; l'autre, à cause de ses qualités seccatives, sert aussi aux peintres et aux vernisseurs.

On y manufacture également une huile fournie par les semences d'une espèce de camélia. Cette huile, mêlée à de la cire végétale, entre dans la composition de pommades et de cosmétiques.

Les colonies anglaises d'Australie avaient exhibé, à Philadelphie, des huiles essentielles, tirées de l'*Eucalyptus globulus*, du sassafras indigène et du *Melalenca crucifolia*; les colonies hollandaises, de l'huile Macassar ; l'Italie, de l'essence de Bergamotte ; le Brésil, quelques huiles médicinales, envoyées par la Commission provinciale de Para.

Il est impossible, dans un travail aussi général que celui que nous présentons, d'entrer dans de minutieux détails sur les essences de tous genres qui figuraient au Centenaire. Leur composition, grâce aux progrès de la chimie, varie aujourd'hui à un tel point qu'un semblable examen réclamerait des études spéciales et approfondies. Notons cependant que l'importation des essences, en Amérique, suit une marche ascendante. Durant les trois derniers mois de l'année 1875, on a introduit pour 117,689 dollars de parfumeries aux États-Unis, contre 109,403 dollars en 1874, durant une même période. En ce qui concerne les huiles volatiles ou essentielles, il y a plutôt diminution dans les envois. C'est en Pensylvanie et dans l'État de New-York que se fabriquent le plus d'articles de parfumerie, mais ils sont, en général, de qualités inférieures aux produits similaires étrangers. Dans la section belge, M. Auguste Marbaix, d'Anvers, avait un étalage assez soigné, comprenant des liqueurs aromatiques, de l'Eau d'Anvers, des huiles essentielles, des essences de carvi, de cèdre, d'iris, de l'huile de clous de girofle, etc. etc.

Les couleurs fines employées dans les arts, aux États-Unis, y sont importées d'Angleterre, de France et d'Italie. Il existe toutefois quelques fabriques de ces produits dans l'État de New-York. Les couleurs minérales destinées aux usages ordinaires, et particulièrement la litharge et le blanc de zinc, sont manufacturées avec succès en Pensylvanie, dans l'Ohio et l'État de New-York. Un bon nombre d'exposants américains avaient exhibé des produits de ce genre au Centenaire. Il n'en a pas été de même des couleurs destinées aux teintures, quatre fabricants Pensylvaniens seulement ayant envoyé des spécimens de leurs travaux à Philadelphie. Les cirages et les encres, au contraire, constituent une de leurs spécialités.

Parlant de ces derniers articles, nous avons remarqué, dans le département anglais, une marchandise excellente, la « Jetoline ». C'est une encre indélébile, composée de chloride d'analine, de chloride de vanadium et de chloride de potasse. Elle est d'un noir de jais, et comme il est impossible de la blanchir ou de la faire disparaître par des agents chimiques ordinaires, elle pourrait peut-être, indépendamment des usages auxquels elle est déjà appliquée, servir à l'oblitération des timbres-poste.

Nous mentionnions ci-dessus les importations de couleurs fines faites aux États-Unis par l'Angleterre. Les manufacturiers de Londres, du Lancashire et du Yorkshire, c'est-à-dire les meilleures firmes anglaises connues dans cette industrie, avaient exhibé à Philadelphie. Nous y avons vu aussi d'excellentes laques, ainsi que des vernis très recommandables, venant d'Edimbourg.

La Nouvelle-Galles du Sud avait expédié de l'indigo, moins recherché aujourd'hui qu'autrefois ; la Nouvelle-Zélande, certaines couleurs tirées du fer hématite, et des extraits de « towai » *Weinmannia racemosa*, et de « l'imau » *Eleocarpus dentatus*.

Au Canada, on s'occupe surtout de la production des ocres, dont le centre de fabrication se trouve dans la province de Quebec et dans l'État d'Ontario ; dans la section française, nous avons à noter de beaux échantillons de couleurs vitrifiées, employées par les fabricants de porcelaine et de faïence, ou pour l'émaillage.

Le département suisse contenait une intéressante exhibition, celle de MM. L. Durand et Huguenin, comprenant de belles et riches couleurs, résultant de la distillation de la poix minérale. MM. Bindschedler et Busch, de Bâle, avaient également un étalage de teintures, obtenues à l'aide de goudron et d'aniline. Dans la même spécialité, nous ne pouvons passer sous silence les échantillons très soignés de M. Max Singer, de Tournai, fabricant de produits d'aniline pour teinture, et de colorants manufacturés au moyen de

l'aniline, de la phéniline, de la diphylamine, etc. Il avait
exhibé à Philadelphie de la naphtaline, d'un beau bleu; du
vert méthyle, de la benzyle jaune, de la méthyline violette,
de la phéniline rouge, et enfin de l'éosine, d'une belle
nuance rose, qui rappelle, ainsi que son nom l'indique, les
teintes délicates de l'aurore.

Toutes les couleurs, ainsi que nous l'avons dit, ont pour
base la poix minérale et ses composés. La chimie moderne,
en tirant ces beaux et riches matériaux d'une substance
comparativement sans valeur, a rendu des milliers d'acres
de terre à la culture des céréales, ou tout au moins les y
rendra bientôt. En effet, le plus beau rouge de Turquie,
dérivé de la garance, n'équivaut pas, en éclat, aux productions nouvelles extraites du goudron. Or, en France seulement, on récoltait annuellement, dans le seul but d'en
fournir les teintureries, 30 millions de kilogrammes de
racines de garance. Il y a plus : grâce à la science, les
grands lacs d'asphalte, si infructueux jusqu'ici, pourront
désormais être mis en exploitation et nous donner de l'alizarine, c'est-à-dire un produit des plus utiles, en abondance.

Avant de quitter la section belge, il nous reste à y
signaler de beaux échantillons d'outremer, de MM. Botel-
berge et Cⁱᵉ, de Melle près de Gand, et d'excellentes couleurs, rouges et brunes, extraites du fer, exhibées par
MM. Offelgeld frères, de Forest. Parmi les encres du pays,
M. Gilkinet, d'Ensival près de Verviers, avait exposé une
spécialité, le « Cache Époutil, » qui sert à indiquer des
défauts sur les draps et sur les étoffes teintes.

En Allemagne, on s'occupe particulièrement de la production de l'outremer, qui figurait dans les exportations
nationales, en 1874, pour un total de 5,060,000 livres. On
y fait également beaucoup de blanc de zinc et de céruse.

L'industrie des teintures y est encore dépendante, pour ses matières premières, au moins partiellement, des manufacturiers anglais. On y fabrique toutefois une certaine quantité d'huile d'aniline, pour l'impression des calicots. L'Allemagne a exporté, en 1874, 673,200 livres de couleurs d'aniline. La production de la fuchsine, non arsénicale, par un nouveau procédé chimique, peut être considérée comme bien établie dans l'empire allemand.

Les articles les plus intéressants exhibés par le Japon, dans la classe 202, étaient incontestablement les laques, renommées dans le monde entier pour leurs qualités supérieures et leur beauté. Ces remarquables produits s'obtiennent, sans trop de manipulations, de la sève du *Rhus vernicifera*, cultivé entre le 33° et le 37° degré de latitude nord. Les encres à écrire, du Japon, ressemblent aux encres chinoises : elles ont pour base de la résine, ou de l'huile de sésame, et du noir de lampe que l'on mêle à une sorte de colle liquide, faite de résidus d'animaux.

On reçoit, aux États-Unis, de Japon et de Chine, une quantité considérable de pièces pyrotechniques de toutes espèces, qui s'y vendent à très bas prix et dont il se fait une grande consommation.

Céramique, poterie, porcelaine.

(CLASSES 206 à 213.)

Danemark. — Parmi l'étalage céramique danois, nous devons citer tout d'abord les terres cuites de MM. George W. Hesse, Wendrich et fils, et de la dame veuve Ipsen.

Chacune de ces firmes s'est fait une spécialité de l'imitation des vases grecs d'Étrurie. L'excellente qualité de l'argile employée à ces reproductions l'y adapte parfaitement.

La collection exhibée était composée avec soin et beaucoup de goût. Les objets provenant de la manufacture Ipsen m'ont paru particulièrement beaux et se rapportaient à tous les types de l'ancienne fabrication étrusque. On y remarquait des vases à silhouettes noires, posées sur fond rouge, ou avec couleurs inversement arrangées; puis d'autres spécimens plus ornés, dont les figurines avaient la face et les bras peints en blanc. Quelques vases, appartenant à un groupe différent, étaient d'une belle couleur saumon, avec ornements aux teintes plus vives, harmonieusement graduées.

Toutes ces pièces étaient d'une bonne exécution et d'un style tout à fait classique.

On applique parfois, en Danemark, cet ancien mode de décoration à des formes modernes. Nous avons vu, dans ce genre, un service à thé, noir et rouge, assez original. Souvent encore, tout en donnant aux objets des contours grecs, on les couvre de dessins non conventionnels. Ces essais ne sont pas à comparer, toutefois, aux belles reproductions de l'antique, citées plus haut.

On fabrique, à Copenhague, une assez belle variété de vases, à dessins polychromes, d'après la manière orientale. Ils sont formés d'une pâte blanchâtre, non glacée, garnie de sujets arrangés en médaillons et de bordures de fleurs de lotus, traitées arbitrairement. Leurs couleurs, c'est-à-dire le rouge, le bleu, le vert, le jaune et le noir, sont très brillantes, d'autant plus qu'elles sont rehaussées de quelques filets dorés. Mentionnons aussi des imitations de vases persans, assez semblables aux précédents, mais dont les dessins sont tracés sur fond noir.

4

On emploie la terre cuite glacée, fond noir, à la confection de plaques, de plats, etc., décorés de fleurs peintes d'après nature. Ce genre a été très apprécié aux États-Unis. Parmi d'autres objets, nous avons encore vu, dans le compartiment danois, de petites plaques, avec figures en bas-relief, d'après Thorwaldsen, Bissen et quelques autres artistes nationaux.

Dans ces spécimens, les figurines représentées ressortaient vivement sur un fond bleu ou violet. La Manufacture royale de porcelaine, fondée à Copenhague, a exhibé quelques plaques artistiques, d'un véritable mérite, entièrement blanches et ressemblant à du marbre de Paros.

Norwége. — La manufacture de la poterie fine, c'est-à-dire de la belle faïence et de la porcelaine, n'est pas poussée fort loin dans ce pays. La section norwégienne ne contenait, en fait de céramique, qu'un seul étalage, celui de M. Fr. Von Schwargenhorn, de Christiania. Cet étalage comprenait un petit nombre d'articles en porcelaine peinte et décorée. Leur glaçure était riche et brillante, mais les fleurs dont ils étaient ornés eussent pu être mieux dessinées et mieux groupées. Parmi ces pièces, un service à thé, de couleur saumon, décoré de figurines d'hommes et de dragons, rouges et noires, mérite d'être mentionné pour son originalité. Les dorures norwégiennes sont belles et paraissent durables.

Suède. — On avait expédié de Suède, au Centenaire, une collection céramique des plus intéressantes et des plus variées.

La manufacture de la poterie constitue, dans cette contrée, l'une des grandes industries locales. Elle s'opère dans

deux vastes établissements, dont l'un, celui de Rorstrand,
fut fondé en 1726, et dont le second, celui de Gustafsberg,
date de 1830. De plus, on a érigé récemment, à Malmo, une
fabrique de faïences et, à Hoganas, une manufacture de
produits réfractaires.

Toutes les branches de l'industrie céramique sont pratiquées à Rorstrand et à Gustafsberg. Ces deux centres de
fabrication sont à peu près d'égale importance. On y emploie environ 1,200 ouvriers, et ils produisirent, en 1874,
pour 3,750,000 francs de marchandises. Celles-ci sont
écoulées, en grande partie, dans le pays. Il s'en importe,
toutefois, en Norwége, en Danemark et en Russie. Certaines spécialités, telles que la majolique de Rorstrand et
le Paros de Gustafsberg, trouvent marché dans d'autres
contrées.

Les fabriques suédoises reçoivent leurs matières premières du Devonshire, du Dorsetshire, du Cornouailles,
de Danemark et de France. Elles ont adopté tous les perfectionnements récents de manipulation et ont pris part,
avec succès, à la plupart des grandes expositions tant
nationales qu'étrangères.

L'étalage de majoliques installé par la Société de Rorstrand, ainsi que ses poteries Palissy, ont été très remarqués. L'envoi se composait de vases, de plaques, de figurines et autres objets, tous fort artistiques. La teinte qui y
prédominait était un vert très brillant, d'un ton peut-être
un peu froid. Néanmoins, les grandes pièces exhibées,
telles que jardinières, piédestaux, vases d'escalier, étaient
d'un bel effet. Deux de ces vases, représentant un Cupidon
assis sur un dauphin et un dragon enroulé autour d'un tronc
d'arbre, attiraient l'attention par leurs belles nuances.

Parmi les majoliques de dimensions ordinaires, l'une des

mieux réussies était un joli vase, à base composée de larges
et minces feuilles de lys, d'un coloris harmonieux. Citons
aussi une aiguière, à anse de serpent, parsemée de lézards,
de fleurs et d'abeilles en relief, d'une excellente facture, et
ensuite quelque vases et plaques, à fond noir ou bleu avec
fleurs et feuilles de pâte blanche, en saillie. Beaucoup d'articles de Rorstrand sont décorés de feuilles de fougère,
ressortant vivement sur un fond gris bleuâtre.

Les manufacturiers suédois se sont appliqués à imiter la
porcelaine du Japon. Deux jolis vases, à figurines dorées,
représentaient ce genre de fabrication. Ils ont exposé aussi
de grands plats à couvercle, ornés de bouquets de roses en
haut-relief. Un charmant service d'assiettes reproduisait des
figurines japonaises, sur fond blanc. Le bord de ces
assiettes, percé à jour en certains endroits, était orné de
papillons et de fleurs.

Les vases en biscuit, en travail de vannerie, et enguir-
landés de fleurs très délicatement façonnées, étaient nombreux dans leur étalage. L'un de ces vases, garni de
fleurs et d'herbes, était couvert d'une glaçure transparente.

La manufacture de Rorstrand ne s'en tient pas à la fabrication fine. Elle produit, de plus, des poêles en faïence, ou
kakelugnar, et des ornements de cheminée, *spis*, en majolique.

L'un des poêles exhibés a la forme d'une colonne, d'environ deux pieds de diamètre et de huit pieds de haut. Cette
colonne repose sur une base carrée, contenant le foyer.
Elle est surmontée d'un chapiteau, doré et décoré de couleurs polychromes. Un aigle, bien modelé, en couronne le
sommet. Le poêle entier est composé de tuiles recourbées,
d'une faïence très blanche, avec glaçure transparente. Sa

base est de même matière, dorée et ornée comme son chapiteau.

Un autre poêle, de même nature, est construit de façon
à garnir tout un côté de salle. Il a douze pieds de haut
et cinq pieds de large. Le manteau de cheminée qui en fait
partie est blanc, tandis que la couleur générale de l'ensemble est d'un bleu pâle, légèrement teinté de vert. Des
tons bleus plus intenses sont employés à la décoration des
carrés, des formes prismatiques et des médaillons dont cette
belle pièce est ornée, et quelques filets d'or, sobrement
appliqués, en rehaussent les reliefs. Au-dessus de la tablette
de cheminée, dans une niche, se trouve un vase, d'un style
et d'une ornementation en rapport avec le reste du meuble.
Celui-ci est coté à 1,140 dollars. Il est accompagné de deux
candélabres, aussi en faïence, du prix de 300 dollars.

Le *spis*, dont j'ai parlé ci-dessus, est un mélange de
majolique en ronde bosse et de carreaux d'un bleu noir,
avec reliefs verts, ou d'un brun chocolat. Des ornements
rubanés, des coquilles et des guirlandes font partie de la
décoration, qui est complétée par des bouquets de fleurs.
L'effet en est riche, mais un peu sombre.

On fabrique beaucoup de ces poêles de faïence en Suède
où l'on en fait un usage presque exclusif. Les carreaux
entrant dans leur confection sont formés d'une sorte d'argile ferrugineuse, avec ou sans addition de sable, couverte
d'une glaçure plombifère, brune, verte ou incolore.

Les objets de table, de porcelaine ou de faïence, provenant de la manufacture de Gustafsberg, ressemblent aux
articles de Rorstrand, sauf par le dessin, qui est d'un caractère plus national. On se fait, à Gustafsberg, une spécialité des articles en biscuit.

Les grands vases de porcelaine bleue et dorée qui occupaient, à Philadelphie, les deux côtés de l'entrée du département suédois, sortaient de la manufacture de Gustafsberg. L'un de ces vases était orné d'une peinture allégorique, formant zone concentrique, représentant les diverses provinces suédoises faisant des offrandes à Svea, la déesse protectrice du royaume. Cette composition est due au peintre Hockert.

Parmi les ouvrages en porcelaine dure, se trouvait un joli groupe de Molin, un certain nombre de copies des plus belles statues antiques et beaucoup d'imitations d'articles en bois et en paille tressés, d'un fini remarquable. Nous citerons encore quelques vases en terre cuite, décorés dans le style grec-phénicien, avec figurines noires et rouges et bandes décoratives.

Parmi les pièces les plus intéressantes, nous avons à mentionner un joli vase, au pourtour d'argenture non lustrée, à anses rouges. Une série de médaillons, disposés autour de ce vase, représentent des scènes légendaires nationales. Beaucoup de plats et d'assiettes, sortant des ateliers de Gustafsberg, sont d'un dessin très original. Un service à thé, fond noir, avec ornements légers en relief, entremêlés de turquoises et de perles, était fort élévant.

La Compagnie avait exhibé aussi des « argentina », c'est-à-dire une sorte de faïence avec dessins en ronde bosse, ayant l'apparence de l'or et, plus souvent, de l'argent. Ces imitations étaient assez réussies.

A Hogana, on ne fabrique que des tuyaux, des tubes, etc. tantôt d'une couleur brune, glacée au sel, tantôt d'une teinte jaunâtre, lustrée au plomb. On y fait aussi des briques et autres objets. Les matériaux employés proviennent de Hogana même, et de Skane.

Belgique. — La céramique belge, en général, n'était
guère représentée à Philadelphie. La poterie artistique
nationale y occupait toutefois une place distinguée. Nous
en avons vu environ soixante-dix spécimens, tous en faïence
peinte, lustrée et non lustrée : des vases, des plats, des
médaillons et des plaques. La plupart de ces objets étaient
dus à M. Edouard Tourteau, ancien élève de l'école de
dessin et de modelage d'Ixelles. Ils ont d'autant plus de
mérite que, dans le genre adopté par leur auteur, la gamme
des couleurs est fort limitée. Cet inconvénient cependant
n'en est pas un pour M. Tourteau, dont les compositions
sont pleines de vigueur et d'effet. Deux grandes pièces,
l'*Ermite sans souci*, sur plaque, et la *Sainte Femme*, sur
plateau, sont très belles. Deux petits plateaux à jour, ornés
de Cupidons gracieusement dessinés, méritent aussi une
mention spéciale. Quelques-unes des pièces exhibées étaient
fort bien modelées, une aiguière entre autres, avec mas-
ques et anse en queue de dragon. Elles ont été acquises,
pour la plupart, pour les collections du Musée d'art et
d'industrie de Pensylvanie.

M. Dauge, un autre artiste belge, avait au Centenaire
quelques œuvres distinguées, parmi lesquelles nous avons
remarqué un plateau, orné d'un paysage, au premier plan
duquel se trouve un cerf, retournant, après sa défaite par
un rival, vers une harde qu'on aperçoit dans le lointain. Les
animaux y sont fort bien dessinés, mais la scène sylvestre
qui les entoure est restée à l'état d'ébauche. Peut-être
cependant cette apparente négligence a-t-elle un but : celui
de fixer plus particulièrement l'attention du spectateur sur
les acteurs principaux de cette intéressante composition.

M. De Mol, l'un de nos meilleurs peintres décorateurs,
avait exhibé une Sainte-Famille et quelques bacchantes

d'après Rubens; M. Volkaerts avait envoyé une plaque ronde, avec amours, et un joli plat, représentant une nichée de perdreaux; Mlle Georgette Meunier, deux plaques ovales d'après Boucher, d'un travail élégant et distingué. Il existe de plus dans la section belge, au département des Beaux-Arts, bon nombre de statuettes en terre cuite, dues à MM. le baron de Woelmont, Comein, de Villez, Lefever et Rodin, dont quelques-unes sont très réussies.

Turquie. — L'influence de la Perse, où l'art céramique a atteint un haut point de perfection, ne s'est pas fait sentir en Turquie, malgré les relations fréquentes qui ont existé entre ces deux contrées. Le style des ornements décoratifs de la poterie turque est essentiellement national. Il est des plus simples et consiste généralement en dorures, appliquées sur les reliefs. Les pipes turques, si connues, en fournissent un excellent type. Elles sont, comme on le sait, en terre rouge, rehaussée d'or. On en a exhibé, toutefois, à Philadelphie, de noires, à zones argentées.

Les produits turcs, à l'Exposition internationale de 1876, comprenaient des cruches, des cafetières et des tasses. Ces dernières sont ordinairement placées dans une monture en filigranes. Tous ces objets étaient confectionnés en argile rouge, peints en noir et garnis de guirlandes ou de points en argenture. Nous avons vu cependant, dans la section turque, des vases ou réfrigérants dont les formes se rapprochaient des produits similaires espagnols. D'autres vases, plus grands, également en faïence, étaient ornés de grosses fleurs rouges, à tiges noires, grossièrement peintes, mais produisant assez bon effet. Le reste de l'étalage se composait de vastes jarres en terre rouge, glacée de vert. L'une de ces jarres n'était lustrée que d'un côté, de façon à faire apprécier l'épaisseur de son enduit. En somme, et pour conclure, la fabrication céramique nous a paru avoir pris, en Turquie, peu de développement.

Égypte. — Le gouvernement égyptien avait expédié à Philadelphie divers spécimens de jarres, d'aiguières et de vases en usage dans la Haute-Égypte, plus quelques échantillons de majoliques et de porcelaine.

Inde anglaise. — On n'a jamais produit, aux Indes orientales, contrairement à ce qui s'est passé en Chine et au Japon, de belles porcelaines. On s'y attache à la fabrication de pièces poreuses, servant de réfrigérants, généralement de forme ronde, afin d'être plus aisément transportables, dans de bonnes conditions d'équilibre, sur la tête des porteurs d'eau. La poterie commune y est de couleur rouge ou noire. On obtient cette dernière teinte en couvrant partiellement le foyer de cuisson, et en exposant les objets à traiter à une épaisse fumée.

On emploie, aux Indes, comme base de fabrication, un granit blanc désagrégé — qu'il est impossible de lustrer — et une sorte de terre, ressemblant au Kaolin chinois. De très anciens monuments religieux, fouillés récemment, contenaient des vases et des urnes en tout semblables aux articles qu'on fabrique encore de nos jours dans les environs. L'absence de glaçure rendant la poterie indigène très perméable, et déterminant l'imbibition, par conséquent, des liquides qu'on y dépose, les Hindous appartenant aux hautes castes ne se servent jamais deux fois du même objet.

On fabrique, aux Indes anglaises, d'excellentes tuiles, faites pâte sur pâte.

Italie. — En pénétrant dans le *Main Building*, ou bâtiment principal, par l'une des portes occidentales de cet édifice, le département italien se présentait tout d'abord aux regards. Des statues en terre cuite rouge, figurant les quatre Saisons, et provenant de l'établissement d'André Boni, de Milan, en garnissaient l'entrée. M. André Boni avait exposé, indépendamment de ces grandes pièces, des bustes, des groupes pour fontaines, des bas-reliefs, des vases, des piédestaux. Parmi ces objets, nous citerons deux jolies fontaines. L'une d'elle est composée d'un réservoir en forme de coquille, de trois pieds de diamètre, entourée de trois Cupidons, dont l'un tient une conque d'où sort une gerbe d'eau, tandis que le second s'efforce de la lui enlever, et que le troisième cherche à se hisser dans le réservoir. Nous mentionnerons encore deux statues de Samson, une bacchanale et un buste de Galilée. Plusieurs de ces œuvres, cependant, manquaient de fini. La terre employée dans la manufacture Boni est d'une belle couleur, d'un grain très fin, et le modelage en est très satisfaisant.

Non loin de l'étalage que nous venons de décrire, se trouvaient quelques statuettes et vases, exécutés d'après des modèles anciens, en poterie galvano-plastique, rendant très fidèlement les diverses teintes du bronze et de l'argent oxydés. Parmi ces articles, nous avons remarqué une coupe, d'après Benvenuto Cellini, et un gracieux trépied, d'un mètre de hauteur, avec cigognes et serpents soutenant des lampes de forme antique.

La Société céramique de Faenza avait envoyé à Philadelphie un grand nombre de ses produits, parmi lesquels des pièces cornières, des vases, des plaques décorées et ornées, des aiguières, des gourdes de pèlerin et divers autres objets d'ornementation. La collection contenait une ou deux

grandes pièces — un foyer et un meuble de toilette — très
élaborées. On a essayé de donner à quelques-uns de ces produits la célèbre glaçure, or et rubis, de la véritable majolique, mais sans beaucoup de succès. On a mieux réussi à
imiter, à l'aide d'émaux stannifères modernes, le style de
Della Robbia. La statuette de St-Jean, d'après Donatello,
exhibée au Centenaire, en fournissait un exemple.

Le meuble de toilette dont nous avons parlé plus haut,
était très compliqué. Des Cupidons, montés sur des dau-
phins, modelés en haut-relief et en ronde bosse, soutiennent
un miroir, encadré de coquillages. Sous ce premier groupe
se trouvent des sirènes, servant de support à une tablette,
des deux côtés de laquelle se présentent des panneaux, couverts de pendentifs en saillie.

Le foyer cité ci-dessus était d'un style à peu près semblable, avec cariatides et grotesques en relief. Dans cette
pièce, on avait multiplié beaucoup plus les couleurs et les
glaçures.

Nous avons observé, de plus, dans la même section, deux
pilastres, recouverts d'ornements mauresques très ingénieux, et une gourde de pèlerin assez remarquable. Elle
était de deux nuances de bleu, dont la plus obscure servait
de fond et dont l'autre formait les traits décoratifs. Un
grand plateau, genre *Sgraffiato*, se trouvait placé non loin
de cette gourde. Il avait été confectionné de deux sortes
d'argile, diversement colorées, superposées. On avait
enlevé, à l'aide d'un grattage, la couche d'argile supérieure,
c'est-à-dire la plus claire, pour découvrir la partie interne,
plus foncée, dont les lignes sombres constituaient le
dessin. Ce plateau était enrichi de médaillons, rattachés les
uns aux autres par de légères guirlandes.

La plus belle faïence moderne, de provenance italienne,

exhibée à Philadelphie, appartenait à l'étalage de Cesare Miliani, d'Ancone. Ses reproductions des pièces si renommées de Gubbio, tout en n'atteignant pas la perfection des originaux, sont très recommandables. Parmi les mieux réussies, nous citerons surtout un vase dantesque, très harmonieux de couleurs et d'une facture excellente. Nous placerons aussi, parmi les plus fidèles imitations de l'ancienne industrie, les pièces de Japhet Torelli, de Florence, et de Bennuci è Latti, de Pizaro, dans le style de Raphaël et d'Urbino.

La partie la plus intéressante de l'Exposition italienne, en fait de céramique, se trouvait néanmoins, non dans le *Main Building*, mais dans le département des Arts, où M. Castellani avait exhibé d'admirables spécimens de la vieille fabrication. Sa collection, trop considérable pour être décrite ici, comprenait des majoliques des manufactures les plus renommées de l'Italie centrale et datant du xv° et du xvi° siècle ; des produits similaires manufacturés en Sicile durant la domination Arabe, parmi lesquels il y en avait quelques-uns remontant au xiii° siècle; des majoliques d'Urbin, du xv° et du xvi° siècle, et enfin de belles œuvres, dans le style de Gubbio, par maître George Andreoli et son école, de 1520 à 1540. Ces dernières, irrisées ēt châtoyantes, étaient d'une beauté réellement remarquable.

Autriche. — L'exhibition autrichienne, en ce qui concerne la porcelaine et les faïences, n'était pas très variée, plusieurs des plus importantes fabriques locales n'y ayant pas pris part. La grande Manufacture impériale de Vienne, très réputée autrefois, n'existe plus depuis dix ou douze ans. Ses produits, lorsqu'elle se trouvait sous la direction du chi-

miste Leithner, étaient très recherchés. Des artistes célèbres, tels que Boucher, Angelica Kauffman et Watteau lui
fournissaient des dessins; abandonnée depuis lors, elle n'a
pas été remplacée.

La maison Moriz-Ficher et fils mérite d'être citée en
première ligne parmi celles qui étaient représentées dans la
section autrichienne. Son étalage se composait d'un bon
nombre de pièces, en imitation d'anciennes porcelaines de
Saxe, de Sèvres, de Berlin, de Dresde, de Vienne, du
Japon et de Chine. Elle se fait toutefois une spécialité des
articles chinois.

Toutes les œuvres exhibées portaient la marque de
fabrique de la maison. Parmi les plus belles, nous citerons
quelques tasses, à anse tordue, copiées sur des modèles
anciens de Capo di Monté. Ces tasses étaient décorées de
figures de bergers et de bergères, de dragons et de grotesques, en bas-relief, sur fond blanc. La porcelaine chinoise à jour et la porcelaine japonaise blanche et bleue ne
nous ont pas semblé aussi habilement exécutées.

Même observation en ce qui concerne le vieux Sèvres.
Les reproductions de porcelaines de Berlin et de Dresde, au
contraire, étaient assez réussies.

Son Excellence le comte Oswald Thun avait envoyé de
Klosterie, en Bohême, des services de table, des services à
thé et à café, des garnitures de lavabo, des jardinières, des
garnitures de porte, etc. Tous ces articles étaient en porcelaine et de bonne qualité, mais leur ornementation nous
a paru un peu surchargée.

La collection de Kiedl von Riedenstein, de Carlsbad,
comprenait également des services de table et des services
à thé. Ces pièces étaient décorées de fleurs, disposées con-
ventionnellement, c'est-à-dire avec grosses roses rouges au

centre ; d'autres fleurs plus petites, rangées en cercle autour de celles-ci, et bordure générale de feuilles vertes, aux extrémités pointant vers l'extérieur.

Un casier, portant le nom de M. Charles Everhardt, de Prague, contenait des fleurs en porcelaine, d'un beau travail. J'y ai remarqué des roses rouges parfaitement modelées, mais d'un coloris insuffisant et manquant de velouté. Les roses thé et les Japonica, au contraire, faisaient presque illusion. Il en était de même des violettes, des œillets et myosotis exhibés.

Notons encore, parmi les meilleurs spécimens de l'industrie autrichienne, la charmante cassette à bijoux de Joseph Zasche. Elle est ornée de plus de trente médaillons en porcelaine, à sujets, disposés sur fond d'or. Ces peintures sont d'un fini remarquable.

W. J. Sommerschuh, de Prague, avait exposé quelques poêles en faïence. Ils étaient émaillés ou lustrés à l'extérieur et perforés de trous à l'intérieur, de façon à favoriser l'irradiation du calorique. L'un de ces poêles était de forme pyramidale, avec ornements en relief, représentant des flammes. Les accessoires du meuble étaient de cuivre, poli et brillant.

Aloïs Klammerth avait envoyé, de Moravie, une quantité de cruches, de vases aux formes bizarres, de gourdes de pèlerin et de pots à boire de toutes dimensions. Ils étaient façonnés en « stein zeug », ou « wedge wood ». Parmi ces objets, les plaques ornées et, en général, les articles à décorations polychromes, laissaient à désirer sous le rapport des teintes, mais étaient d'un modelage assez soigné. Les pots à boire, avec figures et ornements bleus sur fond bistre, nous ont paru comparables aux meilleurs produits allemands du même genre. Deux vases, faisant partie de

cette exhibition, étaient modelés et ornés dans le style
persan, la partie supérieure de chacun d'eux, ainsi que
leur anse, étant garnie de brillantes arabesques, rouges,
rehaussées d'or sur fond noir. La même décoration se trouvait répétée vers la partie inférieure des dits vases, sur un
fond bleu pâle. Si ces couleurs avaient été interverties,
leur effet général, d'après nous, eût été plus agréable.

Espagne. — La céramique espagnole était représentée,
au Centenaire, par quelques objets en terre cuite, en faïence
et en porcelaine. Quelques spécimens de majolique,
exhibés par MM. Pickman et Cⁱᵉ, de Séville, faisaient partie
de la collection. Nous y avons remarqué aussi des carreaux
moulés, avec ornements en relief, couverts d'un émaillage
coloré.

MM. Pickman et Cⁱᵉ avaient envoyé à Philadelphie de beaux
services de table, des services à thé, des cruches, des
coupes, des vases et autres objets. L'éclat du reflet, sur
tous leurs fabricats, est à noter. Quelques-uns de ceux-ci
étaient fort intéressants, par exemple deux petits vases mono-
chromes, sans aucun ornement, uniformes de contours, à
col assez long, étroit, et se développant en forme de tulipe
à leur embouchure. L'un de ces vases était de couleur
céladon, l'autre, d'une teinte dorée extrêmement brillante.
Citons aussi un Don Quichotte en armure, et de nombreux
plats et assiettes, avec armoiries et devises.

A peu de distance de l'étalage de MM. Pickman se trouvait un paravent, sur lequel on avait placé une quantité
d'échantillons de carreaux, avec ou sans ornements, provenant de différentes manufactures. Les spécimens d'une
seule nuance, avec ou sans glaçure, étaient particulièrement bons, leurs couleurs étant vives et bien posées.

D'autres carreaux, peints et émaillés, avec figures bibliques, étaient si lustrés qu'il était difficile d'en apercevoir le dessin.

Les ornemanistes espagnols tirent un excellent parti d'une combinaison de carreaux noirs, verts, bleus et blancs, ces derniers en forme de croix et très petits.

La section espagnole contenait, de plus, quelques bonnes plaques, émaillées de blanc. Ces plaques variaient en dimension, de six à vingt pouces et rappelaient plus ou moins les carreaux hollandais, employés autrefois à l'ornementation des foyers.

Le genre de décoration usité dans les manufactures de faïence, en Espagne, est assez grossier, mais d'un style original. Les articles de cette espèce exhibés à Philadelphie étaient très ordinaires et sans aucun mérite spécial. Il n'en était pas de même de la poterie commune en terre cuite, dont les formes, appliquées aux objets les plus usuels, sont assez artistiques. Il se trouvait, dans la section espagnole, deux grands déballages de ces produits, de diverses provenances.

Ce qui frappait tout d'abord en examinant cette collection, c'était la légèreté et l'élégance des pièces qui la composaient. Elle comprenait des bouteilles, des cruches, des plats, des vases, des aiguières, des pots à boire, etc.

Quelques-uns de ces ustensiles avaient des formes telles qu'on eût eu quelque peine, à moins d'être familiarisé avec les habitudes espagnoles, à se rendre compte de leur usage. Ils étaient en argile, d'un blanc jaunâtre. Leur ornementation, très simple, avait bon aspect, quoiqu'un peu surchargée. Elle consiste en une série de petites boules, placées à la suite les unes des autres, formant guirlandes ou fleurs, à la surface de chaque pièce. Parmi les meilleurs échantillons de cette fabrication, mentionnons un vase, décoré de feuilles. Les veines, la tige, les vrilles de celles-ci se trouvaient indiquées par des lignes incisées dans la pâte.

États-Unis. — Le département américain comprenait beaucoup de terres cuites ; les objets en biscuit ou en majolique y étaient rares; les articles en porcelaine, plus nombreux, mais d'une facture assez ordinaire.

Parmi les spécimens de poterie industrielle ou architecturale de provenance américaine, nous avons observé des retortes à gaz, des fournettes et des manchons fabriqués en Pensylvanie; des briques du Maryland et du Nouveau-Jersey; des tuiles et des revêtements de foyer, de l'Ohio ; des suspensions, des pots à fleurs, des jardinières, du Massachusetts; des tuyaux de drainage du Connecticut.

La maison Galloway et Graff, de Philadelphie, avait exposé une collection d'objets en terre cuite, à très-bas prix. Nous avons remarqué, dans cette collection, une statue demi-grandeur, représentant un jeune garçon, portant un panier à fleurs sur la tête, le tout d'environ trois pieds et demi de hauteur, estimé à 50 francs; un grand vase de 26 pouces de largeur, posé sur un piédestal d'une dimension à peu près égale, évalué à 125 francs ; une fontaine, à double récipient, ornée d'une figure de Triton, mise en vente pour 275 francs. Tous ces objets étaient d'une exécution satisfaisante, vu leur bon marché.

Il existe à Trenton, dans le Nouveau-Jersey, de grandes manufactures d'articles de table, confectionnés généralement en « white granite, » ou pâte anglaise. Ces établissements ont envoyé, au Centenaire, un choix considérable de leurs produits, c'est-à-dire des plats, des assiettes, des

5

tasses, des soucoupes de tous genres. Quelques-unes de ces pièces étaient assez élaborées, entre autres deux grands vases, surmontés de l'aigle américaine, avec serpents entrelacés pour anses. Les détails, toutefois, en sont peu soignés et d'un goût contestable.

On a appliqué la porcelaine, aux États-Unis, à un nouvel usage : la fabrication des dents artificielles. L'étalage de Daniel S. White, dans cette spécialité, était fort important et justifiait pleinement les récompenses obtenues par cet industriel aux expositions précédentes.

Mexique. — Les envois reçus de ce pays étaient peu nombreux et les articles qui en faisaient partie très-inégaux en valeur. En effet, la poterie mexicaine est grossière et ornée de mauvais dessins, tandis que la porcelaine fabriquée dans les mêmes localités est d'un beau travail et porte des peintures fort bien faites et très harmonieuses de couleurs. Quelques plaques et soucoupes, provenant des manufactures mexicaines et exhibées à Philadelphie, ont été honorablement appréciées.

Portugal. — Les terres cuites, de provenance portugaise, ressemblent aux produits espagnols de même nature. Elles leur sont toutefois, sous certains rapports, supérieures. Leurs formes sont plus pures; leur matière première est d'une couleur plus agréable, et les dessins incisés et gravés qui les couvrent, moins surchargés, sont plus originaux. Une particularité de fabrication nuit cependant à leur effet général : c'est la pratique de poser, avant la cuisson, sur l'argile employée, de petites pièces de quartz blanc, dont l'adjonction est loin d'être heureuse.

L'exhibition portugaise comprenait des pots, des casse-

roles , des plats , des réfrigérants , des aiguières , des
vases, etc. Quelques-uns des spécimens exposés étaient de
couleur noire et paraissaient fort lourds, tout en étant au
contraire très peu pondéreux. Du mica en poudre, mêlé à
la matière dont ils étaient composés, donnait à leur surface
un éclat métallique particulier; les articles les plus fins
étaient couverts d'un lustrage au plomb et semblaient de
bonne facture. Une petite aiguière y était surtout admirée,
à cause de la beauté de ses contours, rehaussés d'ornements
foliacés, alternant avec des zones pointillées et incisées.

A. d'Almeida de Costa avait exposé divers objets en terre
cuite, glacés ou émaillés; de la faïence peinte, des figurines de jardin, en argile; des statuettes et quelques
échantillons de poterie architecturale. Ces derniers étaient
tout à fait recommandables et d'une certaine nouveauté. Les
vases en terre cuite de même provenance nous ont paru
beaucoup trop ornés, et les statuettes exhibées étaient
en général d'un mauvais modelé. Deux figures, une Péné-
lope et un Jupiter y faisaient exception, tant pour l'élégance de leur exécution que pour l'éclat de leur émaillage.

Dans une autre partie de la section portugaise se présentait un grand étalage de faïences, comprenant une quantité de sujets, c'est-à-dire des groupes d'animaux, des
oiseaux, des vases, des plaques avec figures en relief, des
chandeliers, des tabatières, des vide-poches, des poissons à
gueule ouverte et formant vase, des grotesques de toutes
natures. Bien que les couleurs prédominantes de cet ensemble fussent le brun, le vert et le jaune, on avait trouvé
le moyen d'en varier considérablement les teintes. Tous ces
articles, probablement à cause de la singularité de leurs
formes, ont été vendus assez rapidement. Ils étaient cependant d'un goût assez douteux.

France. — Ce n'est pas à Philadelphie qu'il convient d'étudier les ressources de l'art français, si connues et si appréciées. Nous ne leur consacrerons donc ici qu'une notice succincte.

La Manufacture nationale de porcelaine de Sèvres avait exhibé, dans le département des Arts, au Centenaire, vingt et un vases, dont quatre de première grandeur et deux de deuxième grandeur.

Parmi les premiers, nous mentionnerons deux vases Paris, en pâte tendre, décorés et peints par M. Eugène Froment, avec exécution d'émaux en relief. Ils représentent, en groupes savamment dessinés, les peintres et les sculpteurs célèbres. Venait ensuite un vase Rimini, décors en or et couleurs, composition de M. Avisse, exécutée par M. David.

Parmi les seconds étaient exhibés deux vases œuf, avec fleurs et ornements peints et dorés par M. François Richard, et, de plus, un vase potiche modifié Alexandre Brongniart, aux fleurs très élégamment peintes, sur fond jaune, par M. Caban. Les ornements de cette pièce étaient en pâte d'application.

Les faïences artistiques étaient nombreuses dans la section française et sortaient des ateliers renommés de MM. Aubry, de Toul; Barbiz et fils, de Paris; de la Manufacture de poteries fines de Gien (Loiret), et de celles de MM. A. Montagnon, de Nevers, et Th. Sergent, de Paris. Les produits exhibés par M. A. Montagnon nous ont paru, entre tous, remarquables pour leurs belles qualités.

Les imitations de fleurs naturelles, en porcelaine, dans le style de Dresde, étaient très réussies. Plusieurs exposants français se sont distingués dans cette spécialité, entre

. autres MM. Détemmerman, Sohn et Delabre, F. Woodcock, tous de Paris. Ils sont moins heureux en ce qui concerne la fabrication des carreaux mosaïque incrustés, dont nous aurons occasion de citer quelques échantillons remarquables dans la notice qui suit, consacrée au compartiment anglais.

Angleterre. — MM. Doulton et Watts, de Lambeth, Londres, avaient exhibé à Philadelphie une collection des plus intéressantes de leurs produits. Elle comprenait près de 1,500 pièces, formées d'une sorte de composition dont nous parlerons bientôt, plus quelques centaines de spécimens de faïences de Lambeth, une quantité de terres cuites et d'autres fabricats plus grossiers, avec ou sans glaçure. Parmi ces derniers se trouvaient des tuyaux de drainage, de la poterie à l'usage des chimistes, de grandes jarres destinées à contenir des acides, etc. L'argile employée à leur confection est recueillie dans le Devonshire et le Dorsetshire. Elle est mêlée de sable, en proportion suffisante pour donner aux objets manufacturés certaines qualités spéciales. Lorsqu'elle a été séchée, passée au crible et mêlée de sable, on forme une pâte de la masse, puis on presse celle-ci entre de pesants rouleaux de fer. Quand le mélange est bien tassé, on y ajoute de la poudre de vieille porcelaine, dont l'adjonction a pour effet de durcir la pâte et d'en prévenir le retrait. L'argile, ainsi préparée, est ensuite mise au four, où on la laisse durant plusieurs jours. Dans l'intervalle, on jette une quantité de sel dans le foyer. Ce sel se combine avec le silex qui se trouve dans la pâte et donne du lustre à celle-ci. Une composition du même genre, mais plus fine, sert à la manufacture d'objets de lavabo et de toilette. Plus soignée, plus travaillée encore, elle constitue les éléments

de ce qu'on appelle en Angleterre et aux États-Unis la
« Doulton ware. »

La «Doulton ware» ressemble, sous certains rapports, à
un produit allemand manufacturé dans les provinces du
Rhin, à Nuremberg et à Maasfeld, au XVIᵉ siècle. On en
rencontre encore assez fréquemment de beaux spécimens,
consistant en cruches, coupes et pots à boire. Quelques-uns
de ces objets sont bruns, d'autres jaunes, mais les plus précieux sont gris, avec décorations bleues et pourpres, bien
dessinées. Tous sont couverts d'une légère glaçure au
sel.

MM. Doulton et Watts ont repris les procédés de cette
ancienne fabrication. Elle offre cet avantage que les couleurs se fondent et s'harmonisent parfaitement sous ce lustrage au sel, sans perdre la netteté de leurs contours. De
plus, les pièces ainsi manufacturées ne doivent être passées
au feu qu'une seule fois.

Les teintes de ce genre de poterie, basées sur l'usage
d'oxydes métalliques, sont brunes et bleues et toujours
assez riches. Leur ornementation est de quatre types différents, qui sont susceptibles de combinaison. En effet, on
peut peindre l'objet au sortir du tour, y graver des sujets à
la pointe, en denteler la surface d'une façon régulière, ou y
incruster des ornements saillants. Cette dernière combinaison, entre toutes, offre de grandes ressources.

Les procédés de fabrication de la faïence de Lambeth ne
diffèrent guère des manipulations ordinaires. La terre étant
cuite, on y applique la peinture, puis le lustrage, et on la
passe au feu. Parmi les ouvrages de cette catégorie exhibés
à Philadelphie, nous citerons quelques carreaux décoratifs,
représentant le départ d'un groupe d'émigrants, au XVIᵉ
siècle, pour l'Amérique du Nord ; puis une série de plaques,

destinées à l'ornementation d'une cheminée, avec figures empruntées au «Songe d'une nuit d'été» de Shakspeare.

Les terres cuites de la manufacture Doulton sont fort belles. Parmi les plus importantes, nous avons surtout remarqué une chaire à prêcher, en argile rouge, avec figures détachées de même matière, mais d'une teinte plus pâle. Les pilastres et les colonnes qui la soutenaient, ainsi que les panneaux placés à sa base, étaient en pâte Doulton. Cette grande pièce, dessinée et modelée par M. G. Tinworth, nous a paru un peu massive et manquant d'harmonie dans les teintes.

Chacun des spécimens, en tous genres, exhibés par M. Doulton, est unique. Lorsqu'il sort du tour et passe entre les mains du décorateur, celui-ci a pleine liberté de l'orner à volonté, sans suivre servilement un modèle. Ce système entretient une vive émulation parmi les opérateurs, presque tous anciens élèves de l'École des Arts de Lambeth.

A côté des produits de la manufacture de Doulton, et à un égal degré d'excellence, nous devons placer ceux de MM. Minton, Hollins et Cie. Cette maison a exhibé une collection remarquable de carreaux et de plaques artistiques, dans tous les styles. Elle a acquis, dans cette spécialité, un haut degré d'excellence. Les Daniell, dont l'étalage se trouvait en face du transept, dans le *Main Building*, avaient exposé de belles porcelaines et de bonnes faïences, dont plusieurs ont été achetées par le Musée d'art et d'industrie de Pensylvanie. Parmi leurs envois se trouvaient quelques articles exécutés pâte sur pâte, c'est-à-dire représentant un art quasi nouveau, celui de peindre avec de la pâte sur de la pâte non passée au feu. Cette nouveauté est due à la Manufacture de Sèvres, qui la produisit pour la première fois en 1867, et dont quelques ouvriers anglais, visitant Paris à cette époque, découvrirent le secret. MM. Daniell se sont appliqués, en outre, à reproduire la vieille faïence d'Oiron, si rare aujourd'hui.

En résumé, nous constatons que l'art céramique a fait des progrès réels en Angleterre, et que l'influence favorable des musées crées à Londres, de même que celle des écoles de dessin et de modelage établies en diverses localités, y ont puissamment contribué. Les produits exposés dans la section anglaise indiquaient, chez leurs fabricants, une grande habileté industrielle. Les formes qu'on leur donne sont bonnes, mais ils laissent encore à désirer, selon nous — sauf de nombreuses exceptions — par le choix des couleurs employées. Celles-ci, souvent un peu crues, sont disposées de façon à fournir des contrastes fort vifs, dont l'effet ne nous paraît pas, en général, fort agréable.

Allemagne. — En face du transept situé au centre du *Main Building,* se présentait l'étalage de la Manufacture royale de porcelaine de Berlin. Cet étalage était placé sur une sorte d'estrade, entourée de draperies. Il comprenait de grands et beaux vases, décorés avec beaucoup d'art. Le *Victoria,* reproduisant le chef-d'œuvre de Guido Reni «l'Aurore», était estimé à 6,500 dollars; le *Germania,* orné de diverses peintures allégoriques, parmi lesquelles «l'Allemagne cultivant les arts et les sciences», et une autre «Borussia, la protectrice de l'Empire», avaient été exécutés d'après Von Heyden et valaient 4,500 dollars, Deux vases cratère faisaient aussi partie de la collection. L'un deux, du prix de 2,850 dollars, représentait la «Procession triomphale du Roi Vin», d'après Schrödter; le second reproduisait un sujet emprunté à Schinkel, sa belle composition de « Helios ».

La Manufacture royale de Berlin avait exhibé, en outre, un tableau sur porcelaine, représentant la Vierge et l'Enfant Jésus, d'après Raphaël, d'un travail très distingué.

Indépendamment de ces objets, qui attiraient la foule, l'exposition allemande contenait une série fort importante et extrêmement variée de cruches en grès et de pots à boire, de toutes formes, de toutes dimensions, Quelques-uns des spécimens qui en faisaient partie, étaient d'une grande originalité. Cette fabrication, néanmoins, est trop répandue pour que nous croyons nécessaire de l'étudier ici en détail.

Brésil. — Le Brésil est une contrée relativement nouvelle, mais dont les progrès, sous une administration sage et éclairée, sont rapides. L'industrie s'y développe dans toutes ses branches, et la céramique n'y est pas négligée. Nous avons remarqué à Philadelphie, dans la section brésilienne, des briques fabriquées dans la province de Rio-Grande-do-Sul, des tuiles de la province de Parana, et quelques statuettes et vases en argile blanchâtre, d'assez bonne facture. Le luxe n'y paraît pas encore, mais l'utile et le nécessaire n'y font pas défaut.

Japon. — Tout en n'employant que des appareils d'une extrême simplicité, les manufacturiers japonais, grâce à une longue expérience et à l'excellente qualité des matériaux dont ils disposent, sont parvenus à façonner des vases d'une dimension considérable, c'est-à-dire de 6 à 7 pieds de hauteur. Ces vases sont exécutés en perfection dans les manufactures d'Arita. Ils confectionnent aussi des tables en porcelaine, généralement blanches et bleues, des tablettes peintes et décorées, des pièces pour foyers et une quantité d'autres articles d'ameublement, dont le centre de production est à Owari.

La manipulation et la mise en forme de l'argile servant à ces travaux, se fait sur la roue à potier ordinaire qui, à Arita, consiste en une roue volante et en un disque, ou plateau, placés à 12 ou 15 pouces de distance. Entre ces pièces se trouve un prisme creux tournant, établi au dessus d'un morceau de bois vertical, fixé au sol. Pour éviter toute friction, on met un godet en porcelaine au point de jonction. Cet appareil suffit aux potiers d'Arita. Sans autre auxiliaire, ils font successivement de grands plats de trois pieds de diamètre, et de petites tasses, si frêles, si légères, si diaphanes, que leurs parois ont à peine l'épaisseur d'une feuille de papier commun.

Dans d'autres districts, sauf celui de Hizen, les moyens de production sont encore plus primitifs et consistent en une simple roue, sans plateau. Les potiers se servent aussi, dans certains cas, de moules d'argile. Depuis l'Exposition de Vienne, ils font usage de gypse dans le moulage, et quelques-uns des spécimens exhibés à Philadelphie avaient été manufacturés d'après ce procédé.

Les articles les plus remarquables faisant partie de l'exposition japonaise, en fait de céramique, venaient de Satsuma et d'Awata. Ils sont composés d'une terre très réfractaire, ne subissant pas de fusion partielle comme la véritable porcelaine. Leur glaçure est obtenue à l'aide de matériaux feldspathiques et de cendres de bois, sans addition de plomb ou de borax. Cette glaçure, en se refroidissant, présente un réseau de craquelures.

Autrefois, les manufacturiers japonais ne produisaient guère que de petites pièces. Depuis quelques années, comme nous le disions en commençant cet article, ils ont fait de très grands vases, et l'Exposition internationale de 1876 possédait, dans cette spécialité, leurs plus beaux travaux. Ces vases sont, en général, décorés d'oiseaux et de fleurs. Leurs artistes aiment surtout à reproduire, parmi les fleurs, la chrysanthème et la pivoine; parmi les oiseaux, la poule, le coq, le faisan et le paon. Leurs œuvres se distinguent par une grande délicatesse de contours, de belles couleurs rouges et vertes et d'épais tracés d'or, de teinte sombre.

On est parvenu, récemment, à imiter la fabrication d'Atsuma dans d'autres localités, particulièrement à Yokohama et à Yeddo.

Les articles du genre « Awata », diffèrent de ceux que nous venons de décrire. Ils sont d'une teinte plus jaune, et leur décoration n'est pas la même. Elle se compose d'esquisses très légères, fort habilement exécutées, en teintes neutres. On a essayé, depuis peu, d'introduire au Japon, en ce qui concerne la peinture de fleurs, le style européen, mais sans trop de succès. Le plus souvent les pièces japonaises sont encore décorées d'après la manière de Satsuma ou de Hizen, à laquelle, d'après nous, on aurait grand tort de renoncer.

Dans l'île d'Awadji, en face de Hiogo, se trouvent quelques manufactures qui méritent une mention spéciale. Leurs fabricats sont d'une teinte jaune, fort délicate et d'une belle glaçure craquelée. Les peintures qui les garnissent ont les contours noirs, vigoureusement tracés, avec émaux transparents, mais plus foncés que ceux qu'on applique à la porcelaine de Hizen. On emploie, à la confection de ces pièces, une sorte de kaolin, formé d'un granit désagregé.

Chine. — La plus belle porcelaine chinoise provient de la province de Kiang-Si, qui en a fourni aux empereurs de

Chine depuis l'an 442 de notre ère. Les principaux éléments dont elle se compose sont le pétunsé et le kaolin, Ces deux espèces de terres sont un peu différentes, la première étant parfaitement blanche et se résolvant en poudre impalpable, la seconde se trouvant mêlée, comme on le sait, de de quelques particules brillantes.

La porcelaine de Chine doit sa belle texture à l'excellence du kaolin indigène. Il lui donne la propriété de résister à une chaleur intense. Combiné avec le petunsé, il produit une pâte qui unit la force à la consistance et peut subir l'action des agents les plus puissants. Les Chinois ont découvert récemment une substance nouvelle, tirée d'un minéral connu sous le nom de *boa-ché*, qu'on substitue avec avantage au kaolin. Néanmoins, comme elle est rare et chère, les potiers chinois se contentent d'en donner une couche à leurs produits, avant les opérations de peinture et de glaçure.

La division du travail existe parmi les ornemanistes chinois. Les uns font les tracés, d'autres dessinent les fleurs servant à la décoration; d'autres encore les mettent en couleur. On emploie en Chine une sorte de vernis, appelé *tsou you*, tiré du silex blanc, dont la propriété particulière est de constituer ce réseau de veines innombrables qu'on aperçoit à la surface de quelques articles chinois.

Lorsque la porcelaine chinoise a reçu sa forme et son ornementation, elle passe de la manufacture aux fourneaux. Les plus petites pièces sont placées dans des cases étroites, d'environ quatre pouces de hauteur. De plus, chaque spécimen repose sur une sorte de soucoupe, en terre, d'une épaisseur de quelques centimètres. Les petites cases dont il s'agit sont saupoudrées de poussière de kaolin, puis mises au four sur une couche de sable d'un demi pied de profondeur, et exposées à l'action du feu jusqu'à ce que toutes les cases soient chauffées au rouge et que les couleurs, décorant chaque pièce, aient apparu dans tout leur éclat.

L'exposition chinoise, au Centenaire, comprenait des spécimens de poterie industrielle et architecturale exhibés par la douane maritime impériale ; des services de table, provenant de King-Kiang et de Canton ; de très beaux objets anciens, vases, grotesques, pagodes, formant une collection d'une valeur considérable, et à laquelle avaient contribué la douane impériale de Kin-Kiang, E Wadman, de Ningpo ; la douane impériale de Shanghaï, etc., etc.

Verre et verrerie.

(CLASSES 214 à 116.)

Les premiers essais de fabrication du verre, aux États-Unis, remontent à l'année 1746. Ils se firent en Virginie, à Jamestown, mais ils furent bientôt abandonnés. Plus tard, en 1780, Robert Hewes, de Boston, en Massachusetts, éleva une verrerie dans la petite ville de Templeton, comté de Worcester. L'usine fut incendiée l'année suivante. De nos jours, on manufacture des verres à vitres dans le Nouveau-Jersey et l'État de New-York ; près de Pittsburg en Pensylvanie, et à Albany dans l'Indiana. Pendant longtemps les verres américains furent peu recherchés, parce qu'ils ne présentaient pas une surface unie, se tâchaient facilement et avaient une teinte verdâtre. Il en résulta qu'une quantité considérable de verres à vitres de Belgique, connus aux États-Unis sous le nom de « French Glass » trouvèrent marché sur le territoire de l'Union. Depuis quelque temps toutefois, la marchandise de provenance américaine tend à s'améliorer, surtout en Indiana, et il est probable que, protégée comme elle l'est par des droits exorbitants perçus sur l'article étranger, elle finira par faire à celui-ci une concurrence sérieuse.

MM. Gilender et fils, de Philadelphie, avaient fait élever, à l'ouest de la Halle aux machines, une usine de 60 pieds de long sur 90 pieds de large, construite en bois, où l'on travaillait le verre sous les yeux du public.

Durant les trois derniers mois de l'année 1875, l'importation étrangère de verres à vitres, aux États-Unis, s'est élevée à un total de 7,337,406 livres, contre 7,397,076 livres en 1874, représentant une valeur de 356,450 dollars pour 1875, contre 350,635 dollars l'année précédente.

Nos industriels ne sauraient apporter trop d'attention à l'emballage de leurs produits, beaucoup d'importateurs se plaignant, à tort ou à raison, de la casse considérable qu'ils constatent dans les envois. Il n'est pas inutile de faire remarquer les efforts faits par les industriels anglais pour obvier à ce désavantage. Je mentionnerai à ce propos les caisses perfectionnées exhibées par MM. Air et Calder, supprimant l'emploi de la paille, et, d'autre part, les enveloppes en paille confectionnées par les mêmes, à la mécanique, très efficaces, dit-on, et à bas prix.

Treize exposants belges avaient envoyé des échantillons de verres à vitres à Philadelphie, blancs, mats et mousselinés. Parmi les spécimens exhibés, nous avons remarqué spécialement ceux de MM. Fourcault-Frison et Cie, de Dampremy, près de Charleroi; Bennert et Bivort, de Jumet; Andries-Lambert et Cie, de Marchienne-au-Pont; Léon Mondron, de Lodelinsart,

La Belgique conserve, en ce qui concerne la manufacture du verre à vitres, une véritable supériorité.

Elle a exhibé, en outre, du verre cathédrale, pour peinture sur verre, et des verres pour photographes, sortant de l'usine de M. de Dorlodot, de Lodelinsart; du verre vert pour serres, envoyé par M. A Schmidt, de la Société de verrerie de l'Alliance à Jumet, près de Charleroi.

La fabrication des glaces polies en blanc, étamées au argentées, a fait moins de progrès aux États-Unis, jusqu'à ce jour, que celle du verre à vitres. On avait créé, il y a quelque temps, un vaste établissement, consacré à cette production, à St-Louis, mais ses opérations ont été infructueuses. Il est probable toutefois qu'on le relèvera prochainement, car il est placé dans d'excellentes conditions d'exploitation, et dispose de matières premières qui ne laissent rien à désirer. Dans l'intervalle, quelques manufacturiers américains, parmi lesquels nous mentionnerons J.-F. Clees et fils, de Philadelphie, exécutent déjà quelques belles pièces à des prix relativement modérés.

La Belgique et la France se distinguaient en cette spécialité. Dans le compartiment belge, nous avons remarqué la belle glace de vitrage de la Compagnie de Floreffe, association qui se trouve également représentée en France par son établissement de Jeumont; puis encore les glaces exposées par la Société anonyme de Courcelles; celles des glaces et verreries du Hainaut, et enfin, les produits de la Société anonyme des manufactures de glaces, de Bruxelles.

Dans le département français étaient présentées les glaces renommées de la Manufacture de Saint-Gobain, de Paris.

L'étalage anglais, en fait de verrerie, différait beaucoup de ceux dont nous venons de parler. Sur vingt-trois expo-

sants appartenant au Royaume-Uni, treize n'avaient envoyé
que des verrières aux États-Unis. Quelques-unes de ces
œuvres étaient assez réussies, bien qu'elles n'égalassent pas,
pour la vivacité des couleurs, les œuvres des anciens
maîtres. MM. Baillie, Thomas et Cie avaient expédié un
panneau, avec image de la Vierge Marie, dans le style du
XIVe siècle ; MM. Hardman, John et Cie, une verrière en
quatre compartiments, style « cinto cento, » exécutée pour
l'église de St-Néot, dans le Huntingdonshire, et représentant Jésus à Béthany ; MM. Ward et Hughes, de Londres,
deux sujets, l'un sacré, « Notre-Seigneur dans sa gloire, »
et une composition allégorique « l'Industrie » etc.

Indépendamment des verrières, la section anglaise contenait des verres étamés, avec dessins argentés mat sur fond
brillant, ou vice-versa, genre de décoration très en vogue
aux États-Unis ; puis des lentilles pour instruments
d'optique, spécialité peu ou point représentée en Belgique,
et enfin de splendides spécimens de gobeleterie et de cristallerie, taillés et ciselés. Ils comprenaient des verres de
table, des vases à fleurs, des chandeliers à pendentifs, des
lustres et même des statuettes et des groupes en cristal. A
propos de ces derniers objets, nous devons constater que les
plus beaux modèles, confiés au cristal, deviennent fort laids.
Les figures humaines, les fleurs, les feuillages, ainsi
rendus, s'allourdissent. L'art appliqué à la verrerie —
exclusion faite des vitraux — ne peut se réfugier que dans
l'harmonie des lignes, dans la proportion, dans l'élégance
des courbes. Il lui est encore applicable dans la ciselure.

L'exposition anglaise comprenait de très beaux objets
gravés, qui ne le cèdent qu'aux articles de Bohème, dont
nous parlerons plus bas. Le compartiment français n'en
possédait guère, les principales manufactures nationales

n'ayant pas fait d'envois à Philadelphie. D'autre part, les fabricants français avaient exhibé des lentilles de très grandes dimensions, de splendides cristaux et des fleurs en émail très réussies. Ces dernières provenaient de la maison Souchet et Cie, de Paris.

La Suisse ne figurait, à Philadelphie, dans la branche industrielle qui nous occupe, que pour ses verres de montre; la Hollande, pour quelques articles de gobeleterie, expédiés au Centenaire par J.-J.-B.-J. Bonvy, de Dordrecht; le Brésil, pour quelques produits très ordinaires et à bon marché; la Russie, pour quelques miroirs assez originaux. En effet, ils sont entourés de cadres en cuivre doré, découpés à plat et ornés de façon à rappeler le style de décoration appliqué aux maisons en bois dans la campagne russe.

Les verreries d'Autriche-Hongrie étaient dignement représentées à Philadelphie. Elles y ont exhibé des alambics de verre, des flacons pour préparations chimiques, des cloches en verre, des verres d'optique, parmi lesquels nous avons remarqué spécialement ceux de M. Waldstein, de Vienne; de beaux échantillons de verre coloré, fort épais, pour lanternes de navires; des vitraux très artistiques, exécutés par MM. A. Neuhauser et Cie, etc.

La cristallerie de Bohême a maintenu, au Centenaire, sa haute réputation. Elle y a présenté des objets gravés ou taillés avec une rare habileté et qui valent des bijoux. Nous avons surtout admiré un plateau en cristal, avec gravures dans le style de la Renaissance, d'un travail exquis; il était évalué à 120 dollars. Un autre plateau, couvert d'un réseau de traits légers, des plus élégants, qui, à distance, rappelait la texture d'une dentelle, mérite également d'être mentionné, ainsi que les verres bleu foncé et blanc, bleu foncé et or, de MM. J. L. Lobmeyr ; les prismes si réguliers et si bien polis, de Franz Batka, de Prague, etc.

Pour en revenir aux États-Unis, il me reste à parler d'un appareil appliqué à la gravure sur verre qu'on y a mis, depuis quelque temps, en usage. L'idée de sa construction a pour origine un phénomène naturel dont on a fait l'ingénieuse application aux travaux industriels. Il existe, dans les grandes plaines de l'Ouest, des rochers de formes bizarres, dont la base est cylindrique — assez semblable à la tige de quelque gigantesque végétal — et dont la partie supérieure s'épanouit en couronne ou en chapiteau, à une élévation considérable du sol. Ces singulières formations sont dues à l'action des courants atmosphériques qui, soulevant les sables d'alentour, les projettent avec force contre les rocs isolés et en évident peu à peu la surface, par suite de frictions répétées. Un inventeur américain a tiré parti de cette observation. Il a imaginé une machine à l'aide de laquelle il dirige, contre le verre ou le cristal à graver, des jets de sable, qui en dépolissent, à certains endroits, la surface, y développant insensiblement des dessins très compliqués et très élégants.

Cet appareil, d'une grande utilité, mérite de fixer l'attention des industriels belges.

Ameublement et objets d'un usage général dans les constructions et les appartements.

(CLASSES 217 A 227.)

Les différentes branches d'industrie qui ont pour objet l'appropriation et l'ornementation de nos maisons, la con-

fection de la multitude de choses dont nous faisons usage
chaque jour, la satisfaction des besoins nouveaux d'une
civilisation progressive, sont extrêmement variées. Elles
font appel à tous les métiers, emploient les matières les
plus diverses et subissent l'influence des modes, des
climats, des tendances nationales. Il n'est pas aisé de les
étudier dans leurs manifestations multiples, sans se perdre
en quelque sorte dans les détails. Nous essaierons toutefois
d'analyser les richesses mobilières exhibées à Philadelphie
les isolant d'abord par groupes, pour en esquisser ensuite,
d'une façon plus large, les caractères généraux.

Mobilier ecclésiastique. — Parmi les grands meubles,
les objets religieux, destinés au service du culte, ont attiré
tout d'abord notre attention, tant par leurs qualités artistiques, que par le fini, la beauté de leur exécution. Dans la
galerie principale du *Main Building*, à l'angle du compartiment belge, s'élevait une magnifique chaire à prêcher,
sortie des ateliers de MM. Goyers frères, de Louvain.
Construite dans le style ogival, d'excellentes proportions,
elle portait quatre panneaux, d'un beau travail, représentant le mariage de la Vierge, l'Annonciation, la Visita-
tion et la Fuite en Égypte. On l'offrait en vente au prix,
relativement modéré, de 20,000 francs. Cette chaire était,
incontestablement, la plus belle qui fût à l'Exposition, et
les journaux illustrés américains en ont publié, peu de temps
après l'ouverture du Centenaire, un dessin très exact et
très fidèle. M. F. H. Schroeder, dans le département des
Etats-Unis, avait aussi exhibé une chaire à prêcher, d'assez
bonne facture, mais de dimensions inférieures et d'un style
beaucoup moins pur.

Le mobilier ecclésiastique constituait une partie intéres-

sante de la section anglaise. MM. Cox et fils y avaient une
grande variété d'objets en fer forgé, en cuivre, en bronze,
en argent, en bois, généralement de style gothique, d'un
archaïsme, d'après nous, un peu exagéré. Sans doute, la
sévérité et la sobriété de la forme sont recommandables dans
la confection des articles destinés au service religieux, mais
on ne doit pas pousser ces qualités jusqu'à la sécheresse et
la roideur. Les meubles de MM. Cox et fils témoignent,
toutefois, d'une étude consciencieuse des bons modèles.
Pour donner une idée de leurs prix, nous citerons un prie-
Dieu, en chêne, de 5 livres sterling; un lutrin en cuivre
poli, de 280 livres sterling; une tribune, en fer forgé, de
50 livres sterling; des calices avec patène, en argent, de
26 à 50 livres sterling, etc.

MM. Singer et fils, de Frome, en Sommerset, avaient
tout un déballage d'objets en métal, destinés aux églises,
entre autres des croix d'autel, de grands chandeliers, des
plats servant à faire la quête et de belles tablettes murales,
gravées avec beaucoup de distinction.

Aux États-Unis, ce genre d'articles se fabrique principalement à New-York et en Massachusetts. Dans le premier
de ces États, les manufactures les plus connues sont celles
de MM. J. et R. Lamb, et de MM. Rob. Ellin et Cie.
MM. Lamb avaient exposé tout un mobilier d'église,
c'est-à-dire des lutrins, des ouvrages en cuivre, des plats;
MM. Ellin et Cie, des stalles sculptées, des fauteuils, des
pupitres pour litanies, etc.

Dans le Massachusetts, le centre de cette fabrication est
à Boston. M. Paine y a fondé de vastes ateliers, où l'on
façonne beaucoup de meubles destinés au culte. Une table
de communion, de 2 pieds 5 pouces sur 1 pied 10 pouces,
en noyer noir, sans ornements, y est estimée à 7 dollars

(papier); avec feuille de marbre, à 10 dollars; le même meuble, de trois pieds 6 pouces sur 2 pieds 2 pouces, ordinaire, à 30 dollars; avec marbre, à 36 dollars. De grands fauteuils d'église, à ressorts, recouverts de moquette anglaise, y sont mis en vente à 7 dollars 50 cents; recouverts de peluche, à 8 dollars 50 cents. On en fait toutefois de plus riches, dont le prix atteint jusqu'à 30 dollars 50 cents.

Neuf exposants français avaient envoyé des objets religieux à Philadelphie, parmi lesquels nous mentionnerons tout d'abord les produits de M. Poussielgue-Rusand, de Paris. Indépendamment de nombreux calices, de ciboires, de crosses, de lampes d'église, cet industriel avait exhibé un autel de grande dimension, entièrement doré, valant 1,000 dollars. M. Touchard, également de Paris, avait à l'Exposition des orfèvreries spéciales, assez soignées; MM. Raffl et Cⁱᵉ, des statues de saints; M. Louis Michel, de Toulouse, des ornements sacerdotaux de tous genres; MM. Froc-Robert et fils, des autels et des statues; M. Chavet, des chemins de la croix et autres tableaux religieux.

L'étalage russe était fort riche. Les calices et d'autres pièces exposées par M. Sasikoff étaient somptueux, et leurs ornements, dans le style byzantin, attiraient l'attention. La pièce capitale de cette exhibition était un travail au repoussé, fait à Moscou en 1867 et représentant « l'Adoration des Bergers. » La composition en était bonne et comprenait de nombreuses figures, bien dessinées et habilement ouvrées.

L'Institut artistique de Munich, dirigé par M. Mayr, avait expédié à Philadelphie un autel gothique, en partie doré, en partie peint, et dont la peinture était rehaussée d'ornements délicats et légers, dans le genre de ceux qu'on remarque parfois sur les marges des manuscrits du xiv° et du xv° siècle. L'envoi bavarois comprenait, en outre, un certain nombre de statues de saints, de grandeur naturelle et de proportions plus classiques et plus élégantes que les œuvres de même nature exhibées dans les autres sections. Il y avait même, selon nous, trop de recherche dans leur exécution, dont le caractère n'était pas suffisamment religieux.

Gros ameublement. — Dans une contrée nouvelle, où les déplacements sont fréquents, les installations sommaires, la vie active et agitée, il existe des besoins spéciaux que l'industrie locale s'efforce naturellement de satisfaire. La section réservée aux fabricants de meubles, dans le département des États-Unis, était très instructive à ce point de vue. En Europe, les grandes maisons d'ébénisterie s'attachent à produire des objets durables, unissant la solidité à l'élégance; en Amérique, indépendamment de cette préoccupation, on en a une autre, celle de créer des articles aisément transportables, adaptés aux allures inquiètes de la population et qui soient successivement, tantôt meubles, tantôt bagages. Le problème a été résolu de la manière la plus ingénieuse. Citons quelques exemples de ces adaptations originales, essentiellement américaines.

MM. Lambie et Sargent, de New-York, avaient exhibé une table dont toutes les pièces se repliaient et s'emboîtaient les unes contre les autres, de façon à occuper très peu d'espace. En partie montée, cette table avait l'aspect d'un meuble ordinaire, dont le plateau supérieur s'élevait à 22 pouces et demi au-dessus du sol; plus développée, elle s'élargissait d'une extension garnie d'une boîte, et atteignait 24 pouces et demi de hauteur; modifiée de nouveau, elle comptait 28 pouces et demi, se couvrait d'un échiquier et avait subi une transformation complète. Elle était cotée, selon qualité, de 6 à 35 dollars.

Plus loin, se trouvait un fauteuil exposé par la *Wilson chair manufacturing C°*. Il était en fer forgé et garni de quatre coussins. Sa monture était disposée de manière à permettre de lui donner trente positions différentes ! On pouvait, à volonté, en faire un lit, comprenant deux combinaisons, un sopha, ou un fauteuil à tout angle d'inclinaisons. Si l'on voulait s'en servir comme meuble de bureau, le cas était prévu. Il suffisait d'en placer le dossier verticalement et d'en retirer un pupitre mobile, avec support pour le livre en lecture. Ce curieux appareil, avec coussins en reps vert, bourrés de crin végétal, valait 35 dollars ; en reps vert ou rouge et crin naturel, 45 dollars.

La *Newhaven folding chair C°* avait envoyé des chaises et des fauteuils, aux siéges de canne, de damas ou de cuir, le tout en forme d'X, se repliant et s'empaquetant sans le moindre embarras ; un autre industriel avait imaginé un fauteuil à bascule, dont le mouvement mettait en jeu un soufflet, placé à sa base, lequel renvoyait un courant d'air au visage de la personne assise, la dispensant, grâce à ce simple mécanisme, de manier l'éventail pour se rafraîchir. Ailleurs, nous avons remarqué le billard de chambre de M. Pottin, également à combinaisons, et que nous allons essayer de décrire brièvement.

Ce billard, sous sa forme usuelle, a l'apparence d'une jolie table de salon, posée sur un pied et dont la partie supérieure, de dimension ordinaire, est ornée d'un échiquier. En enlevant ce couvercle, on découvre le plateau du billard proprement dit, muni de bandes et recouvert de drap. On y meut les billes au moyen d'une queue à ressort, dont on

presse la détente et à l'aide de laquelle on peut produire
tous les effets obtenus par les procédés ordinaires. Dans
l'intérieur du pivot sur lequel la table se trouve actuellement posée, se trouvent quatre pieds, qu'on en dégage facilement. Ceux-ci, adaptés aux quatre angles du meuble, en
transforment tout à fait l'apparence, et le billard précédent
devient un meuble destiné au jeu de bac, ou, couvert de sa
tablette, une table à dîner.

Le billard de Pottin se vend de 60 à 200 dollars, aux
États-Unis, suivant dimensions.

Nous pourrions mentionner bien d'autres produits, du
genre de ceux que nous venons de décrire, tels que des
armoires à glace renfermant un lit, qu'on en sort par un
simple mouvement de bascule ; des baignoires en étoffe
dont on fait au besoin un sac de voyage, mais il nous tarde
d'arriver à la belle ébénisterie qui, disons-le en toute justice,
ne fait pas défaut aux États-Unis.

Les fabricants américains excellent dans la confection de
ces meubles de bureau, à nombreux tiroirs, si utiles aux
gens d'affaires. MM. D.-L. Ranson et Cⁱᵉ, de Buffalo, en
avaient exhibé de fort beaux, avec pupitre mobile, pour
écrire assis ou debout, et combinés de façon à ce que le
moindre coin y fut utilisé. Ces meubles étaient évalués de
175 à 275 dollars. Le moins cher avait 5 pieds 8 pouces
de longueur. La *Wooton Desk Company*, d'Indianapolis,
en présentait, dans le même compartiment, à des prix
moins élevés, variant de 100 à 165 dollars, suivant qualité.

On exploite, aux États-Unis, une autre spécialité : la
fabrication de chaises et de fauteuils dont le dossier et le
siége sont formés d'une seule pièce de bois, à courbure très
élégante, perforée de petits trous disposés régulièrement

et formant dessin. Ces meubles sont en érable, en bouleau ou en noyer. Une chaise ordinaire, dans ce style, revient à 3 dollars ; un fauteuil, à 5 dollars.

On connaît la chaise à bascule américaine, posée sur deux traverses recourbées, sur lesquelles s'opère le mouvement. MM. Frank Rhoner et Cie avaient expédié à Philadelphie un meuble de cette nature, placé sur deux ressorts en forme d'S renversées. Ces ressorts, à la fois résistants et flexibles, étaient fixés sur deux traverses immobiles, arrondies, reposant sur le sol. Le bruit résultant du va-et-vient dans les chaises ordinaires, est complètement supprimé par suite de ce perfectionnement.

Le berceau a été également modifié en Amérique. On en a fait une couchette, à l'un des côtés de laquelle se trouvent des ressorts à crochets. Durant le jour, la couchette est suspendue à une barre horizontale à l'aide des dits crochets. Le berçeau étant disposé parallèlement à la barre, et se trouvant soutenu par des ressorts flexibles, les moindres mouvements d'un enfant y déterminent des oscillations, d'autant plus fortes que l'enfant est plus agité. Là nuit venue, on peut décrocher le meuble et l'attacher au bois d'un grand lit.

Nous avons dit ci-dessus que les beaux meubles ne manquaient pas dans l'exhibition américaine. Nous en citerons pour preuve le splendide mobilier de bibliothèque, genre Henri II, exhibé par M. L. Marcotte et Cie, de New-York. Ce mobilier est en bois noir et se trouvait dans un pavillon tendu de cuir vénitien. Ses formes étaient strictement en rapport avec les traditions. Le « Cabinet » qui en faisait partie était remarquable. Il était d'un style typique, sans affectation ni recherche. Les émaux des portes et des frises de cette belle pièce avaient été dessinés et exécutés par des artistes attachés à la Manufacture de Sèvres. MM. Marcotte et Cie l'estimaient à 8,000 dollars. Les siéges qui l'accompagnaient étaient aussi en bois noir, rehaussés de cuivre à jour et ciselés.

Dans le compartiment contigu se trouvaient rangés des meubles de salle à manger, en noyer ciré, provenant de la manufacture de MM. Pottier et Stymus, de New-York, mais exécutés d'après des dessins français. L'un de ces meubles était mis à prix à 8,500 dollars. Nous avons encore remarqué un charmant bahut, des mêmes, ébène et ivoire, coté à 6,500 dollars.

Parmi les fabricants de billards aux États-Unis, il nous reste à mentionner MM. J. M. Brunswicke, Balcke et Cie, établis à Chicago. Ils emploient, pour couvrir leurs billards, des draps belges de la maison Simonis, qu'ils revendent aux petits fabricants à raison de 7 à 9 dollars le yard. Ils débitent des billes de billard, de 2 ³/₈ pouces, assorties, au prix de 22 dollars ; des queues en frêne, à 6 dollars la douzaine. Les meubles qui sortent de leur manufacture sont soignés, mais, d'après nous, un peu trop surchargés d'ornements.

En général, aux États-Unis les fabricants de meubles recherchent l'effet. Ils tiennent plutôt à éblouir — sauf d'honorables exceptions — qu'à faire preuve de goût. Là où l'on rencontre des objets élégants, d'un beau dessin, de formes distinguées, là aussi, la plupart du temps, on constatera l'inspiration et le faire d'artistes et d'ouvriers étrangers.

Les articles de gros ameublement étaient fort rares dans l'exhibition française. Les grandes maisons parisiennes, si renommées dans cette spécialité, ne s'étaient pas fait représenter à Philadelphie. Nous y avons vu cependant une belle collection de bronzes, exposée par MM. Susse frères, contenant entre autres pièces des imitations de bronzes chinois, assez bonnes, un gracieux buste de Diane, une luxueuse jardinière en marbre du Mexique et de belles reproductions d'anciens types. M. A. Gallais, de Paris, avait envoyé des meubles en laque; M. Lichtenferder, des siéges élastiques à lames d'acier; MM. Kaffel frères, des meubles en bronze, avec application de porcelaine, de cristal, de faïence et de marbre. Il faut beaucoup de goût pour opérer ces mélanges, d'où résultent souvent des tons crus ou des contrastes heurtés, dont l'effet est essentiellement discordant.

Si nous ajoutons aux noms qui précèdent ceux de MM. Henri Perrot et Louis Marchand, pour bronzes d'ameublement, nous aurons à peu près épuisé la liste des exposants français dont les produits appartiennent à la section des gros meubles.

En Hollande, on s'est efforcé d'imiter les anciens produits japonais, et l'industrie des laques y a fait de grands progrès. M. L. J. Nooijen, de Rotterdam, avait expédié au Centenaire de beaux articles de ce genre, en papier mâché, laque et nacre, comprenant des paravents, des pupitres, des boîtes à gants et à bijoux. Quelques-uns de ces objets, décorés de paysages, vus au clair de lune ou brillamment éclairés par le soleil couchant, ont été admirés. M. G. Van der Lugt, de La Haye, s'est également distingué dans cette spécialité. Son déballage comprenait à peu près le même choix de marchandises que le précédent, plus deux cabinets; des plateaux à thé, noirs, rouges, nacrés, dorés ou couverts de fleurs; une table en laque rouge; une autre aux belles teintes dorées. La firme L. J. Nooijen date de l'année 1858; celle G. Van der Lugt fut fondée en 1864.

Le contingent belge, relativement à l'ébénisterie, n'était pas important par le nombre, mais avait une valeur réelle au point de vue artistique. L'ameublement en chêne sculpté exhibé par M. Van Ginderdeuren, de Bruxelles, a été pho-tographié pour stéréoscope par la *Centennial Photographie Company*. Il comprenait, entre autres choses, une cheminée sculptée, surmontée d'une glace, le tout décoré dans le style flamand, avec têtes de lion et pendentifs de fleurs et de fruits; de substantiels fauteuils, recouverts de cuir et gar-nis de clous dorés, etc.

La Maison Snyers-Rang et Cie, de Bruxelles, a justifié également, à l'Exposition universelle de 1876, son excel-lente réputation. Elle y avait envoyé un meuble à bijoux, en bois de noyer sculpté, avec intérieur en ébène, incrusté en ivoire, d'une exécution très louable, plus, des chaises, une console en bois sculpté et doré, style Louis XIV; un bahut en bois de chêne, style de la Renaissance flamande, orné de plaques en faïence peinte, etc. Nous avons encore à men-tionner, dans le compartiment belge, un charmant meuble cabinet, style François 1er, en noyer ciré, sculpté, avec sta-tues, estimé à 3,000 francs, sortant des ateliers de M. H. Zech, de Malines. Les boîtes de Spa y étaient égale-ment représentées par quelques spécimens choisis. Un petit monument octogone, sur les diverses faces duquel se trou-vaient reproduits les sites les plus agrestes de notre belle ville de bains, rappelait au public, tout à la fois, les travaux des artistes spadois et les vertus efficaces des eaux ferrugi-neuses de cette localité.

Nous avons peu de citations à faire concernant l'ébénis-terie suisse. M. J. Fluck, de Fluhberg, avait exposé une table avec échiquier et jeu d'échec, le tout délicatement sculpté. Les principales pièces du jeu représentaient, au lieu des figures traditionnelles, Washington, Columbia, Grant, Helvetia, etc.

J.-F. Klein, de Meiringen, avait au Centenaire une jolie table de toilette ; John Grossman, de Ringgenberg, une table avec incrustations, et quelques chaises, etc. Les ébénistes suisses emploient, de préférence, pour la confection de leurs meubles, le poirier, le cerisier, le chêne et le noyer.

L'exhibition autrichienne se distinguait par une spécialité : la fabrication de chaises, de fauteuils et de sophas en bois léger formant des courbes élégantes, avec garnissage de jonc. La monture de quelques-uns de ces meubles est entièrement dorée. Parmi les producteurs les plus connus en ce genre, nous mentionnerons MM. Thonet frères, de Vienne, dont les principaux établissements industriels sont en Moravie, à Koritchau et à Bistritz.

La confection des meubles qu'ils livrent au commerce est digne d'attention et mérite une description sommaire. Le bois destiné à être travaillé étant coupé, on le débite en douves d'un certain diamètre. On en extrait ensuite l'oxygène par immersion dans un liquide, puis les pièces ainsi préparées sont courbées et placées dans des moules. On les transporte alors dans des séchoirs, où elles sont soumises à une chaleur intense qui en opère la dessication complète. En sortant du séchoir, le bois n'est pas seulement durci, mais il retient désormais la forme qui lui a été donnée, et ne subit aucun changement par suite de l'influence de la température extérieure.

Les différentes parties du meuble sont rattachées les unes aux autres à l'aide de vis, et non de colle forte, de sorte qu'on peut les expédier, montées et non montées. Dans ce dernier état, trois douzaines de chaises empa-

quetées et mises en caisse, n'occupent qu'un espace de
1 1/3 mètre.

MM. Thonet frères occupent , dans leurs différentes
usines, 5,200 ouvriers qui, avec le travail des machines,
pouvaient produire, en 1872, 2,720 meubles par jour, production qui s'est accrue depuis cette époque. Un sopha, garni
de canne, sortant de leurs établissements, d'une longueur
de 1 mètre 11 centimètres, se vend 15 dollars 50 cents; une
chaise, avec garniture semblable, 4 dollars 30 cents ; un
fauteuil ordinaire, 7 dollars 50 cents à 11 dollars.

Le compartiment égyptien ne contenait en fait de meubles proprement dits, que quelques siéges incrustés de
nacre, sans dossier, fabriqués en bois noir, assez originaux,
mais peu confortables. Le même mérite, c'est-à-dire l'originalité, doit également être attribué, en toute justice, aux
meubles sculptés en bois noir, envoyés à l'Exposition par un
ébéniste de Bombay (Indes Anglaises). Ces meubles, dont la
forme générale est celle des fournitures d'Europe, sont
ornés d'un large pourtour, sculpté à jour, ne présentant
presque point de saillies, d'un travail extrêmement minutieux. On comprend, en examinant ces produits, qu'ils
viennent d'une contrée où la main-d'œuvre est encore à
bon marché, et où l'ouvrier est patient, sobre et peu
actif.

La Russie se faisait remarquer, à Philadelphie, par un
brillant étalage de meubles ornés de malachite. Cette belle
pierre y était présentée sous toutes espèces de formes. On
en avait fait des vases, des articles de toilette, des dessus de
table; on l'exhibait à l'état brut, au sortir de la mine et
délicatement taillée et polie. Parmi les plus beaux objets
expédiés au Centenaire par les fabricants russes, nous
devons citer deux buffets, en bois de noyer, avec panneaux

enchâssés de malachite. Ailleurs se trouvait une table, dont la partie supérieure était formée de la même pierre, avec urne de même matière suspendue en-dessous, et pieds incrustés semblablement. Cette table était mise à prix à 2,480 dollars. Un autre meuble, du même caractère, mais plus petit, était coté à 1,500 dollars. Les buffets dont nous avons parlé plus haut valaient 900 dollars chacun; de grands vases, 1,000 dollars la pièce. Aucun des articles d'une certaine dimension n'était à vendre en-dessous de 300 dollars. Indépendamment de ces pièces importantes, il y avait une variété de petits objets, également en malachite, à des prix plus modérés.

En dehors de la spécialité précédente, nous n'avons à mentionner, dans le compartiment russe, parmi les articles de gros ameublement, que quelques produits d'ébénisterie, travaillés et sculptés avec beaucoup d'art, faisant partie de l'envoi de M. Schrader, de Saint-Pétersbourg.

Les Danois, dans la section qui leur était réservée, avaient très peu de meubles. Notons cependant une jolie garniture de salon, en palissandre et velours bleu, expo-sée par M. Hansen, de Copenhague. Cette garniture, de très bon goût, a été achetée presque aussitôt qu'ex-hibée.

Les Anglais avaient, à Philadelphie, un très bel ensemble d'objets mobiliers. Il comprenait de nombreux dressoirs, aux formes parfois un peu massives, mais très somptueuses; des armoires à panneaux incrustrés ou ornés de glaces; des bahuts à pavillons, contenant entre leurs colonnettes des urnes et des vases de porcelaine, de faïence ou de bronze; . beaucoup de meubles de boudoir en bois de citronnier ou autres essences de teintes claires.

Le citronnier semble être un bois de prédilection pour les

fabricants anglais. Ils en tirent, dans tous les cas, un parti remarquable et d'excellents effets. C'est dans ce genre surtout que se réfugient la simplicité et l'élégance, auxquelles se mêle cependant, à l'occasion, un peu de recherche. A côté de ces objets, essentiellement jolis, s'en trouvaient d'autres, dans un style emprunté aux traditions gothiques de l'ancienne architecture anglaise, d'un aspect mi-féodal, mi-religieux, particulièrement sévère. De plus, les Anglais avaient exhibé de très beaux lits de cuivre ouvragé. Ce genre de fournitures convient aux pays chauds et doit obtenir un véritable succès dans le Sud.

Du Canada, on avait reçu un très beau meuble, dessiné et exécuté par MM. R. Hay et Cie, pour l'hôtel de la Reine, à Torento. C'est un grand dressoir, avec glace, couvert de sculptures, élégant de formes et qui fait honneur à la fabrication canadienne.

Une autre colonie anglaise, celle de Victoria, en Australie, présentait, dans la classe 217, à l'Exposition internationale, une table de billard, vieux modèle, avec poches, cette table ayant deux fois les dimensions de celles qui sont généralement en usage. Sa feuille supérieure, en ardoise, avait un pouce et demi d'épaisseur. Le meuble entier était assez soigné et de bonne facture.

L'exhibition turque, en fait d'objets mobiliers, était insignifiante. On y retrouvait ces espèces de siéges, à incrustations et sans dossier, que nous avons déjà décrits en parlant de l'étalage égyptien, et quelques menus articles, d'un travail très négligé.

Des Iles Sandwich on avait reçu quelques belles tables en bois du pays, dont les teintes et le grain sont d'une grande beauté et qui reçoit un poli extrêmement brillant. Ce bois, malheureusement, est devenu très rare par suite des ravages d'un insecte, qui en a, pour ainsi dire, détruit entièrement l'espèce.

Le département chinois, à Philadelphie, excitait l'attention, même à distance, par son remarquable entourage architectural. Si nous en parlons ici, c'est que ce travail, entièrement en bois, faisait honneur aux menuisiers et ébénistes de Chine. La structure dont il s'agit, semblable à l'entrée d'une pagode, était flanquée de dragons fantastiques et peinte en vert, rouge, jaune et autres couleurs. Elle portait à son fronton le nom de l'Empire, en caractères nationaux. Sur ses supports s'étalaient d'autres inscriptions, contenant des formules de bienvenue adressées aux visiteurs étrangers.

Les Chinois travaillent parfaitement le bois. Tout ce qui sort de leurs mains est ouvré avec patience et exactitude, unissant deux qualités qui font rarement défaut à leur industrie : le fini et la solidité.

Parmi les spécimens les plus importants et les plus originaux faisant partie de leur exhibition d'objets mobiliers, nous avons à ranger tout d'abord une « entrée de chambre », formée d'encadrements sculptés, ornés de fleurs et de fruits, d'un style bizarre et dont nous aurions peine à décrire les curieux détails. Cette belle pièce a été achetée par le Musée des arts et de l'industrie de Pensylvanie au prix de 1,450 dollars.

Deux lits, très élaborés, faisaient aussi partie de leur étalage. L'un de ces meubles était composé de quatre doubles colonnes, entre lesquelles se trouvait la couche proprement dite, placée à une certaine distance du sol et formée de joncs tressés. Quatre figures, plus ou moins mythologiques, l'épée aux dents, veillaient aux quatre coins du dit meuble, dont la partie supérieure comprenait une

7

garniture sculptée, profondément fouillée, entremêlée de
fleurs et de rameaux très minutieusement traités, entre
lesquels on distinguait des serpents et des oiseaux. Quatre
petits groupes, admirables de fini, y étaient attachés, symbolisant la Guerre et la Victoire.

L'autre lit était moins luxueux, mais tout aussi remarquable. Sa partie supérieure ou, pour nous servir de l'expression consacrée, son ciel, était de forme elliptique et se
composait d'une monture en bois, sur laquelle on avait
tendu, en carrés réguliers, une étoffe de soie gommée,
illustrée de paysages et de bouquets de fleurs. L'effet de cet
arrangement était agréable et assez réussi.

A côté des gros meubles cités ci-dessus, nous avons
remarqué de jolies tables, laque et or, avec dessins représentant diverses scènes de la vie chinoise, les dites tables
étant cotées respectivement à 140 dollars, droits compris;
des chaises en ébène, avec plaques de marbre, formant
partie du siége et du dossier; un ameublement complet en
ébène, dans le style Européen, manufacturé à Canton; des
boîtes en laques, ornées de quelques feuilles de fougère,
posées avec goût; des modèles de pagodes, découpés avec
une délicatesse extrême etc.

Les paravents, très nombreux dans la section chinoise,
n'en constituaient pas une des parties les moins intéressantes. L'un des plus beaux se composait d'un cadre
d'ébène, entre les montants duquel se trouvait une pièce de
soie, de forme carrée, sur laquelle étaient brodés des paons
et des oiseaux-mouches, riches de couleurs, tout brillants
de splendides teintes vert et or. La manufacture de Fow-
Loang, de Canton, mérite une mention toute spéciale en ce
qui concerne ce genre de meubles, mieux exécutés encore
cependant au Japon.

Les paravents japonais étaient d'une rare élégance. Leur partie principale consiste, généralement, en une étoffe de soie, de teinte neutre, ornée avec beaucoup d'art. Elle est couverte d'un mélange de peinture, de broderie et de piqués, constituant une espèce de décoration essentiellement japonaise. Souvent les trois styles sont employés concurremment, parfois l'un d'eux est négligé. Les ouvrages brodés sont, d'après nous, préférables aux autres, les artistes japonais exécutant supérieurement ce travail délicat. Le choix intelligent qu'ils font des couleurs qu'ils y emploient, l'habileté avec laquelle ils harmonisent celles-ci, tout en les opposant les unes aux autres, désarment toute critique. Quelques oiseaux, charmants de contours, brodés sur soie, et particulièrement un groupe de pigeons, excitaient l'admiration à l'Exposition de Philadelphie. Quelques dessins de fleurs, extrêmement légers, formés de quelques traits jetés çà et là sur un fond saupoudré de parcelles d'or, étaient aussi très appréciés.

Après le paravent, nous devons citer, parmi les curiosités de l'étalage japonais, de petites armoires, à panneaux recouverts d'un tressage de paille plus ou moins varié. Les ébénistes japonais ne craignent pas de se mesurer avec leurs concurrents d'Europe, et nous avons remarqué, à côté des pièces en laque qu'ils confectionnent si bien, un mobilier complet d'imitation Européenne, comprenant des chaises, un lit, des fauteuils, une garde-robe et un sopha, fabriqués très artistiquement.

La section italienne renfermait quelques belles pièces, ébène et ivoire, et des meubles sculptés dans le style de la Renaissance, d'un beau travail, mais assez chers. Parmi les objets exhibés, nous mentionnerons un lit, estimé à 4,500 dollars, et une table, marquée à 600 dollars. Quelques boîtes en bois, à relief très délicat, ont excité l'attention du public. La partie supérieure de ces boîtes avait la couleur naturelle du bois ; leurs côtés étaient dorés, sauf sur les sculptures, auxquelles on avait laissé également la teinte du bois. L'effet de cet arrangement était assez heureux.

L'exposition chilienne, en fait de meubles, n'offrait rien d'important : elle contenait une jolie table, à feuille d'albâtre, et un autre meuble décoré d'une tablette, composée d'une mosaïque des plus beaux marbres du Chili.

Il nous reste à dire quelques mots, avant de passer à un autre sujet, d'un genre de meubles que les organisateurs du Centenaire ont rattaché à la classe 217, mais que nous eussions rejeté plutôt dans le groupe consacré à la serrurerie en général : nous voulons parler des coffres-forts.

Les manufacturiers américains, en ce qui concerne ces articles, occupent, selon nous, le premier rang.

Parmi les firmes les plus connues aux États-Unis, nous mentionnerons celles de Herring et Cie, de New-York ; Terwilliger et Cie, de la même ville ; Hall's safe and lock Company, de Cincinnati ; Farrel et Cie, de Philadelphie, etc.

Le coffre-fort, entre les mains de ces industriels, tout en restant incrochetable et incombustible, devient un meuble élégant, qu'on peut placer dans les salons les plus somptueux. MM. Herring et Cie vendent un de ces meubles, forme secrétaire, 450 dollars ; un dito, pour maison de banque 4,600 dollars ; un autre, forme console, surmonté d'un grand miroir, 1,500 dollars.

Ci-dessous les prix courants d'une autre firme, celle de Terwilliger et Cie, qui donneront une idée des objets fabriqués :

	PORTES SIMPLES TRIPLES REBORDS. MESURES INTÉRIEURES					PORTES A DEUX BATTANTS TRIPLES REBORDS. MESURES INTÉRIEURES			
	HAUTEUR	LARGEUR	PROFONDEUR			HAUTEUR	LARGEUR	PROFONDEUR	
Nᵒˢ	Pouces	Pouces	Pouces	PRIX en dollars	Nᵒˢ	Pouces	Pouces	Pouces	PRIX en dollars
½	12	8	10	70	½	28	24	15	325
1	15	10	11	90	1	22	34	16	350
2	18	12	12	110	1 ½	32	24	16	350
2 ½	20	14	12 ½	130	2	36	26	16	375
3	20	16	13	140	3	40	26	17	425
4	24	16	14	170	4	32	34	17	425
5	21	21	14	180	5	44	28	17	500
6	26	18	14	200	6	44	32	17	550
7	22	26	15	220	7	50	32	18	600
8	26	22	15	220	8	50	38	18	700
8 ½	30	20	15	230	9	56	38	19	800
9	30	24	15	250	10	60	45	19	900
10	32	22	15	250	11	64	50	20	1000
11	35	24	16	300					
12	40	24	16	350					

Les serrures et les boulons de ces meubles sont protégés à l'aide de plaques d'acier soudé et de fer, qui rendent l'emploi de la mêche ou l'insertion de poudre explosive extrêmement.difficile.

La *Corliss safe Company*, de Providence, dans le Rhode Island, avait exposé un coffre-fort ayant la forme d'une sphère, ouverte d'un côté. Cette sphère en renferme une autre qui, à l'aide d'un mécanisme ingénieux, vient s'appliquer contre l'ouverture susdite qu'elle bouche hermétiquement. Le meuble, étant fermé, a donc l'apparence d'être massif, et sa circonférence est ininterrompue. Lorsqu'on opère de façon à l'ouvrir, la sphère intérieure reçoit un mouvement de recul, dégage l'ouverture, tourne lentement sur elle-même et expose à la vue sa partie creuse, placée de l'autre côté et contenant des tiroirs. Cet appareil, malaisé à caser convenablement et ne renfermant qu'un petit nombre de compartiments, de forme incommode, ne nous paraît pas appelé à un grand succès. On le vend au prix de 2,500 dollars.

Un industriel de Paris, M. B. Haffner, avait exposé quelques coffres-forts à combinaisons, dont les prix variaient, suivant qualité, de 525 à 5,000 francs.

OBJETS DÉCORATIFS DE TABLE ET D'AMEUBLEMENT. — Nous avons déjà décrit, dans nos études sur la céramique, un grand nombre d'objets destinés au service de table. Il nous reste à compléter nos observations précédentes par un aperçu général sur une série d'autres produits, consacrés aux mêmes usages, et entre lesquels nous plaçons en première ligne les superbes pièces d'argenterie qui faisaient partie de l'Exposition internationale de 1876.

Le département américain présentait, dans cette spécialité, un ensemble fort riche. Il comprenait des services de table en argent et en plaqué; des réfrigérants élégamment ciselés, de gracieuses fontaines à parfums; des groupes et des surtouts fort artistiques; des vases, des plats et des coupes d'argent de toutes formes et de toutes dimensions. Nous devons ajouter toutefois, en toute justice, que beaucoup de ces objets sortaient des mains d'artistes européens.

Parmi les firmes principales dont nous avons eu occasion d'examiner les produits, nous mentionnerons tout d'abord celle de Tiffany et Cᵉ, de New-York, et la *Gorham Company*, de Providence, Rhode-Island.

MM. Tiffany et Cⁱᵉ avaient fait élever, dans le *Main Building*, un pavillon des plus élégants, entièrement consacré à leur étalage. On y remarquait, entre autres choses, de nombreuses coupes d'argent ainsi que de grands vases ciselés, exécutés sur commande pour être distribués en prix aux vainqueurs des courses de chevaux, de luttes nauti-ques, etc. Quelques-uns de ces objets, couverts d'emblèmes ingénieusement disposés, étaient harmonieux de contours ; mais il nous a semblé qu'ils laissaient à désirer, comparati-vement, sous le rapport du fini. Il n'en était pas de même d'un service à thé, en argent ciselé et repoussé, provenant des ateliers de la même firme, que nous avons trouvé fort beau, mais un peu cher : il était estimé à 3,000 dollars. Non loin de celui-ci étaient placées quelques jolies flasques et de charmantes cassettes à bijoux, en cuivre et niellé, avec émaillage métallique, d'un goût très délicat. Nous avons à noter encore un plat assez original, en fer repoussé et à pourtour de cuivre incrusté d'argent, dont toute l'ornemen-tation était conçue dans le style des Indiens aborigènes. C'était une œuvre d'art, rendue avec distinction.

La *Gorham Company* avait également une riche installa-tion. Entre ses meilleurs produits, nous devons ranger une pièce allégorique, de forte dimension, destinée à remémorer l'anniversaire du Centenaire américain. La base de cette pièce formait un ovale assez allongé, des deux côtés duquel s'élè-vaient deux figures, l'une représentant un Indien, l'autre un pionnier européen, c'est-à-dire les deux principaux acteurs des premières années de civilisation et de progrès aux États-Unis. Des guirlandes de fruits et de fleurs, entremêlées d'épis de blé, ornaient cette base et en variaient les contours. Elle servait de support à une tablette de granit, d'un beau poli, entourée d'une bande décorée de trente-huit étoiles, symbolisant les États de l'Union. Deux groupes dominaient ce socle, dont l'un, plein de mouvement et de fougue, révélait la guerre, et dont l'autre, calme et digne, rappelait toutes les prospérités de la paix. Entre ces deux compositions se dressait un piédestal cylindrique, sur lequel reposait un vase, surmonté d'une grande figure, personnifiant l'Amérique, tenant des palmes à la main et conviant toutes les nations aux fêtes de l'année 1876.

Indépendamment de cette œuvre capitale, la *Gorham Company* avait exhibé des soupières, des plats, des couverts, où le métal mat avait été très artistiquement combiné avec le métal poli. Un service à thé complet, placé dans une cassette capitonnée de satin, attirait surtout la foule. Il était mis à prix à 2,650 dollars.

Le département des États-Unis comprenait, en outre, beaucoup d'objets en plaqué. Grâce aux ressources nouvelles qu'offre la galvanoplastie, des articles d'une beauté réelle, inaccessibles autrefois aux personnes n'ayant qu'une fortune moyenne, sont aujourd'hui à leur portée. La *Meriden Britannia Company*, du Connecticut, s'était distinguée dans cette spécialité et avait installé, dans la partie centrale du *Main Building*, un déballage des plus intéressants. Et d'abord, elle y présentait un modèle des appareils employés dans ses ateliers, avec mécanisme régularisant, à un grain près, la quantité d'argent servant à recouvrir les objets soumis au bain galvanique. On pouvait y étudier, en outre, les procédés au moyen desquels on dépose une couche plus épaisse d'argent sur certaines parties des fourchettes et des cuillers, particulièrement exposées à s'user rapidement. Comme spécimens de fabrication, la *Meriden Britannia Company* avait envoyé, entre autres choses, un yacht avec tous ses agrès; une pièce centrale, figurant une chasse au bison, dont les divers acteurs étaient fort bien groupés, et deux plaques, avec sylphes se balançant sur des rameaux de vigne.

MM. Reed et Barton, de Taunton, en Massachusotts, exhibaient un grand surtout de table, portant deux groupes équestres. Au centre du premier s'élevait un chef indien, armé de l'arc, des flêches et du casse-tête, allant en guerre; au milieu du second, s'avançait une belle et noble figure de femme, entourée de types allégoriques symbolisant la civilisation moderne.

MM. Caldwell et Cie, de Philadelphie, que nous mentionnerons en dernier lieu, travaillent l'argent avec une certaine originalité. Les soupières, les vases et autres objets exposés par eux étaient tous couverts de fleurs et de feuilles, pressées les unes contre les autres, sans solution de continuité, et formant de chaque pièce une sorte de bouquet massif. L'effet de cet arrangement est assez riche, mais un peu recherché.

L'exposition française d'objets décoratifs, de table et d'ameublement était fort incomplète. Elle contenait toutefois quelques groupes d'animaux, en argent — exécutés par Froment-Meurice et envoyés à Philadelphie par le Ministère de l'agriculture et du commerce — d'un véritable mérite. On les distribue en prix aux vainqueurs des concours agricoles. Ces œuvres étaient d'un travail exquis, d'un modelé irréprochable et révélaient beaucoup d'esprit d'observation et d'humour. Le département américain, tout brillant qu'il fût, ne présentait rien qui pût leur être comparé.

M. Armand Frenais, de Paris, avait au Centenaire un bel étalage de couverts en plaqué, et MM. Pottier, de la même ville, un coffret en ébène, garni d'émaux, dans le style du Limousin et d'Henri II, des plus élégants. Ce coffret était évalué à 1,000 dollars.

Parmi les exhibiteurs anglais, nous devons mentionner

de nouveau, dans la classe que nous traitons en ce moment, MM. Cox et fils, déjà cités pour leurs meubles d'église. Ces habiles industriels ont largement contribué à populariser les œuvres des sculpteurs anglais contemporains. Leur collection de bronzes était belle et comprenait : le Charmeur de serpents, de Thomas Brock, estimé à 63 livres sterling ; le Cromwell, de Mathieu Noble, valant 75 livres sterling ; le Sir Robert Peel, du même, à 15 livres sterling ; deux bas-reliefs, du même, à 20 livres sterling ; un jeune garçon, d'après Joseph Durham, à 105 livres sterling ; les cinq joueurs de *cricket*, du même, à 30 livres sterling.

MM. Elkington et Cie, de Londres, se sont distingués, à Philadelphie, par la beauté de leurs envois, tous bien choisis, comprenant des œuvres importantes, en or, argent et autres métaux ; des objets de table, en argent massif et en plaqué ; de l'argenterie décorative, relevée d'or et d'argent oxydé ; des pièces artistiques copiées d'après d'anciens modèles, conservés au Musée de Kensington ; des émaux en cloisonné et en champ levé, sur argent et cuivre, ainsi que de la statuaire de bronze. Leur exposition remplissait un vaste pavillon et, aux spécimens hors ligne cités plus haut, nous aurions encore à ajouter, pour en compléter la liste, des miroirs ornés, des gobelets, des bols, des cassolettes à parfums, des tabatières, etc. La perle de ce splendide étalage était incontestablement un bouclier en fer repoussé, désigné sous le nom de *Milton Shield*. Il est de forme ovale et couvert d'une foule de personnages, illustrant diverses scènes du Paradis-Perdu. Sa disposition générale, ses détails, son exécution, tout y révèle la main d'un artiste d'un véritable talent.

S'il est possible d'établir des points de comparaison et de reconnaître une certaine similitude générale entre les produits américains, français et anglais, on s'aperçoit au contraire, en visitant le compartiment russe, qu'on a mis le pied sur un terrain nouveau, au milieu d'objets d'un caractère spécial qu'on ne saurait rapprocher des précédents. A première vue, les articles russes, bien que de formes élaborées, semblent si singulièrement colorés, qu'on se demande avec hésitation s'ils sont d'or ou d'argent. C'est que ce dernier métal, employé réellement à leur composition, y sert de base à des dorures, distribuées en capricieux dessins; à des émaillages, aux nuances vives et brillantes; à un damasquinage qui lui donne, dans certains cas, le reflet bleuâtre de l'acier. Après toutes ces manipulations, toute trace d'argent a disparu, et un spectateur inexpérimenté en soupçonnerait à peine l'existence.

Nous avons constaté une grande variété parmi les articles ainsi traités. Mentionnons, entre les plus beaux, un bol à punch, accompagné de six coupes et d'accessoires, le tout émaillé et enchâssé de pierres précieuses; des vases, des soucoupes, des aiguières. Sur toutes ces pièces se trouvaient des figures d'hommes et d'animaux, des groupes de fruits et de feuilles en relief, rendus avec une habileté artistique et une patiente attention qu'on ne saurait trop estimer. Nous avons remarqué aussi un plateau doré, sur lequel repose, négligemment pliée, une serviette brodée. L'illusion est parfaite, et ce n'est qu'après examen qu'on s'aperçoit que plateau et serviette ne forment qu'une seule et même pièce de métal.

Signalons encore, pour mémoire, dans le compartiment russe, un grand nombre d'objets d'un prix moins élevé, des porte-cigares, des cadres pour portraits photographiés et cent autres choses utiles, toutes de bon goût. Quelques-uns de ces produits ressemblaient à de la porcelaine du Japon et, comme ceux dont nous avons parlé précédemment, ne paraissaient nullement être d'argent, tant leur base était dissimulée sous la couleur et l'ornementation. Il n'en est pas toujours ainsi cependant, et la collection comprenait un buste de M. Thiers, en argent, ciselé avec soin. On estimait cette œuvre d'art à 5,000 dollars.

Le Danemark ne comptait qu'un exposant, en ce qui concerne l'orfévrerie de table, M. P. Christesen, de Copenhague, dont le déballage consistait en quelques services à thé et à café, de bonne facture, mais sans caractères particuliers. De Norwége, on n'avait fait guère plus d'envois, et nous n'avons à relever, dans cette section, que quelques pièces d'ornementation, en filigranes, dues à M. Th. Olsen, de Bergen. Le département italien ne possédait que quelques plats ciselés, genre de production auquel se livre, avec assez de succès, M. Luigi Castelvedere, de Brescia; l'exhibition espagnole nous a fait apprécier un très beau plat en fer, avec ornements dans le style de la Renaissance, au repoussé, travaillé avec une grande entente du métier. Il était mis à prix à 2,000 dollars.

On avait reçu, de la République Argentine, des coupes en argent, présentées par la Commission provinciale de Catamarca, et par M. Luis Azzimonte, de Buenos-Ayres; d'Autriche, de très jolis bronzes, de toutes formes, c'est-à-dire des plats, des statuettes, des groupes, des cadres, etc. Les articles d'orfévrerie exhibés par les manufacturiers autrichiens nous ont moins plu, leur ornementation comprenant un mélange d'or et d'argent, c'est-à-dire des applications de métal sur métal dont, d'après nous, l'effet n'est pas toujours heureux.

Nous nous arrêterons un peu plus longuement dans la

section égyptienne. Là, comme parmi l'étalage russe, se trouvaient des pièces originales, dont le Musée d'art et d'industrie de Pensylvanie s'est empressé de s'assurer la possession. C'étaient de beaux plateaux, en cuivre ciselé, couverts d'arabesques et de fleurs, portant quelques versets du Coran. D'un dessin très compliqué, leurs ornements, tout abondants qu'ils étaient, entremêlés de caractères orientaux, enchevêtrés de mille façons, constituaient néanmoins un ensemble harmonieux, savamment combiné, et conçu avec infiniment de goût. Dans d'autres casiers, on avait placé des services à café et des récipients en cuivre; des cuillers en coquillage, avec manche en or ou en ivoire et, enfin, un magnifique plateau en vermeil, garni de filigranes, supportant un service du même style, composé d'une cafetière, d'un sucrier et de douze porte-tasses. Le prix de ce service était de 4,000 dollars, or.

L'Allemagne, contrairement à l'Égypte, était mal représentée à Philadelphie dans la classe que nous examinons. Quelques pièces d'argenterie et de plaqué, d'un style peu élégant, des plats en fer repoussé assez médiocres, et un grand nombre de statuettes et de groupes en bronze, à bon marché, y constituaient tout son contingent. Celui de la Belgique, moins important quant au nombre, était au moins assez honorable. Dans une des salles du département des Beaux-Arts, se trouvaient exhibés quelques belles cuivreries, ciselées et repoussées, dues à M. J.-J. Labaar, d'Anvers. Parmi ces spécimens, nous avons à citer surtout quatre grandes pièces circulaires, contenant les portraits en relief de Guillaume le Taciturne, de Marnix de Ste-Aldegonde, de Van Straele, bourgmestre d'Anvers, et de Guillaume de Bréderode. Ces plaques avaient environ trois pieds de diamètre, et leur forme était celle de grands plats creux. Leurs pourtours étaient décorés d'ornements et de trophées d'armes, accompagnés de figures symboliques. Cette décoration avait été ciselée en relief, et non en ronde bosse, comme les portraits. La même salle contenait un devant de cheminée en cuivre travaillé, genre moyen âge, dont le couvre-feu figurait un château fort avec tourelles à créneaux. Autour de l'arche circonscrivant le foyer, étaient placés des personnages, dont les uns rappelaient la Paix, les autres la Guerre. Toutes les parties de cette œuvre nous ont paru soigneusement exécutées, et son ensemble produisait bon effet.

Avant d'aborder l'examen d'un nouveau groupe d'objets mobiliers, comprenant les appareils de chauffage et d'éclairage, les ustensiles de cuisine et les machines employées dans les buanderies, nous résumerons, à grands traits, nos impressions générales concernant les articles d'ameublement précédemment étudiés, pris en masse, sans distinction de provenance.

Les ornemanistes de tous pays, à notre époque, ont des tendances très éclectiques. Les trésors d'art de l'antique Égypte, de la Perse et de l'Inde ; ceux que nous ont légués la Grèce et Rome ; les compositions moins pures, mais puissantes et fortes, dues aux artistes du moyen âge ; les beaux modèles de la Renaissance, tout est utilisé par eux. Tantôt ils s'attachent à l'un de ces types, qu'ils reproduisent avec plus ou moins d'habileté ; tantôt ils s'en écartent, mêlant les styles, même les plus disparates, selon l'inspiration du moment ou leurs dispositions particulières. De là un grand nombre d'imitations, très exactes et très fidèles, mais qui ne sont après tout que des copies ; de là aussi une foule d'œuvres hybrides, sans caractère, sans cachet, contraires à toutes notions d'harmonie et de goût.

Imiter n'est pas innover, et encore moins créer. Sans vie, point de développement, et celle-ci implique le Présent. Sous peine de se condamner à un éternel plagiat, les ornemanistes actuels doivent apprendre à puiser dans leur propre fonds. Or ce fonds existe et ne demande qu'à être fécondé par le travail et la réflexion. Il s'est révélé au moyen âge et s'est affirmé au XVIe siècle, en France, en Angleterre, en Italie, en Belgique, en Allemagne. Les artistes de la Renaissance n'étaient ni Grecs, ni Romains. Tout en profitant des legs du passé, ils cherchaient leur voie, durant cette ère brillante, selon leur génie propre. Le soufle qui les animait ne s'est pas dissipé, et les germes qu'il a fait éclore, demeurés à l'état latent, sont susceptibles non seulement de culture, mais d'évolutions progressives. Si les ornemanistes belges, par exemple, au lieu de s'ingénier à rendre les lignes délicates, les contours gracieux, la forme légère des compositions Pompéiennes, osaient être eux-mêmes et s'efforçaient d'épurer, de perfectionner le style plus lourd, plus chargé, mais aussi plus riche, inauguré chez eux à l'époque indiquée plus haut, ils produiraient dans des conditions esthétiques plus favorables, car ils se serviraient d'un mode d'expression qui leur appartient et dont ils savent, intuitivement, comment exploiter les ressources. L'art est un langage, et on ne devient réellement artiste et poëte que dans l'idiome qu'on a balbutié en naissant. Des faits probants justifient les idées que nous venons d'émettre. Les plus francs succès, à l'Exposition de 1876, ont été acquis, non aux pastiches dont nous avons fait la critique, mais aux œuvres — trop rares d'après nous — d'un caractère éminemment national.

Nous avons eu un art décoratif en Belgique. C'est une source encore vive, bien que longtemps négligée. Il ne s'agit que d'en déblayer les abords et d'appliquer sa puissance aux besoins actuels, en l'amplifiant par de persévérants travaux. Pour faciliter cette entreprise, la création d'un Musée industriel, comprenant des objets d'ornementation de tous genres, et particulièrement les plus belles œuvres de nos ornemanistes du xvıᵉ siècle, est très désirable. Ce serait le complément utile de l'enseignement donné dans nos écoles de dessin et de modelage: l'exemple accompagnant la leçon. Les progrès réalisés depuis quelques années par les Anglais, en tout ce qui concerne l'élégance et le goût, ont eu principalement pour origine — ainsi que nous l'avons déjà constaté dans les pages précédentes — la fondation d'un musée semblable, à South Kensington, près de Londres.

APPAREILS DE CHAUFFAGE ET D'ÉCLAIRAGE; USTENSILES DE CUISINE ET DE BUANDERIE. — Le chauffage des appartements, dans certains climats, occasionne des dépenses assez fortes et exerce une influence considérable sur le bien-être et la santé de leurs occupants. Aussi les Américains, dans un esprit essentiellement pratique, ont-il prêté une attention spéciale à tout ce qui s'y rapporte. Il y avait, au département des États-Unis, des calorifères, des foyers et des poêles de tous genres.

Parlons d'abord des calorifères. Ils diffèrent, comme on le sait, des poêles proprement dits, en ce qu'ils sont établis en dehors de la pièce à chauffer. Le transport du calorique qu'ils produisent, vers l'endroit où il est utilisé, a lieu : 1° au moyen d'air chaud; 2° au moyen d'eau chauffée; 3° au moyen de vapeur d'eau.

De là trois classes bien distinctes de calorifères.

MM, Perkins et Mᶜ Farland, de Philadelphie, avaient

exhibé des appareils appartenant à la première de ces trois classes, c'est-à-dire des calorifères dégageant de l'air chaud. Ce mode de chauffage n'est pas sans inconvénients. Le courant de calorique qui en résulte diminue, dans une forte proportion, les matières aqueuses de l'air, ce qu'on exprime vulgairement en disant qu'il dessèche l'atmosphère dans les appartements. MM. Perkins et Mᶜ Farland ont cherché à combattre cet effet nuisible en adjoignant à leurs appareils un grand cylindre de verre, contenant de l'eau, dont la vaporisation rétablit l'équilibre des couches d'air environnantes. De plus, leurs calorifères sont construits dans d'excellentes conditions en ce qui concerne la consommation de combustible.

A côté des vastes foyers dont nous venons de parler, servant au chauffage des plus grands édifices, ils en présentaient d'autres, de moindres dimensions, sous le nom de *Standard Portable Heaters* qui, comme leur nom l'indique, peuvent être transportés d'un endroit à un autre, à volonté.

On ne s'est servi pendant longtemps aux États-Unis que de charbon anthracite. Dans certaines localités, toutefois, ce charbon est rare, tandis que la houille bitumineuse s'y obtient facilement. MM. J. Reynolds et fils, de Philadelphie, ont construit des calorifères brûlant indifféremment du charbon bitumineux et du coke. Les accessoires servant à l'enlèvement des cendres, dans ces modèles, nous ont paru parfaitement combinés. La *Barslow Stove Company* avait envoyé aussi quelques-uns de ses produits à l'Exposition, assez soignés, mais n'offrant aucun caractère de nouveauté. Ils étaient mis en vente, suivant dimensions, aux prix de 100 à 250 dollars.

Le chauffage au moyen d'eau chaude est remarquable par la régularité et la durée de ses effets. On peut le modé-

8

rer par la seule conduite du feu. Ce système, connu depuis longtemps, a reçu de nombreux perfectionnements en Angleterre, où son efficacité a été augmentée par l'adoption de la circulation d'eau à haute pression. Comme le chauffage par la vapeur, il offre toutefois un danger, celui des explosions. A ce danger s'ajoute, en ce qui concerne ce dernier mode de répandre le calorique, une autre difficulté, résultant de la condensation de la vapeur dans les tubes des calorifères appartenant à cette classe, après extinction des foyers, condensation qui retarde, le lendemain, l'effet des dits foyers.

Un industriel américain, M. Willys Warner, de New-York, a remédié, par une combinaison très ingénieuse, au péril des explosions. La chaudière dépendant de l'appareil qu'il a exhibé à Philadelphie était en communication, à sa partie inférieure, avec un tube, s'élevant parallèlement à l'un de ses côtés. L'eau contenue dans ce tube, l'appareil étant inactif, se trouvait nécessairement au niveau de celle qui remplissait la chaudière. Après l'allumage des feux, le liquide renfermé dans celle-ci dégageait de la vapeur dont la pression se faisait aussitôt sentir sur la surface du dit liquide. L'eau remplissant le tube s'élevait peu à peu dans celui-ci et arrivait à un point où ce tube, formant un coude, prenait une position perpendiculaire à sa première direction, au-dessus de la chaudière. Grâce à cet arrangement, lorsque la pression de vapeur dans la chaudière était d'une livre, l'eau du tube, suivant sa marche ascendante, était mise en contact avec une clef de foyer qu'elle repoussait et fermait automatiquement. L'action du feu en diminuait aussitôt. Dans le cas, toutefois, où la pression fût encore augmentée, une nouvelle clef était atteinte et mise en mouvement. Enfin, comme surcroît de précaution, une soupape agissait en cas de nécessité, livrant issue en même temps à la vapeur et à l'eau.

L'appareil de M. Willys Warner, indépendamment des perfectionnements que nous venons d'indiquer, était très recommandable sous d'autres rapports, les grilles, les bouches à air et autres accessoires y étant parfaitement agencés.

Les poêles proprement dits, destinés à être placés dans les appartements, étaient très nombreux dans la section américaine. On en avait exposé de toutes dimensions. Parmi les plus appréciés aux États-Unis, nous citerons ceux qui sont percés d'orifices recouverts de tranches de mica. Le mica étant parfaitement transparent : son emploi permet de constater à tous moments l'état du foyer, sans en ouvrir les portes. De plus, le calorique se dégage plus rapidement de ces ouvertures qu'en passant par des plaques de fer. Beaucoup de poêles américains sont munis d'une projection extérieure, à laquelle on applique une clef; celle-ci sert à faire osciller et basculer la grille sur laquelle repose le combustible, afin de la dégager des cendres qui s'y accumulent. L'emploi du tisonnier, par suite de ce mode de construction, devient inutile.

MM. Johnson, Black et Cⁱᵉ se sont fait remarquer, au Centenaire, par le nombre, la variété et la bonne manufacture de leurs produits. Une compagnie du Massachusetts, exploitant les machines à coudre, a joint à cette spécialité la fabrication de foyers alimentés à l'huile de pétrole, servant tout à la fois à éclairer une chambre, à la chauffer et à cuire un modeste dîner. L'usage du pétrole, dans un pareil but, présente des inconvénients et des dangers tels que nous doutons beaucoup de la réussite d'une pareille entreprise.

Parmi les foyers ouverts exposés à Philadelphie, nous

mentionnerons celui de MM. Bessel et Cie, de Pittsbourg,
pour la simplicité de sa construction et les facilités qu'il
présente pour l'enlèvement des cendres. Les poêles de cuisine aux États-Unis sont, en général fort grands et remplis
de sections, de petits fours, etc., pour la cuisson des ali-
ments. On y rattache parfois un vaste réservoir en
cuivre, rempli d'eau toujours chauffée. La *Barslow Iron*
Company, de Providence, et la *R. I. et L. J. Mott Company*
se distinguent dans la fabrication de ce genre de poêles.

Dans les départements étrangers, nous n'avons rien
observé de nouveau relativement aux installations qui nous
occupent, sauf peut-être l'appareil exhibé par M. G.-N. Serta,
dans la section belge, consistant en une cuisine économique à double action, avec système de chauffage à l'eau,
à pression moyenne, utilisant la chaleur perdue du poêle,
tant pour chauffer que pour ventiler les locaux d'une
maison d'habitation. Nous ne nous y arrêterons pas cependant, l'abondance des matières qu'il nous reste à traiter
nous obligeant à la plus grande brièveté.

Passons à un autre sujet, également intéressant, c'est-à-
dire à l'examen des systèmes d'éclairage que nous avons eu
occasion d'étudier au Centenaire. Dans cette spécialité
comme dans la précédente, nous avons encore à parler tout
d'abord, et presque exclusivement, du département américain. Il contenait beaucoup d'appareils d'éclairage, très
divers. Cette variété même nous révèle tout ce que leur
construction offre de difficultés. En effet, pour être parfaite,
celle-ci doit assurer un contrôle efficace des rayons de
lumière à utiliser et en accroître l'effet par diffusion. Il
faut, de plus, qu'elle comporte des formes gracieuses qui,
tout en relevant l'apparence des ustensiles employés, n'en
compromettent pas la solidité ou la facilité d'entretien.

Les questions qui se rattachent à cette branche d'industrie ont une importance économique assez grande, ainsi qu'on en jugera par les chiffres suivants, indiquant les conditions dans lesquelles s'opère l'éclairage des rues et des places publiques dans six grandes villes américaines, dont l'une, celle de Philadelphie, débite elle-même le gaz qu'elle consomme :

Villes.	Nomb. de réverb.	Dép. générales, doll.	Dép. moyenne par réverb.
Baltimore . . .	4,156	185,981	44 doll. 75 cts.
Boston	10,093	405,781	40 — 20 —
Brooklyn . . .	14,158	582,505	48 — 20 —
Chicago . . .	10,333	586,254	56 — 73 —
Philadelphie . .	10,739	482,805	45 — 00 —
New-York . . .	17,674	575,182	32 — 54 —

Parmi les modèles de réverbères exhibés à Philadelphie, mention spéciale est due à ceux qui appartiennent au type perfectionné mis en usage par M. J. W. Bartlett, de New-York. Qu'on se figure un cylindre allongé, en verre assez épais, ouvert par le bas, et reposant sur une légère monture de fer. Il protége le bec de gaz, dont on tourne la clef et qu'on allume à l'aide d'une longue baguette, disposée à cet effet. Au-dessus de ce cylindre, se trouve une sorte de demi-cône, également en verre, entourant la cheminée du réverbère. Ce cône, vivement éclairé, porte le nom de la rue ou de la place où le réverbère se trouve placé, en lettres très distinctes, d'environ trois pouces. Sur le cylindre principal vient s'adapter, extérieurement et vers son milieu, un réflecteur en porcelaine blanche, qui rabat les rayons de lumière vers le sol. Ces réverbères ne projettent presque pas d'ombre et sont d'un entretien facile.

En voici le prix :

Réverbère à cylindre de verre 9 × 14, sans réflecteur, 3 dollars pap.
   —   —   — 10 × 16, —   —   5 —
   —   —   — 13 × 20, —   —   6 —
   —   —   — 18 × 25, —   —   15 —

Le prix des réflecteurs varie suivant la dimension de ceux-ci ; les plus petits valant un dollar. Les supports en fer servant de monture au cylindre coûtent un dollar.

Un autre industriel américain, également de New-York, avait exposé des objets de même nature, mais avec réflecteurs fixes, en métal étamé. Ses lampes étaient cotées de 8 dollars à 9 dollars 50 cents, suivant qualités. Une maison de Londres, celle de MM. Skelton et Cie avait aussi envoyé, à Philadelphie, quelques réverbères, avec réflecteurs. Tous les perfectionnements qui s'y trouvaient appliqués sont connus aux États-Unis.

En abordant un autre genre d'appareils d'éclairage, employés dans l'intérieur des édifices publics et des habitations particulières, nous avons encore à citer, entre les exposants américains, la firme J.-W. Bartlett, déjà indiquée plus haut. M. J.-W. Bartlett avait exhibé des doubles cônes de toutes grandeurs, à placer au centre de plafonds ornementés et servant à éclairer ou à ventiler des églises, des salles de réunion, des théâtres, les dits doubles cônes portant de six à cent cinquante becs, suivant dimensions. L'étalage comprenait, de plus, des lustres prismatiques, de 25 pouces de diamètre et au delà, de quatre à cent cinquante becs, etc.

MM. Mitchell, Vance et Cie avaient au Centenaire des lustres en bronze doré et en cristal. MM. Cornelius et fils, de Philadelphie; Archer et Pancoast, de New-York; Bradley et Hubbard, du Connecticut, se livrent au même genre de fabrication. Un lustre, expédié par cette dernière firme, en fer et cuivre, portant douze globes en cristal et orné d'une statuette, était coté à 150 dollars. Un autre, de MM. Cornelius et fils, beaucoup plus riche et garni de 72 globes, était mis à prix à 3,500 dollars.

La section russe contenait aussi quelques belles pièces, entre autres un candélabre, très somptueux, en porcelaine et bronze doré, placé sur un vaste piédestal, ayant la forme d'une console et servant de jardinière.

Les départements japonais et chinois abondaient en lampes de papier et de soie, plus ou moins ornées. Dans le premier, indépendamment de ces articles, nous avons remarqué une antique lampe de bronze, très singulière de forme, semblable à celles qui étaient en usage, autrefois, dans les temples nationaux.

Ajoutons enfin, pour compléter notre revue des appareils d'éclairage, que le *Main Building*, ou bâtiment principal de l'Exposition internationale de Philadelphie, était éclairé le soir au moyen de 700 becs, consommant 35,000 pieds cubes de gaz par heure, soit 350,000 pieds cubes par nuit. Tous ces becs de gaz s'allumaient au moyen de fils électriques. On en utilisait à peu près le même nombre dans la galerie des Beaux-Arts.

La classe 224 du catalogue américain comprenait une multitude d'objets et d'ustensiles de cuisine qu'il serait oiseux de décrire en détail. Nous nous bornerons à grouper ici quelques faits, qui permettront d'apprécier les conditions de fabrication des dits articles aux États-Unis.

MM. Ch. Burnham et Cie, de Philadelphie, avaient exposé des cafetières en fer-blanc, dans les prix de 1 dollar 25 cents à 3 dollars 50 cents la pièce; MM. Austen, Obdyke et Cie, de la même ville, des appareils à filtrer l'eau, en porcelaine, contenant de 4 1/4 à 26 quartes, et

cotés de 7 à 18 dollars 50 cents chacun, suivant capacité.
Ces appareils étaient composés d'un réservoir, où l'on ver-
sait l'eau à purifier, d'où celle-ci passait au travers d'une
éponge, d'une couche de charbon et d'un lit de cailloux. Ils
étaient à doubles compartiments, entre lesquels on pouvait
mettre de la glace, de façon à refroidir l'eau clarifiée contenue à l'intérieur.

La manufacture des réfrigérants est très active aux États-
Unis, où les étés sont généralement fort chauds, même
dans le nord. Il existait de nombreux garde-manger de ce
genre dans le département américain, très soignés et très
efficaces, où l'on peut conserver, durant plusieurs semaines
et sans inconvénients, du poisson et des viandes. Parmi les
modèles les moins chers, nous citerons ceux de M. Alex.
Lesley, de New-York. Il vend ses réfrigérants de 20 à
100 dollars. Les plus grands contiennent une caisse en fer,
entourée de glace, servant à frapper le vin.

Les Américains exécutent parfaitement une quantité
d'autres articles de métal, bronzés, colorés ou laqués, tels
que des boîtes à thé, à sucre et à épices ; des cuvettes, des
sceaux à toilettes, vernis et décorés, etc.

La section française présentait peu d'ustensiles de ce
genre. Nous n'y avons vu que des boîtes à conserves
métalliques et autres objets de même nature, exhibés par
MM. Peltier et Paillard, de Paris, et MM. Barau et Colas,
de Nantes.

Les manufacturiers belges fabriquent des ustensiles de
cuisine en fer battu, étamés, vernis et émaillés, ainsi que
des poteries en fonte, brute et émaillée, dans d'excellentes
conditions de vente. Les articles de ménage exhibés par
MM. N. et J. Trémouroux frères, de Bruxelles, méritent
d'être cités à cet égard. Leur catalogue comprend plus de

deux cents spécimens différents, à des prix très modérés.
Mentionnons encore, parmi nos exposants, dans cette classe
de marchandises, M. Pas, de Bruxelles, pour ses réchauds-
bouilloires, en cuivre bronzé, et ses produits en argent neuf,
parfaitement confectionnés.

La firme autrichienne F.-A. Kerl's erben, de Platten,
près de Carlsbad, en Bohême, établie depuis 1799, avait
expédié à Philadelphie des fourchettes en acier Bessemer,
ainsi que des cuillers de table, à café et à thé, à bas prix.

Les machines à laver, à tordre et à repasser le linge
occupaient un vaste espace dans le compartiment américain.
La *Bailey wringing Machine Company*, de New-York,
présentait une collection très variée de ces machines. Leur
construction, toutefois, repose toujours sur le même principe. Deux cylindres allongés, de diamètres différents, généralement en caoutchouc, et pouvant être rapprochés ou
écartés l'un de l'autre au moyen d'une vis, tournent sur
eux-mêmes, mus par une manivelle. Le linge à laver, trem-
pant dans l'eau savonnée, passe entre ces cylindres, qui le
pressent et le nettoient. Quelques-uns des appareils exhibés,
destinés à de grands établissements, étaient construits de
façon à être mis en action par la vapeur ou à l'aide d'un
moteur hydraulique. D'autres étaient fixés sur un banc,
portant divers accessoires. Leur prix variait, selon la dimension des machines, de 7 à 55 dollars.

Une autre firme, l'*American machine Company*, avait
exposé des combinaisons du même genre, mais disposées
de façon à faire cesser automatiquement la pression des
cylindres aussitôt que ceux-ci se trouvent au repos. Ses
pièces étaient cotées de 5 à 8 dollars. La même maison
présentait, en outre, des engins à plisser le linge. Ceux-ci
se composaient également de cylindres, disposés comme

ceux que nous venons de décrire, mais garnis de canne-
lures, s'emboîtant les unes dans les autres.

Nous avons remarqué, dans le même département, une
table à repasser, pourvue de planchettes mobiles, servant à
étendre les étoffes dans différentes directions, afin d'en
faciliter le repassage. Ce meuble était ingénieusement construit et pouvait être placé dans différentes positions. On
le vendait, en peuplier, avec accessoires. 5 dollars; en
cerisier, 8 dollars; en noyer noir, 10 dollars. Il sortait des
ateliers de Robert O. Applegate, de Camden, Nouveau-
Jersey.

OBJETS DIVERS EMPLOYÉS DANS LES CONSTRUCTIONS.
— Nous avons rangé dans cette classe tous les accessoires
de la construction, c'est-à-dire tout ce qui sert à compléter
une bâtisse et à la rendre habitable, tels que les châssis de
fenêtres, les jalousies, les manteaux de cheminées, les parquets, les divers systèmes de toitures.

On emploie le bois, et particulièrement le pin jaune,
comme matériel principal, dans la construction d'une foule
de maisons aux Etats-Unis. Dans certains cas, les murs des
habitations ainsi élevées sont fortifiés à l'intérieur par un
revêtement de maçonnerie. Dans d'autres circonstances, et
surtout lorsqu'il s'agit d'établissements de commerce, la
maison entière est faite de briques, sauf la façade, composée
du haut en bas de plaques en fer fondu, moulées, ornementées
et recouvertes d'une couche de peinture. Les châssis des
fenêtres, chez les particuliers, sont fréquemment formés de
deux parties, qu'on peut élever ou abaisser et qui glissent
l'une sur l'autre verticalement. Quant aux jalousies, aux
volets servant à clore les magasins, ils ne présentent aucun
perfectionnement qui ne soit connu en Europe.

La *Philadelphia architectural Iron Company* avait installé, au Centenaire, un fort joli portique, style Renaissance, en fer galvanisé. Cette œuvre était d'une belle ordonnance et de proportions élégantes.

Le département américain contenait quelques beaux manteaux de cheminées, parmi lesquels nous avons admiré ceux de MM. Fauchère et Cie, de New-York. L'un des plus beaux était en marbre griotte, très recherché aujourd'hui, et comprenait un cadre à miroir. Ce devant de foyer avait vingt pieds de hauteur et était estimé à 2,500 dollars. En face de celui-ci s'en trouvait un autre, beaucoup plus riche, en albâtre mexicain, accompagné d'une pendule de même matière décorée d'ornements d'argent. Il a été acquis pour l'un des palais de S. M. l'Empereur d'Allemagne.

A côté de ces pièces hors ligne, nous avons encore à noter les cheminées en ardoise, à demi-colorées, de MM. J.-B. Kimes et Cie, de Pensylvanie; le beau devant de cheminée en bois sculpté, avec médaillon de faïence au centre, exhibé par MM. Marcotte et Cie, de New-York, etc.

Au Canada, on emploie, comme aux Etats-Unis, le schiste à la décoration du pourtour des foyers. Nous avons observé, parmi l'étalage canadien, un spécimen assez réussi en ce genre. Sa tablette supérieure était couverte d'une peinture imitant le porphyre, répétée également sur ses côtés, mais avec l'addition de bandes noires unies. L'effet de cet arrangement était assez agréable.

Nous ne pouvons décerner le même éloge aux manteaux de cheminées de provenance hollandaise que nous avons trouvé assez médiocres. Les produits anglais du même genre offraient des caractères spéciaux, surtout la belle devanture faisant partie de l'envoi de MM. Cox et fils, déjà fréquemment cités.

Cette devanture, entièrement en chêne et portant à son centre un miroir de dimensions moyennes, était flanquée de compartiments, ornés de panneaux historiés, à fond d'or. Plus bas se trouvaient deux supports, composés de colonnettes en faïence. Les chenets du foyer étaient en fer et cuivre. Cet ensemble, sans être extrêmement harmonieux, avait cependant quelque chose de confortable et faisait venir à l'esprit l'idée du *home*, ou du « chez soi », c'est-à-dire d'un intérieur bien tenu, bien habité.

D'Egypte, on avait reçu à Philadelphie une porte de sanctuaire, provenant d'une mosquée du Caire. Cette porte, en ébène incrustée d'ivoire, date du 14e siècle. Elle est d'un travail remarquable, très minutieux, très délicat. A cette œuvre d'art, on avait joint divers modèles d'ornementation, dans le style arabe, intelligemment choisis. Presque tous ont été achetés par le Musée d'art et d'industrie de Pensylvanie.

La section française possédait quelques cheminées fort artistiques, parmi lesquelles nous en citerons une, assez monumentale, placée dans la galerie principale du *Main Building*. Elle était surmontée d'une statue de Minerve, en bronze doré, d'un beau style. Ses revêtements étaient en marbre noir et se trouvaient décorés, de chaque côté, de figures de bronze, drapées à l'antique. L'ensemble en était sévère et les lignes générales bien agencées. Non loin de cette belle pièce, MM. Parfonry et Lemaire, de Paris, avaient réuni quelques beaux modèles, sortis de leurs ateliers.

L'exposition suédoise n'offrait rien de remarquable dans la classe qui nous occupe en ce moment. Nous n'y avons rencontré que quelques bas-reliefs en plâtre, exécutés par les élèves des écoles techniques nationales. Ils prouvent toutefois que, là aussi, on attache une grande importance à l'enseignement des arts industriels et à leur développement.

Dans le quart belge se trouvaient quelques belles cheminées, exhibées par MM. A. Parmentier, Gosset et Cⁱᵉ, et F. Tainsi (ancienne maison A.-J. Leclercq). L'envoi des premiers comprenait, entre autres pièces, une cheminée en marbre noir, à moulure, sculpture et gravures dorées, dans dans le style néo-grec, du prix de 1,200 francs, très appréciée par le public américain. Intercalons ici une remarque qui n'est pas sans intérêt pour nos exportateurs. En général, les cheminées carrées sont d'un placement assez difficile aux États-Unis : on y préfère les foyers cintrés.

MM. Tasson et Washer, de St-Josse-ten-Noode lez-Bruxelles, se sont distingués à Philadelphie dans une autre spécialité : la manufacture de parquets mosaïques en bois, pour appartements, palais et salles de fête. Leurs produits pouvaient être comparés avec avantage aux plus belles œuvres similaires faisant partie de l'Exposition internationale de 1876. L'assemblage de leurs mosaïques, leur élégante décoration ne laissaient rien à désirer. Un industriel américain, M. John W. Boughton, de Pensylvanie, mérite aussi une mention particulière dans ce genre de travail. Ses expéditions comprenaient de la parqueterie, de dessins différents, dans les prix de 35 cents à 1 dollar le pied carré ; des tapis, composés de longues baguettes de bois, placées côte à côte et qui, déroulés, offrent une surface parfaitement plane ; des balustres d'une bonne facture et, enfin, des revêtements de mur, destinés à être placés en guise de bordures, de panneaux ou plinthes du côté opposé aux rampes d'escaliers. Ces revêtements, ajustés à la muraille à l'aide d'une rivure moulée, peuvent être enlevés et sont transportables d'une maison à l'autre. On les confectionne en frêne, en

noyer ou en chêne. M. John Boughton exposait aussi des
bordures de parquet, de dessins variés, marqués à raison
de 30 cents à 1 dollar, 50 cents le pied carré.

L'Allemagne avait aussi, au Centenaire, quelques travaux de marqueterie, en chêne, noyer et érable, dus à
MM. Goldsmith et Cⁱᵉ, de Hambourg. M. Ferd. Rham, de
Boppard sur le Rhin, s'y présentait avec une méthode nouvelle de peinture murale, et M. J. W. Trautmann, de Bres-
lau, par différents styles de décoration d'appartements.

Les mosaïques, en général, ne faisaient pas défaut à l'Exposition internationale de 1876. Elles se trouvaient dissé-
minées dans le *Main Building* et le département des Beaux-
Arts. Dans le premier groupe, nous devons décrire tout
d'abord une antique composition, d'un intérêt réel, présentée au public dans la section tunisienne, et découverte
durant les déblais exécutés parmi les ruines de Carthage.
Formée de petits carrés de marbre, blancs et noirs, soigneusement rassemblés, elle figure un lion, la crinière au vent,
tenant une antilope sous sa griffe puissante. C'est une belle
œuvre, pleine de vie et très mouvementée. Elle fournit un
singulier contraste, par son originalité, l'ampleur de ses
lignes, la fougue qu'on y découvre, avec les travaux modernes exposés par les artistes italiens dans la Galerie des
Beaux-Arts. Là, il y a plus de fini, un coloris varié, mais
aussi une absence entière d'imagination créatrice. On y
retrouve toujours la même place St-Pierre, plus ou moins
fidèlement rendue, le Colysée, le temple de Vesta, le Forum
romain et autres merveilles du passé, devenues banales par
ces constantes reproductions. Une seule d'entre ces mosaïques se rattachait plus ou moins à notre époque. Encadrée
d'ébène, elle nous offrait les traits du fondateur de l'Union
américaine, George Washington. Son auteur, M. Gallandt,

en a fait hommage à la ville de Philadelphie, en souvenir du Centenaire de 1876.

La République Argentine comptait, dans ce genre de travaux, trois exposants : MM. José Sandrot, Miguel Lacroix et N. Storn. Leurs échantillons consistaient en dessus de tables et autres objets, avec combinaisons plus ou moins harmonieuses des divers espèces de marbres et de bois exploités dans les quatorze provinces du pays.

Dans la section belge, non loin du bureau de la Commission nationale, on s'arrêtait devant de longues feuilles de marbre, couvertes de vaporeux paysages, d'un charmant effet. Ces compositions, dessinées à l'eau forte, ne modifiaient en rien l'apparence générale de la pierre et faisaient honneur à l'habile industriel qui a mis en vogue ce procédé nouveau, M. Fritz-L. Boucneau, de Bruxelles.

L'exhibition japonaise ne contenait pas de mosaïques proprement dites, mais de très curieuses décorations murales, qui s'en rapprochent plus ou moins. Qu'on se figure une pièce de soie, tendue dans un cadre. Sur ce fond, un tailleur artiste dispose de nombreux morceaux d'étoffes en soie, laine ou coton, cousus ou collés les uns sur les autres. Non-seulement il façonne ainsi toutes sortes de personnages, mais, en y employant d'autres matériaux, toutes espèces d'objets tirés des différents règnes de la nature. L'œuvre ainsi ébauchée est remise à un autre manipulateur, qui peint le visage, le cou et les mains des figures humaines précédemment habillées, et les entoure d'un paysage dont elles forment les reliefs.

Ces compositions, très originales, donnent une excellente idée de la vie sociale au Japon, à tous les degrés. Quelques-unes de celles qu'on avait exhibées à Philadelphie étaient pleines d'humour et d'un haut comique. Parmi les plus bizarres nous citerons une procession de sauterelles et de coléoptères, précédés d'une escouade de soldats du même ordre, et portant un palanquin, contenant quelque haut et puissant dignitaire du même genre. Toute cette foule entomologique, reproduite en haut-relief, était groupée avec art. Chacun des individus qui en faisaient partie y jouait un rôle, plaisant ou sévère, parfaitement compris.

Passons, sans plus de transition, à une dernière spécialité industrielle, placée, comme les précédentes, dans la classe 227 du catalogue américain. Cette spécialité comprend tout ce qui concerne la toiture des bâtiments. L'étalage de la *Garry Iron Roofing Company* y était consacré. Cette firme, établie à Cleveland, dans l'Ohio, exhibait des modèles de toitures et divers spécimens de tuiles. Nous y avons remarqué, entre autres choses, des tuiles en fer galvanisé ou peint. Elles étaient de forme carrée et adaptées les unes aux autres au moyen de rainures et de languettes, de telle sorte que le renflement garnissant l'un des côtés d'une tuile trouve place dans un creux laissé à l'un des côtés d'une autre tuile, chacune de celles-ci portant alternativement, de droite et de gauche, une rainure et une languette. Les mêmes exposants présentaient en outre des plaques de tôles de toutes dimensions, destinées à être posées sur une charpente en bois. Ces plaques sont chauffées préalablement, de manière à y déterminer une dilatation plus considérable que celle que pourrait y produire l'action solaire. Dans cet état, on les plonge dans une préparation consistant en huile bouillante chargée de minerai de fer pulvérisé. Cette opération, d'après les dits exposants, donne à leurs plaques des qualités exceptionnelles et les préparent à résister à toutes les influences climatériques. Cette assertion nous paraît, cependant un peu exagérée, bien que l'enduit dont les plaques sont ainsi recouvertes peut avoir pour effet, ce qui est déjà un avantage, d'en empêcher l'oxydation. Il reste à examiner si de telles manipulations ne sont pas, pratiquement, trop coûteuses. Les modes d'attache proposés par la *Garry Iron Roofing Company* sont ingénieux, mais entraînent aussi, d'après nous, à trop de dépenses pour devenir d'un usage général. Aux États-Unis, les toitures exécutées en ardoises reviennent, tous frais compris, à 13 dollars (papier) le carré de 100 pieds (10 × 10); les toitures en fer-blanc, à 12 dollars environ; les toitures en tuiles de bois, très usitées dans le pays, à 9 dollars; les toitures en asphalte, à 5 dollars. Les revêtements métalliques sont souvent préférés, leur pesanteur étant moindre. En effet, un toit d'ardoises pèse 400 livres par carré de 10 × 10, tandis qu'un toit de zinc, de même grandeur, ne comporte, dans certaines conditions, qu'un poids moyen de 75 livres.

Matières filées ou tissées d'origine végétale ou minérale.

(CLASSES 228 A 241.)

TISSUS FABRIQUÉS D'ORIGINE MINÉRALE. — Avant de parler des tissus de cette nature, très peu variés à l'Exposition Internationale de 1876, nous dirons quelques mots d'une matière première qui s'y rapporte et qu'on exhibait dans la section américaine. Un industriel, établi aux États-Unis, a eu l'idée, il y a quelques années, de fondre les scories provenant des fourneaux coulants et de soumettre cette fonte à un jet de vapeur à haute pression. L'action de ce courant est telle, qu'une grande partie de la masse qui lui est soumise est soulevée dans les airs, devient floconneuse et s'allonge en fils d'une extrême finesse, mêlés çà et là de globules solides, dont on se débarrasse ensuite par un tamisage. On obtient ainsi une sorte de laine minérale, plus ou moins incombustible, dont on fait des feutrages, très utilisés dans la construction des glacières, etc. etc.

Ce procédé a été mis en pratique en Allemagne, en 1871. Voici, d'après M. R.-D.-A. Parrott, des *Greenwood Iron Works*, dans l'État de New-York, la composition chimique de la laine minérale dont il est question :

Silice.	40.02	Protoxyde de fer .	0.51
Chaux	23.85	Manganèse . . .	0.58
Magnésie . . .	20.48	Potasse	0.87
Alumine	8.43	Soude	0.56
Sulfure de chaux .	4.64	Phosphore . . .	traces.

On fabrique des fils et des toiles métalliques dans le Massachusetts, le Nouveau-Jersey, le Connecticut et la Pensylvanie. Un exposant américain, M. H.-A. Macready, de Philadelphie, avait exhibé des articles de ce genre, assez soignés, à l'usage des papeteries. Dans la section anglaise, MM. Brown et Cⁱᵉ, de Londres, présentaient des fils de fer galvanisé; dans le quart suédois, nous avons remarqué les articles pour tamisage de M. Anderson, de Gnosjo. On manufacture aussi en Suède des fils et des toiles de cuivre. Au Brésil, on se sert de tissus métalliques dans la confection des lits et des hamacs.

SPARTERIE EN CRIN VÉGÉTAL, EN NOIX DE COCO, ÉCORCE, ETC. — On peut diviser les matériaux servant à cette industrie en trois classes, selon leur origine et leur composition.

Dans la première, nous rangerons les produits fibreux provenant des branches et des feuilles de nombreuses plantes

tropicales. Citons, par exemple, le Bananier textile, qui nous
donne le « chanvre de Manille » ; l'Aloës, employé à la fois
dans l'industrie et en médecine ; diverses espèces de pal-
miers et, enfin, le cocotier ordinaire pour l'enveloppe de son
fruit. Ces produits ne peuvent servir qu'exceptionnellement à
la filature et dans le cas seulement où leurs fibres atteignent
une grande longueur. L'Exposition de 1876 contenait des
cordages en fibres de noix de coco, venant des Iles Sandwich ;
des nattes de même nature, fabriquées aux États-Unis et
dans la Nouvelle-Galles du Sud ; divers articles assez grossiers, façonnés en fibres de feuilles de palmier, venus d'Espagne, de la Jamaïque et du Brésil, quelques tissus en
filaments d'aloës et d'agaves, du Mexique.

Notre deuxième groupe est plus important au point de vue
industriel. Nous le formons de tous les végétaux dont on
utilise, non les feuilles ou les branches, mais le tronc même,
les parties internes, les vaisseaux fasciculaires. Ce groupe
comprend, entre autres genres, l'arbre à pain, le bambou, le
jute, le chanvre, certains figuiers, etc. Les fibres de ces
végétaux ont le mérite de pouvoir être divisées en fils nombreux. On ne procède pas, toutefois, sans quelques difficultés
à cette opération, à cause de la présence de certaines
matières résineuses. Les procédés qu'on y emploie, souvent
longs et compliqués, varient avec la nature des fibres qu'il
s'agit de traiter. Parmi les articles se rapportant à cette classe,
nous avons noté des étoffes manufacturées au moyen de la
deuxième écorce de l'arbre à pain, dans l'étalage des Iles
Sandwich ; des corbeilles, des nattes, des paniers, des balais
en bambou, de diverses provenances ; des fils et tissus de jute
venant d'Écosse et de Hollande ; des nattes faites en fibres
ligneuses exhibées par la République Argentine ; des feutrages, des nattes, des toiles d'emballage, en chanvre ; des matières textiles obtenues du *Ficus Hispida*, venant des Colonies

néerlandaises, etc. MM. Ter Host et Cie ont fondé, en 1830, une importante manufacture de fils de jute à Ryssen, dans l'Overijssel, et y emploient aujourd'hui 750 ouvriers et deux machines à vapeur de la force de 72 chevaux. Ils débitent annuellement 1,750,000 kilogrammes de marchandises, dont 750,000 pour l'exportation. Le jute et le chanvre, à l'état brut, sont libres à l'entrée aux États-Unis.

A la troisième et dernière classe, dépendant du département dont nous faisons l'examen, nous rattacherons les articles confectionnés en paille, en jonc, en souchet et autres produits herbacés. Ces articles étaient nombreux à Philadelphie et comprenaient des porte-cigares, tressés en Espagne ; des tissus de paille, mêlés de fils métalliques, expédiés de Suisse ; d'autres tissus, d'origine chinoise ; des nattes et des parasols, en paille fine, exhibés dans le compartiment autrichien ; des filets de pêche, etc. Au Japon, où l'on a encore l'habitude de s'asseoir sur le sol, on se sert de nattes en paille de riz qui ont jusqu'à un pouce d'épaisseur. On y manufacture aussi des manteaux imperméables, dont le tissu est formé d'un tressage de tiges herbacées. Le directeur de la prison cellulaire d'Utrecht avait envoyé à Philadelphie quelques travaux de sparterie, exécutés par les prisonniers placés sous sa surveillance.

COTON FILÉ ET TISSÉ, BLANCHI ET ÉCRU. — La première filature montée avec métiers à la mécanique fut fondée à Lowell, dans le Massachusetts, en 1822. En 1850, la production totale des divers établissements cotonniers était estimée, aux Etats-Unis, à 65,501,687 dollars; en 1860, à 115,137,926 dollars ; en 1870, à 177,489,739 dollars. Ces manufactures comptaient, en 1860, 5,035,798 broches et 129,458 métiers ; en 1870, 7,134,415 broches et 157,310 métiers.

La capacité relative de production des États du nord et du sud, en ce qui concerne l'industrie cotonnière, se présentait, au 1er juillet 1875, comme suit :

	Nombre de broches.	Moy. n°° fils.	Nomb. de ball. emp.
Nord	9,057,543	28.42	1,097,001
Sud	481,821	12.67	145,079
	9,539,364	27.60	1,242,080

Les principaux centres manufacturiers, dans le nord, se trouvent en Massachusetts, à Boston, Lowell et Fall-River; dans le Rhode-Island, à Providence; dans le Nouveau-Hampshire, à Nashua et Manchester; en Pensylvanie, à Philadelphie ; dans l'État de New-York, à New-York. Les filatures du Massachusetts possèdent le plus grand nombre de broches, soit 3,775;634 environ. Le Nouveau-Jersey manufacture annuellement 178,928 balles de coton ; la Pensylvanie, 451,900 balles.

D'après d'autres renseignements, la situation, dans les États du sud, en 1866, 1870 et 1875, s'établirait, comme on le verra par le tableau ci-après :

ÉTATS.	ANNÉES.		
	1860.	1870.	1875.
Alabama . . .	28,540 broches.	28,056 broches.	45,880 broches.
Arkansas.	—	1,125 —	756 —
Delaware. . .	25,704 —	29,524 —	48,550 —
Georgie . . .	44,312 —	87,602 —	152,171 —
Kentucky. . .	9,500 —	7,734 —	12,264 —
Louisiane. . .	4,225 —	13,084 —	3,360 —
Maryland. . .	49,891 —	89,112 —	103,900 —
Mississipi . .	1,844 —	3,526 —	17,854 —
Missouri . . .	14,500 —	16,715 —	19,500 —
Caroline du Sud.	16,461 —	34,940 —	64,716 —
Tennessee . . .	7,914 —	27,923 —	47,042 —
Texas	2,700 —	8,878 —	11,125 —
	205,591 broches.	348,229 broches.	527,118 broches.

En résumé, le nombre des broches, dans les États du sud, s'est accru, de 1860 à 1870, de 70 p. c., et, de 1870 au 1er décembre 1875, de 50 p. c. Les droits imposés sur les articles étrangers, à leur entrée au pays, s'élèvent, suivant qualités, de 20 à 50 p. c. L'industrie américaine n'est pas parvenue, cependant, à écarter la marchandise européenne des marchés de l'Union. En 1869-70, on en importait pour une valeur de 23,380,053 dollars ; en 1873 - 74, pour 28,183,878 dollars. Pendant les cinq premiers mois de l'année 1876, l'Angleterre seule a expédié aux États - Unis 28,941,900 yards de tissus de coton.

Parmi les meilleurs manufacturiers américains, nous citerons MM. Stafford et Cie, qui se sont établis, en 1850, à Greenwich, dans le Rhode-Island, et fabriquent des fils de coton et des basins ; MM. Gabriel, Henry et fils, d'Allentown, en Pensylvanie, pour leurs courtes-pointes et leurs piqués ; MM. Gambrill, fils et Cie, de Baltimore, pour leurs étoffes destinées à faire des tentes, des voiles, des abris, etc. Ajoutons qu'on fait de bons tissus et de la mousseline très fine aux *Possemah mills*, à Taftsville, dans le Connecticut ; des filés très variés à Pawtucket, dans le Rhode-Island ; des cotons écrus et osnabrugs aux *Georgia et Alabama mills*, à Claremont, dans le Nouveau-Hamsphire ; des flanelles en coton, blanchies et brunes, aux *Chicopee mills*, dans le Massachusetts. On s'occupe surtout, dans le pays, de la confection des étoffes pour chemises, *shirtings*, et pour draps de lit, *sheetings*.

L'industrie cotonnière américaine, malgré les accroissements successifs que nous signalions plus haut, ou peut-être à cause de ceux-ci, passe en ce moment par une période assez critique. Ses exportations, qui s'élevaient en 1869-70 à un chiffre de 3,780,327 dollars, n'atteignaient plus, en 1873-74, qu'un total de 3,091,332 dollars. Elles ont

augmenté depuis, mais à cause de l'encombrement des marchés locaux et parce que, dans plus d'un cas, les détenteurs
des marchandises exportées se sont décidés à les céder à
perte.

La section anglaise, à Philadelphie, contenait les produits de douze firmes, présentant la manufacture du coton
sous toutes ses phases, depuis les premières manipulations
données à la matière brute jusqu'à la réduction de celle-ci
en filés et tissus de la plus grande finesse.

Parmi les meilleurs étalages dépendant de cette section,
nous mentionnerons ceux de MM. Ashworth, Edmond et
fils, de Lancashire ; Clark John junior et Cᵢₑ, de Glasgow ;
Brook, Jonas et brother, de Huddersfield, Yorkshire. Ces derniers exhibaient des fils de coton, sur bobines, fort bien
choisis pour la vente aux États-Unis. Ces articles comprenaient les variétés suivantes, dont nous croyons utile d'indiquer les numéros et le mode d'empaquetage :

Blanc, 200 yards, *Glacé finish*, nᵒˢ 8 à 150, en paquets de 10 douzaines.
Noir, — — — — 8 à 150, —
Couleur, — — — — 24 à 70, solides, ou assortis par douz.
Blanc, — *Soft finish*, — 8 à 150, en paquets de 10 douzaines.
Blanc, 500 yards, — — — 16 à 150, en boîtes de fer blanc de 50 douzaines.
Noir, — *Glacé finish*, — 16 à 100, — — —

MM. Barlow et Jones, de Portland, Manchester, exposaient des couvertures de lit, en piqué blanc, portant à leur
centre une rosace rouge, en traits légers, et bordées d'arabesques de même nuance, d'un joli effet. D'autres spécimens,
sortant de la même fabrique, portaient les mêmes dessins,
mais en bleu. Ces articles ont été très appréciés.

Dans ces derniers temps, quelques établissements de
Manchester ont mis en vente des produits inférieurs, qui ne
doivent leur bonne apparence qu'à l'emploi d'une quantité
d'amidon, mêlée à de la terre blanche. De pareilles fraudes,

qu'on constate d'ailleurs un peu partout, finissent par nuire à ceux-là mêmes qui en recueillent d'abord les bénéfices illicites.

L'industrie cotonnière anglaise est menacée actuellement sur deux de ses plus grands marchés, aux Indes et en Chine. Pour donner une idée de l'importance de ces marchés, nous rappellerons que les Indes et l'île de Ceylan, à elles seules, consommaient, il y a quelques années, pour 17,500,000 livres sterling d'articles en coton fabriqués dans le Royaume-Uni, le mouvement général d'exportation pour toutes les marchandises britanniques similaires étant 70 millions de livres sterling. Or, depuis trois ans, de nombreuses filatures ont été élévées dans l'Hindoustan. Elles occupent aujourd'hui un million de broches, utilisant jusqu'à 3,000 balles de coton par semaine. Si l'on considère qu'elles ont été fondées dans des districts cotonniers et que la main-d'œuvre, aux Indes, est à bas prix, on comprendra sans peine l'observation qui précède et les préoccupations des fabricants de Manchester. L'ancienne industrie hindoue, dans l'intervalle, continue à être exercée à côté de ces installations nouvelles. Les marchandises qui se trouvaient exhibées, à Philadelphie, sous les nos 318, 319 et 320, classe 230, nous en ont fourni la preuve. C'étaient de très belles mousselines, venant de Dacca, l'une des plus importantes cités du Bengale. Le célèbre voyageur Tavernier faisait déjà mention des tissus de Dacca, au xvii° siècle, comme étant « d'une telle finesse qu'ils échappaient en quelque sorte au toucher. » Ces mousselines sont confectionnées au moyen d'un coton à longue soie, qu'on récolte sur les bords de la Buriganga.

L'appareil servant à carder et à filer ces étoffes est tout à fait primitif. Les tisserands de Dacca travaillent depuis l'aurore jusqu'à neuf ou dix heures du matin, c'est-à-dire avant que la rosée de la nuit se soit dissipée. Il leur faut, pour opérer dans de bonnes conditions, une température assez humide, chauffée à 82°. Quelques-unes de leurs mousselines, sur une largeur d'un yard anglais, comptent 1,900 fils, ceux-ci étant d'une extrême ténacité.

L'exhibition espagnole comprenait un bon nombre de marchandises en coton filé, tissé, blanchi et écru, provenant de diverses filatures établies à Barcelone, l'une des villes les plus manufacturières de la Péninsule. Les produits de MM. Battle frères nous ont paru assez soignés. Ces industriels emploient 54,000 broches et possèdent 1,348 métiers à la mécanique. Ils fabriquent annuellement 1,900,000 kilos de coton filé, du n° 12 au n° 45, et 223,600 pièces tissées, de 53 mètres de longueur. Ils occupent, à ce travail, 2,650 ouvriers et un pouvoir moteur de 900 chevaux, effectifs.

En Suède, nous avons également à constater, en ce qui concerne l'industrie cotonnière, une certaine activité. En 1873, il existait dans ce pays vingt-et-une filatures, où 96,300 broches étaient en opération et qui comptaient un personnel de 4,200 ouvriers. Ces établissements produisaient 13,760,000 livres de filés, valant 3,840,000 dollars (or), le coût de la matière première étant compris dans cette dernière somme. Ils sont loin de suffire, cependant, à la consommation locale, car, en cette même année 1873, des quantités de fils de coton furent importées en Suède, soit 334,000 livres de fils teints et 3,577,000 livres de fils blancs. Les manufactures dont nous parlions ci-dessus, sont situées dans les villes de Norköping, Malmo, Gôteborg, Udevalla, Stockholm, etc. Elles importèrent, en 1872, 13,348,000 livres de coton brut; 19,307,000 livres en 1873; 22,130,000 livres de matière en 1874. Parmi les exhibiteurs suédois à Philadelphie, nous citerons M. J.-T. Berg, pour ses fils du n° 4 au n° 40; la *Malmo Cotton Manufacturing*

Company, qui y avait envoyé de nombreux échantillons de ses produits ; la *Rosenlund Company*, de Gôteborg, pour ses fils, ses tissus blanchis, écrus, etc.

Des spécimens de coton brut et manufacturé, venant de l'usine impériale de Sakai, province de Setzu, au Japon, étaient exposés au Centenaire. L'introduction du cotonnier au Japon est comparativement récente et date de la fin du xvi° siècle. Les Japonais en utilisent les produits d'une façon assez primitive. Ils passent d'abord le coton brut entre des rouleaux de bois, d'un pouce environ de diamètre, afin de le séparer des semences ; puis ils en étalent les filaments au moyen d'un arc, dont la corde — formée des nerfs d'une sorte de dauphin ou de baleine — vibre sans cesse par suite des coups répétés qu'on lui donne à l'aide d'un maillet de bois, chacune de ses vibrations soulevant quelques flocons de coton.

L'appareil à filer est tout aussi simple. Il est composé d'une simple broche, mise en mouvement par une roue. Le tisserand japonais tient un rouleau de coton, d'une main, et tourne la roue de l'autre, d'abord en une direction, pour le tordage, puis du côté opposé, pour le renvidage. Les filatures de coton montées à la mécanique sont encore rares au Japon. Il en existe une, toutefois, à Oji, près de Tokio, et une autre — que nous citions ci-dessus — à Sakai, non loin d'Osaka, exploitée par la Commission Impériale du commerce et de l'agriculture.

Le métier à tisser ordinairement employé au Japon, en dehors de ces établissements, ressemble aux machines en usage en Europe au siècle dernier, sauf quelques légères modifications.

Des tissus étrangers de toutes espèces, ainsi que des filés de diverses dimensions, constituent, au Japon, une partie considérable des importations. Les articles fabriqués par les paysans japonais ont cependant une valeur réelle, étant très souples et d'un beau fini. Ces qualités résultent de la faible torsion que donne l'opération aux fils faisant partie de ces tissus.

En Belgique, l'industrie cotonnière n'est pas ancienne. Ce fut, comme on le sait, le Gantois Liévin Bauwens qui lui donna la première impulsion, en important d'Angleterre, en 1798, les machines à filer et la navette volante. Elle a réalisé, depuis cette époque, des progrès considérables.

Les batteurs, les cardes, les étirages, les bancs à broches et autres appareils préparatoires servant à nettoyer le coton et à en rendre les fibres parallèles, ont été successivement perfectionnés. Des machines automatiques ont été substituées aux anciens métiers dans la manufacture des fils ; des machines encolleuses, parfaitement combinées, ont été introduites, et leur usage s'est généralisé ; des améliorations de détail de tous genres ont été faites dans la fabrication.

On confectionne aujourd'hui des filés et des tissus écrus à Gand ; des étoffes à pantalons faites de coton pur ou mélangées de laine, à Courtrai, Mouscron, Tournai, St-Nicolas et autres villes ; des piloux à Alost, Grammont et Lokeren ; des couvertures à Termonde ; des basins à Bruges.

L'industrie cotonnière belge pouvait donc figurer très honorablement à Philadelphie. Les principaux manufacturiers gantois y avaient fait une exhibition collective de leurs produits, comprenant des tissus et des velours de coton de MM. Baertsoen et A. Buysse ; des fils en paquets, des chaînes ourdies écrues de MM. E. De Smet et Cᵢᵉ ; des étoffes écrues et blanchies, de MM. De Smet frères ; des cotons filés, des tissus écrus et blanchis de MM. Parmentier, van Hoegaerden et Cᵢᵉ.

Cette collection, tout en comprenant d'excellents échantillons, auquel le Jury international a rendu pleine justice, ne donnait qu'une faible idée de nos ressources industrielles. Elle était de plus — il faut bien le dire — fort mal installée. Sans doute, l'état actuel du marché américain, les droits excessifs qu'on y prélève sur les produits étrangers n'encouragent guère à y faire des expéditions, mais encore eut-il fallu, dans une occasion comme celle qu'offrait la célébration du Centenaire, faire de plus sérieux efforts pour maintenir une réputation acquise, dont l'extension importe aux intérêts généraux du pays.

Deux firmes hollandaises, celles de MM. Arntzenius, Jannink et C$_{ie}$, de l'Overijssel, et M. Hilversum, d'Amsterdam, avaient envoyé des articles en coton à Philadelphie. MM. Arntzenius, Jannink et Cie ont été les premiers, en Hollande, à fabriquer des fils de coton pour engins de pêche, et ils sont aussi les inventeurs d'une préparation destinée à les préserver de l'action de l'eau de mer. Leur manufacture, érigée en 1870, occupe 250 ouvriers et deux machines à vapeur de la force de 60 chevaux. M. Hilversum confectionne des filés et des tissus de coton. Il produit annuellement, avec cinq cents ouvriers et cinq cents chevaux vapeur, 500,000 kilogrammes de fils et 5,000,000 de yards de tissus.

Nous n'avons remarqué, dans la section française, que quelques filés et cotons retors, d'ailleurs très recommandables, présentés par M. Cartier-Bresson, de Paris.

Les départements du Brésil et du Mexique contenaient quelques étoffes de coton assez grossières ; le quart portugais, des imitations de papier à meubler, en tissus de coton ; l'exhibition allemande, un étalage collectif des différents manufacturiers appartenant au district de Gladbach.

Quelques-uns des produits exposés dans cet étalage étaient fort beaux.

Objets en coton teint. — La fabrication de ces objets,

aux États-Unis s'opère spécialement en Massachusetts, dans le Nouveau-Jersey, la Pensylvanie, le Maine et le Nouveau-Hampshire. On y fait surtout des guingans, des cotonnettes, des étoffes à rayures, genre écossais ; des calicots, des imitations de nankins ; des étoffes de doublures, imprimées ; des tissus pour parapluies, etc.

Quelques-uns des principaux établissements américains, et entre autres les *Gloucester Ginghams mills* utilisent habilement les couleurs nouvelles dues aux recherches récentes des chimistes, c'est-à-dire l'aniline, l'alizarine, etc. Une usine pensylvanienne, connue sous le nom de *Albion Printworks* et fondée à Conshocken, avait dans son étalage une collection très variée de tissus imprimés, noirs et gris, pour vêtements de deuil.

Le contingent anglais, concernant les objets en coton teint, était peu important. Il se composait des envois de deux exposants, dont l'un exhibait de la velvetine de coton, et dont l'autre présentait des tissus imprimés pour robes, des indiennes et des perses. Même observation au sujet du contingent français. Nous n'y avons relevé que des impressions de stores vitraux, sur calicot, venant d'une fabrique installée à Maromme, près de Rouen, quelques pièces pour teintures murales, de la même origine, et quelques marchandises similaires dues à M. Emile Roussel, de Roubaix.

Dans le compartiment belge se trouvaient des tissus teints de MM. Devos et frères, de Courtrai; Parmentier, van Hoegaerden et Cie, De Smet frères, Baertsoen et A. Buysse, de Gand, Remy-Chirion, de Louvain. M. Emile Idiers, d'Auderghem lez-Bruxelles, s'y faisait remarquer pour ses cotons filés, teints en rouge d'Andrinople et autres couleurs.

Sans prolonger davantage une énumération passablement aride et qui n'offre qu'un médiocre intérêt, nous observerons que toute cette classe de fabricats, au moins quant à l'Europe, n'était représentée que par un nombre très limité de produits à Philadelphie. L'encombrement du marché américain, la difficulté d'y opérer des ventes, dans des conditions rémunératrices, expliquent suffisamment l'abstention de la plupart de nos manufacturiers.

OBJETS EN LIN ET PRODUITS VÉGÉTAUX SIMILAIRES ÉCRUS OU TEINTS. — L'importation des articles fabriqués au moyen des fibres de lin est frappée de droits aux États-Unis, variant de 30 à 40 p. c. Les chiffres ci-dessous permettront d'apprécier le mouvement de la dite importation, de 1870 à 1875, sous un régime qui n'a, cependant, rien d'encourageant:

Durant les cinq derniers mois de l'année 1875, il a été importé d'Angleterre, d'Écosse et d'Irlande, aux États-Unis, 52,758,300 yards de tissus de lin et, pendant les cinq premiers mois de l'année 1876, des mêmes contrées, 39,754,300 yards dito.

La manufacture du lin fut introduite aux États-Unis en 1834, par l'établissement d'une vaste filature à Fall-River, en Massachusetts. Elle n'y a pas fait de grands progrès depuis lors et se concentre principalement dans le New-York et le Nouveau-Jersey.

M. Stevens, de New-York, avait exhibé au Centenaire de gros coutils et quelques spécimens de linge ouvré; la *Barbour Flax-spinning Company*, de Patterson, dans le Nouveau-Jersey, des fils de lin; MM. Crossan et Farr, de New-York, des toiles imprimées, pour chemises. En résumé, cette branche d'industrie était assez médiocrement représentée dans le compartiment américain. Comme nous avons pu nous en assurer par les chiffres qui précèdent, elle constitue, au contraire, l'une des principales ressources commerciales du Royaume-Uni, et particulièrement de l'Écosse et de l'Irlande.

Le succès des importateurs anglais résulte surtout de leur parfaite connaissance des besoins des diverses contrées qu'ils se proposent d'exploiter, de l'intelligence avec laquelle ils y adaptent leur fabrication et des soins qu'ils donnent à l'empesage, l'emballage et l'ornementation de leurs articles, soins secondaires si l'on veut, mais dont l'omission exerce une influence défavorable sur les ventes. La manière dont un produit industriel est présenté, en rehausse ou en rabaisse singulièrement la valeur. A mérite égal, l'étalage élégant finit toujours par obtenir le patronage de la foule des consommateurs. Nous insistons d'autant plus sur ces observations, qu'on les perd souvent de vue dans la pratique des affaires. Ainsi, tandis que les expéditeurs irlandais envoient aux États-Unis des pièces de toile de 12 et de 24 yards — qu'ils savent y être d'une vente facile — beaucoup de négociants belges cherchent à y écouler des pièces d'une dimension différente, dont l'aunage ne se prête pas aux exigences du marché américain, offrant trop de largeur pour la confection des chemises — telles qu'on les fait aux États-Unis — et n'en ayant pas assez pour trouver emploi dans la fabrication des traversins. On doit s'attacher à servir les consommateurs selon leurs goûts et non leur imposer des modèles, surtout lorsqu'on est en présence de concurrents habiles et entreprenants.

La section anglaise contenait, en fait d'objets en lin, des échantillons provenant de douze firmes différentes, presque toutes irlandaises et écossaises. On y remarquait des toiles ordinaires, blanches et imprimées, des toiles à voile, de la baptiste, du linge de table, des mouchoirs unis, imprimés et brodés; des linons, des devant de chemises confectionnés; des essuie-mains, des fils de lin, des fils pour cordonniers et selliers. Ces marchandises étaient bien fabriquées, et à des prix inférieurs aux produits américains.

En Suède, on fait du fil de lin à Almedal, près de Göteborg. La production, dans cette localité, s'élevait en 1873 à 585,000 livres de fils, évaluées à 175,000 dollars, or. C'est aussi à Almedal que se trouve la plus grande filature de tissus de lin. Elle confectionne annuellement pour 1,000,000 de dollars de tissus divers, et pour 83,500 dollars de linge de table. A Jonsered, près de Göteborg, on s'occupe d'une spécialité : le tissage des toiles à voiles et à tentes. Il s'en manufacture un peu plus de 3,230,000 pieds chaque année, estimés à 300,000 dollars.

Les corderies suédoises, dont les relations sont toutes locales, occupent de 600 à 700 ouvriers.

La Suède reçut de l'étranger, en 1873, une quantité d'étoffes de lin, de tous genres, évaluée à 760,000 dollars, or, et ses exportations montèrent à 70,000 dollars, c'est-à-dire à un chiffre d'une importance relative secondaire.

Quatre filateurs français seulement avaient répondu à l'appel de la Commission du Centenaire américain ; MM. Vraux et Cie, de Paris, Hassebroucq frères, de Comines, qui exhibaient des fils de lin ; MM. Meunier et Cie, de Paris, dont l'étalage se composait de linges de table, d'un beau dessin ; MM. Avau et Cie, de Lille, qui exposaient des fils de chanvre, destinés à la couture.

La section hollandaise se faisait surtout remarquer, dans la classe 233, pour des linges de table. M. Elias J. Strijp y faisait, en outre, une exhibition spéciale : celle de tous les articles en toile, comprenant quatorze variétés, employés pour l'usage de l'armée des Pays-Bas. L'usine de M. Elias J. Strijp, établie en 1852, emploie 540 ouvriers. Une autre filature hollandaise, celle de MM. Niewenhuisen et Van Stratum, d'une fondation plus récente et qui se trouvait également représentée au Centenaire, accuse une production annuelle estimée à 150,000 florins, avec 60 ouvriers et une force motrice de 14 chevaux-vapeur.

Dans le compartiment autrichien, nous mentionnerons les piqués blancs de M. Parma, de Tichau, en Moravie ; les robes de bain en toile, les essuie-mains et le linge de table, de bonne facture, de MM. Garber et fils, de Vienne ; les serviettes damassées rouges, de M. Engelbert Berger, de Freudenthal, etc.

Le lin n'est pas cultivé au Japon. Les plus importantes d'entre les plantes textiles qu'on y utilise sont le chanvre et quelques variétés d'urticacées, particulièrement celles qui appartiennent au genre Boehmeria. On y fait des cordages des fibres du *Corchorus capsularis*, du *Pueraria thumbergiana*, de l'*Hybiscus syriacus*, du *Wisteria chinensis*, etc. Le chanvre est travaillé plus exclusivement dans la province de Yamato, l'ancien centre politique du Japon, dont le chef-lieu, Nara, autrefois capitale de tout l'empire, produit annuellement 400,000 pièces de tissus de chanvre. Quant aux étoffes en fibres de Boehmeria, on les fait à Yechigo, au nord de Tokio, sur la côte occidentale du Japon. Cette industrie y fut inaugurée en 1660, et sa production annuelle est d'environ 100,000 pièces, de 9 à 10 yards de longueur.

Le compartiment belge, par l'examen duquel nous terminerons nos recherches concernant la classe 233, contenait des coutils colorés et à bandes ou raies, pour fenêtres, matelas, couvertures de meubles et tentes, de M. Jos. Sak-Volders de Turnhout ; une collection assez complète et fort intéressante de toiles à voiles, exhibée par MM. William Wilford, de Tamise, comprenant des échantillons des types dits : *Imperial flax, Navy flax, Extra flax, Merchant flax*; des fils de lin retors à 3 et à 6 bouts pour machines à coudre, et à 2 bouts pour couture à la main, de M. Declercq-Clément, d'Iseghem. La Société de la Lys, de

Gand, y avait des fils de lin, d'étoupe et de jute, simples, écrus et blanchis ; M. Van Damme, de Roulers, des toiles en tous genres ; MM. Camille Devos et frère, de Courtrai, des coutils pur fil, de fr. 0-78 à 1-60 ; mi-fil, fantaisie et façonnés, de fr., 0-58 à fr. 1-40 ; des housses pour meubles, de fr. 1-40 à 4 fr. ; des toiles pour doublures, de fr. 0-45 à fr. 1-25. La manufacture de M. Rey aîné, représentée à Philadelphie par M. Jules Wellens, se distinguait par d'excellents envois, dans le détail desquels nous avons remarqué des toiles écrues, lessivées et crémées ; des toiles à fils blanchis, des toiles blanches, du linge de toilette, des nappes et serviettes, etc. M. Jacques de Brandt, d'Alost, en ce qui concerne ces derniers articles, mérite aussi une mention spéciale pour l'élégance, le bon marché et le fini de ses productions.

TOILES CIRÉES ET AUTRES TISSUS PEINTS. — La manufacture des toiles cirées pour tapis et de quelques autres tissus peints, est assez développée aux États-Unis, où elle a même pris naissance, si nos souvenirs sont exacts. MM. Dunn et Hunt, de Philadelphie ; Virolet et Durlach, du Nouveau-Jersey, réussissent parfaitement dans la production des toiles pour tapis, bien qu'on puisse peut-être reprocher à quelques-uns de leurs modèles une trop grande vivacité de couleur. M. Hugues Atha, de Newark, s'occupe plutôt de la fabrication des petites pièces pour voitures, escaliers, etc. ; M. Hyde, de la même ville, d'imitations de bois et de marbre pour couvertures de table.

Cette industrie, importée des États-Unis en Angleterre, il y a quelques années, y est aujourd'hui très florissante. On l'y applique à la confection d'étoffes peintes et préparées de façon à simuler le cuir, employées au garnissage des meubles. On y fait également des toiles cirées pour tapis et, de plus, des toiles peintes à la main, figurant de la tapisserie, utilisables pour décorations murales. MM. Wellock et Cie, de Bradford , dans le Yorkshire, exposaient des bâches imperméables, pour charrettes et wagons, en toile peinte.

Il existe, au Canada, une importante manufacture de produits appartenant à cette classe. Elle a son siége à Montréal.

Objets filés et foulés en laine et mélangés laine.

(CLASSE 235 A 241.)

LAINE CARDÉE. FILS, GROS DRAPS ET DRAPS FINS. CACHEMIRE DE FANTAISIE. OBJETS EN LAINE FOULÉE. — Les industriels américains travaillent particulièrement les laines courtes, c'est-à-dire qu'ils s'occupent surtout de la spécialité que nous allons traiter. Ils confectionnent des filés , des feutres, des draps, des casimirs, des étoffes pour pantalons, etc. Leur situation présente est loin d'être prospère, et un grand nombre de leurs établissements chôment en ce moment, ou produisent à perte. Ce n'est pas cependant, sous certains rapports, la protection officielle qui leur fait défaut, car les droits imposés sur les articles étrangers, déjà exorbitants, ont encore été majorés en 1875. Les exportations de lainages, des États-Unis vers d'autres pays, sont à peu près nulles. Quant aux importations reçues, elles se chiffrent, de 1869-70 à 1874-75, comme on le verra ci-dessous :

Années.	Quantités (yards).	Valeur (dollars).
1869-70	61,362,000	34,490,632
1870-71	75,362,000	43,839,640
1871-72	72,080,000	52,408,471
1872-73	65,121,000	51,075,492
1873-74	72,354,000	46,882,901
1874-75	71,299,000	44,590,039

Les principales filatures américaines ont été fondées en Massachusetts, en Pensylvanie, en Connecticut, dans le Maine, au Vermont et dans le Nouveau-Hampshire. Cinquante-sept exposants, établis dans ces divers États, ont envoyé des échantillons de leurs produits à Philadelphie en 1876. Ces échantillons, placés dans des armoires vitrées, n'étaient accompagnés d'aucune indication concernant leurs prix, leur aunage, etc. Dans ces conditions, il ne nous a pas été donné de les étudier avec le soin que nous y eussions mis en présence de circonstances plus favorables. Il nous a semblé cependant que les étoffes de fantaisie, les tissus pour pantalon, les filés constituaient la meilleure partie de cette exhibition, où les draps figuraient moins avantageusement.

On fabrique beaucoup de filés à Germantown, en Pensylvanie. Une société industrielle, la *Midnight Yarn Company*, en exhibait une collection choisie, comprenant des spécimens à différents degrés de fabrication, de manière à en faire apprécier la manufacture. MM. Bennett et Smith avaient un déballage d'étoffes en feutre, imprimées d'après un procédé pour lequel ils se sont fait breveter; la *Burlington Woolen Company*, de Winooski Falls, présentait des castorines, des moskowas et des draps de diverses espèces; la *U. S. Bunting Company*, de Lowell, des molletons, des damas laine, etc., etc.

L'industrie lainière se pratique sur une vaste échelle dans les Iles Britanniques. Elle produisait, dès 1867, près de 384,000,000 de livres de marchandises, d'une valeur approximative de 64,400,000 livres sterling. Durant les cinq derniers mois de l'année 1875, les articles anglais figurèrent dans les importations faites aux États-Unis pour 1,322,600 yards, et pendant les cinq premiers mois de l'année 1876, pour 819,700 yards.

Les fabriques anglaises les plus connues sont celles de

Leeds, et de quelques localités du Gloucestershire, du Somersetshire et du Yorkshire. Il en existe aussi de très importantes dans le comté de Cork, en Irlande.

Pour en revenir à l'Exposition de Philadelphie, les Anglais y avaient surtout envoyé des draps noirs, bleus et rouges, pour vêtements civils et uniformes militaires; des étoffes de pantalons, des filés, des tissus imperméables. Dix-huit exposants contribuaient à l'étalage national. Nous citerons parmi ces derniers, pour la belle qualité de leurs produits : MM. Marling et Cie, de Stroud ; Daires Robert S. et fils, du Gloucestershire ; Hooper, Charles et Cie, du même comité ; Birchall J.-D. et Cie, de Leeds ; Mahony, Martin, et frères, de Blarney ; King, William, de Leeds ; Anderson, David et fils, de Belfast. Quelques colonies anglaises, et entre autres la Nouvelle-Galles du Sud, marchent sur les traces de leur métropole. On confectionnait dans la Nouvelle-Galles du Sud, dès 1874, 458,880 yards de draps et de tweeds. Une seule manufacture, en 1876, y a livré au commerce 3,000 yards de drap par semaine.

Les filateurs et fabricants d'étoffes de l'arrondissement de Verviers avaient organisé, dans la section belge, une exposition collective de leurs produits. Cette collection, convenablement étalée, d'un accès facile, avec prix marqués, faisait honneur à leur habileté et à leur esprit pratique. Les neuf cents coupes exhibées représentaient réellement des articles de vente, et non des fabricats exceptionnels, manufacturés dans un but spécial.

En Belgique, on travaille particulièrement la laine cardée. Indépendamment des filés, dont nous parlerons ci-dessous, on y fait des draps, des doeskins, des étoffes de fantaisie et des feutrés.

En 1845, les manufacturiers verviétois produisaient 175,000 pièces de tissus. Ce chiffre était porté à 200,000 pièces en 1852 et atteignait un total de 330,000 à 340,000 pièces en 1873. Les exportations ont suivi, naturellement, la même marche ascendante. En 1852, on plaça à l'étranger 64,000 pièces de draps et d'étoffes ; en 1855, ce total se trouvait augmenté de 29,000 pièces. De 1862 à 1867, les expéditions au dehors se firent dans les proportions suivantes :

Années.	Nombre de pièces.
1862	196,000
1863	204,000
1864	214,000
1865	225,000
1866	200,000
1867	167,000

En étudiant l'ensemble de ce mouvement, de 1862 à 1872, nous constatons une moyenne d'exportation d'environ 197,000 pièces par an. Or une pièce de drap valant, l'une parmi l'autre, 135 francs, un tel commerce représente une circulation d'espèces de 25,565,000 francs. Ces résultats pourraient être considérés comme très satisfaisants, si on ne les rapprochait du fait que, depuis 1873, la fabrication des tissus n'a pas pris à Verviers de développements nouveaux. Nous chercherons à expliquer plus loin, la cause de cet arrêt.

Les filés belges ont été aussi, de 1867 à 1872, exportés en quantités considérables. Les expéditions faites vers l'étranger, durant la période susdite, s'établissent comme suit :

Années.	Quantités exportées.
1867	2,030,700 kilogrammes.
1868	3,477,800 —
1869	4,627,700 —
1870	4,926,800 —
1871	6,284,800 —
1872	6,302,480 —

En 1872, le fil valait en moyenne fr. 7-75 le kilogr., de sorte que la vente de 6,302,480 kilogr. de ce produit suppose des recettes, pendant cette année, montant à 49,000,000 de francs. Cette période de prospérité a été suivie, pour les filés comme pour les lainages, d'un ralentissement notable, tant en ce qui concerne la fabrication que les exportations. En 1873, on manufactura encore 8,500,000 kilogr. de filés, mais, depuis lors, ce chiffre a subi de nouvelles diminutions. De 1873 à 1875, l'exportation totale des filés d'origine verviétoise se résume comme on le verra ci-dessous :

Années.	Quantités.	Valeur.
1873 . . .	7,558,000 kilogrammes.	52,906,000 francs.
1874 . . .	4,950,000 —	34,650,000 —
1875 . . .	4,634,000 —	32,438,000 —

Pour mieux apprécier la situation et nous en rendre un compte plus exact, examinons l'industrie lainière dans son ensemble, c'est-à-dire au point de vue international, et voyons dans quelles proportions, comparativement, l'arrondissement de Verviers contribue à la production générale. Or, suivant la statistique officielle, les principaux pays industriels, travaillant la laine cardée, sont montés comme suit :

La Grande-Bretagne possède	6331 assortiments,
La France	3302 —
L'Allemagne	2400 —
L'Autriche , ...	1200 —
La Belgique	1200 —
L'Italie.	500 —

Les 1,200 assortiments belges fournissent, en temps normal, 400,000 pièces d'étoffes, et 6,500,000 kilogr. de fils. En admettant — avec la chambre de commerce de Verviers — qu'une broche opérant 12 heures par jour, prépare environ 25 kil. de fils chaque année, et qu'un assortiment comporte environ 500 broches, chacun d'eux manufacture annuellement 125,000 kilog. de laine travaillée. D'après ce calcul, la production en fils, pour les contrées citées plus haut, se répartirait comme suit :

Pour l'Angleterre	79,140,000 kilogrammes
— la France	41,275,000 —
— l'Allemagne	30,000,000 —
— l'Autriche	15,000,000 —
— la Belgique.	15,000,000 —
— l'Italie	6,250,000 —

En supposant qu'il faille 15 kilog. de fils par pièce de tissus, on doit conclure que les mêmes pays confectionnent respectivement :

L'Angleterre.	5,276,000 pièces.
La France	2,152,000 —
L'Allemagne.	2,000,000 —
L'Autriche	1,000,000 —
L'Italie	416,000 —

Les manufacturiers belges produisent, relativement, moins d'étoffes, parce qu'ils exportent une assez grande quantité de leurs filés avant le tissage.

L'industrie verviétoise, très considérable comme on vient de le voir, relativement à l'étendue territoriale de notre pays, intelligemment conduite, se trouve cependant aujourd'hui, comme nous l'avons déjà fait observer, plus ou moins enrayée dans son essor. Sa production a faibli, ses exportations diminuent. Sa vitalité est telle qu'un semblable état de choses ne peut être que momentané, mais encore convient-il d'en découvrir l'origine, afin d'y appliquer des remèdes.

La crise actuelle dérive de causes générales, dont les manufacturiers de tous pays ont subi l'influence et de circonstances particulières dont l'arrondissement de Verviers ressent plus spécialement les effets.

Parmi les premières, nous mentionnerons les fluctuations politiques, trop fréquentes depuis quelques années, et dont tous les industriels ont souffert ; le bas prix du coton, qui a eu pour conséquence d'activer la vente d'étoffes fabriquées à l'aide de ce textile, aux dépens de celle des tissus de laine ; le défaut de matière première, c'est-à-dire l'insuffisance des arrivages de laine brute, ce qui a maintenu celle-ci à un taux élevé, rendant certaines combinaisons, naguère fructueuses, désormais impossibles.

Parmi les secondes, la plus importante, celle à laquelle nous devons surtout nous attacher, se rapporte à une véritable révolution industrielle, sur laquelle il nous reste à donner quelques explications.

Les laines courtes — celles de La Plata, par exemple, dont nous faisons une forte consommation — étaient autrefois réservées à la carde. Les laines longues, au contraire, étaient passées au peigne et s'utilisaient pour d'autres tissages. Grâce aux progrès de la mécanique, on est arrivé, après différents essais, à peigner les laines courtes. Or, et c'est là un point à noter, le peigne laisse à la fibre toute sa largeur. Il en résulte que si le fil peigné n'est pas trop cher, il sera nécessairement préféré au fil cardé. Nos manufacturiers, travaillant à la carde, se trouvent actuellement en présence de concurrents qui, ayant recours à un procédé supérieur de fabrication et retirant davantage de leurs produits, peuvent donner pour les laines brutes, disputées dorénavant, un prix plus élevé. Le peigne, en un mot, a fait invasion dans le domaine de la carde. Il ne lui enlève pas seulement son élément principal, les laines courtes, mais il la menace dans ses ventes. Les pertes subies par l'industrie verviétoise ont constitué les gains de la fabrication française et anglaise, remodelée d'après les découvertes nouvelles.

Il importe d'introduire, le plus tôt possible, en Belgique, les procédés de peignage. Déjà quelques maisons importantes en ont pris l'initiative. MM. Peltzer et fils, entre autres, ont fait à cet égard de notables efforts qui ne tarderont pas, nous en sommes assurés, de ramener la prospérité, par le progrès, dans l'arrondissement de Verviers.

Parmi les filateurs qui ont contribué au remarquable étalage représentant les fabricats de laine cardée dans le compartiment belge, nous citerons, pour les filés, M. Hauzeur-Gérard fils; MM. Peltzer et fils; M. Jean Tasté. Pour les draps et étoffes, MM. Iwan Simonis; Peltzer et fils, de Verviers; H.-J. Lejeune-Vincent; J.-J. Henrion, de Dison; Biolley frères et Cie, de Juslenville, etc.

En Suède, on travaille également à la carde. La matière première y est importée d'Allemagne, du Cap, de Buenos-Ayres, d'Australie et de quelques autres localités, jusqu'à concurrence de cinq millions de livres annuellement. On la manufacture à Norrköping, où de nombreux cours d'eau peuvent être utilisés par les fabricants. Il y existait, en 1873, trente-huit établissements, qui produisirent durant l'année 3,301,000 pieds de tissus de laine, évalués à 2,445,000 dollars. On a fondé aussi quelques filatures à Halmstad, Stockholm, Malmo et Landskrona.

L'industrie lainière suédoise occupe, au total, 52 fabriques, distribuées dans sept villes, un bourg et sept villages. Ces fabriques ont un personnel de 4,900 ouvriers, qui confectionnent 920 pieds de draps fins, 45,550 pieds de draps de moyenne qualité; 947,550 pieds de draps grossiers, et 4,469,740 pieds, plus 17,120 pièces d'étoffes diverses, le tout estimé à 37,500,000 dollars or, environ.

Toutes ces marchandises sont consommées dans le pays

et il ne s'en exporte qu'une faible quantité qu'on écoule en Norwége et en Danemark. Les importations de produits étrangers, sur les marchés suédois, sont assez fortes. En 1873, on y plaça pour 4,671,600 dollars de tissus, et pour 1,194,500 dollars or, de filés, teints et non teints.

La section autrichienne contenait de la laine filée, de toutes couleurs, provenant d'une manufacture de Vaslan; quelques jolies étoffes fantaisie pour pantalons, exposées par M. Otto von Bauer, et un bel assortiment de draps, exposé par la *Tuchmacher Genossenchaft*, de Reichenberg.

Dans le département espagnol, nous avons remarqué les filés de M. José Padia, dont la manufacture, établie en Catalogne, est assez considérable, ainsi qu'une collection de draps jaunes et rouges, fabriqués pour l'exportation et très recherchés au Maroc. Quelques filatures ont été érigées au Mexique; elles ne produisent jusqu'à présent que des draps assez grossiers.

La manufacture des draps en France se partage entre Elbeuf, Louviers, Vire, Lizieux, Romorantin, Sedan, dans le nord; Carcassonne, Mazamet, Saint-Pons et Bédarieux, dans le sud. Les draps lisses, noirs et de couleur, les draps pour livrées, billards et voitures, les satins noirs, les édredons, les articles de velours de laine pour manteaux de dame, viennent d'Elbeuf, de Louviers et de Sedan, c'est-à-dire du groupe normand et ardennais; Vire, Lizieux, Romorantin et Vienne ont la spécialité des marchandises à bas prix et des nouveautés pour pantalons et vêtements complets; Carcassonne et les autres villes méridionales, celle de la confection des draps militaires.

Quant à la fabrication des étoffes de laine rase, obtenues à l'aide du peignage, elle a pour centre la ville de Roubaix.

L'industrie d'Elbeuf — celle des draps — était représentée au Centenaire par de beaux produits de MM. Bellest et Cie, Blin et Bloch, Decaux fils, L. Demar; celle de Roubaix, si intéressante pour nos industriels, par les articles de teinture de laine, de MM. Dabert et Cie; les laines peignées de MM. Amédée Prouvost et Cie; les étoffes pour meubles de MM. Vanoutryve et Cie; les tissus d'ameublement et la draperie exhilées par MM. Wattine et Cie.

FLANELLE, COUVERTURES, CHALES, MÉLANGÉS LAINE, TAPIS, etc. — Les manufacturiers de Tilbourg, en Hollande, dont l'exposition collective a été très appréciée, avaient envoyé à Philadelphie des flanelles unies et de couleur, des baies, des castorines, des futaines, des ratines, etc. Toutes ces marchandises étaient de bonne facture et à des prix modérés. La fabrication des articles de lainage, à Tilbourg, date du siècle dernier.

Elle n'y fut organisée d'abord que dans des proportions restreintes, et l'Angleterre suppléait alors par d'assez fortes expéditions aux besoins du marché hollandais. En 1826, quelques machines à vapeur furent importées à Tilbourg, dont l'activité industrielle s'accrut rapidement. Elle eut pour conséquence, non-seulement d'éliminer en grande partie la marchandise anglaise, mais d'assurer aux fabricants locaux des succès sérieux à Paris, à Vienne et à Philadelphie. La plus ancienne firme tilbourgeoise est celle de MM. Van Dooren et Dams, dont la fondation remonte à l'année 1746; la plus importante, au moins quant à la production, celle de B.-T. Sträter, établie en 1852. M. B.-T. Sträter emploie 139 ouvriers et trois machines à vapeur d'une force de soixante chevaux.

La Belgique ne comptait, en ce qui concerne les flanelles, qu'un seul exposant, la maison Frauck frères, de Dison.

L'envoi comprenait des produits de diverses espèces, bien confectionnés, et dans de bonnes conditions de vente.

Aux États-Unis, ce genre de marchandises est fabriqué dans un grand nombre d'établissements, situés en Massachusetts, dans le New-York, la Pensylvanie, l'Ohio et le Rhode–Island.

On y fait des lainages pour sorties de bal aux *Camden woolen mills*, à Philadelphie; de belles flanelles blanches, aux *Ballard vale mills*, dans le New-York, les flanelles rouges, jaunes et bleues aux *Groveland mills*, même État, etc.

En Suède, six manufactures y sont consacrées, et la valeur de leur fabrication annuelle est estimée à 210,500 dollars or. Il est vrai que dans ce total se trouve compris le produit d'un certain nombre de châles et de couvertures, sortant des mêmes établissements. En Norwége, on confectionne également quelques tissus de flanelle dans les environs de Bergen.

La France n'était représentée, dans cette classe d'objets, que par un seul exposant, M. Reynaud, de Paris, pour ses flanelles médicamentées; l'Angleterre n'en avait que trois du pays de Galles et des environs de Manchester; le Canada, un nombre égal, des États d'Ontario et de Québec.

En abordant l'examen des couvertures en laine faisant partie de l'Exposition internationale de 1876, nous avons à citer tout d'abord, comme précédemment, les produits hollandais. En effet, MM. J.-C. Zaalberg et fils, de Leyden, avaient envoyé à Philadelphie des articles remarquables par leur légèreté, leur apparence substantielle et leur moelleux. Quelques-unes des couvertures sortant de leur fabrique avaient jusqu'à un pouce d'épaisseur et produisaient l'impression, au toucher, d'une étoffe d'édredon. La manufacture de MM. Zaalberg est déjà ancienne et remonte à 1770. Ses propriétaires actuels en ont pris la direction en 1870. Elle emploie 140 ouvriers, deux machines à vapeur d'une force de 40 chevaux, et confectionne annuellement 75,000 pièces. On les offrait en vente, à Philadelphie, au prix de 8 à 18 dollars chacune, suivant qualité.

La République Argentine avait un déballage assez riche dans cette spécialité, comprenant un certain nombre de spécimens tissés en laine de vigogne. Même observation concernant la section espagnole, où nous avons vu quelques couvertures à longs poils, fort bien faites et de jolies nuances.

Sans nous arrêter plus longtemps à ce groupe, qu'il serait oiseux de décrire en détail, passons rapidement en revue la belle collection de châles exhibée à Philadelphie, en commençant nos recherches au département indien, très remarquable sous ce rapport.

La confection des châles, comme on le sait, constitue en effet une des plus anciennes industries de l'Hindoustan. On les y fabrique au moyen d'une sorte de duvet, croissant sous les poils longs et soyeux des chèvres du Thibet. Plus les régions habitées par celles-ci sont âpres et froides, plus la récolte de laine qu'elles fournissent est abondante et précieuse. Le duvet dont nous parlions, appelé *pushm* ou *pushmina*, est recueilli au printemps, au moyen de peignages, puis transporté dans la vallée de Cachemire où il est mis en œuvre. Il est de différentes teintes, passant du blanc au jaune, du bistre au gris foncé. Les laines blanches sont particulièrement recherchées et se vendent fort cher ; les plus foncées subissent une teinture. On les tisse, soit à la main, soit au métier. Quelques-unes des étoffes ainsi obtenues sont travaillées d'un seul côté, d'autres peuvent être présentées indifféremment sur les deux faces. Parmi les différents types exécutés par les tisserands hindous, nous mentionnerons le *Doshalla* ou châle long ; le *Kassaba* ou châle carré ; le *Jamewas* ou châle composé de parties rassemblées ; le *Ulwan* ou châle blanc uni. Les premiers, toujours vendus par paire, valent, à Cachemire même, environ 300 dollars les deux, à moins qu'ils ne soient mêlés de fils d'or, ce qui augmente considérablement leur prix. Les châles carrés, faits au métier et brodés à l'aiguille, sont plus exclusivement réservés à l'exportation. On les vend séparément, par pièce. Les *Jamewas* reviennent à 1,000 dollars, au lieu de production.

Une firme de Londres avait exposé, dans la section des Indes, une grande variété de châles, d'écharpes et de chuddahs, importés par elle. Nous avons surtout admiré, dans ce bel étalage, de magnifiques châles gris clair, couverts de broderies représentant de grandes palmes, entremêlées de feuilles, de pétales et de fleurs, d'un gris plus foncé. Ces spécimens, dont le prix n'était pas très élevé, étaient d'une rare élégance et d'une distinction parfaite.

On s'est attaché, en France, à imiter la fabrication indienne, tantôt en la suivant dans ses capricieuses fantaisies, tantôt en la modifiant suivant les goûts européens. On y confectionne, de plus, d'autres variétés de châles, plus exclusivement nationales. Trois autres principaux centres de production alimentent ce commerce : Paris, où l'on manufacture concurremment les articles riches, moyens et à bon marché ; Lyon, où l'on confectionne principalement des marchandises à prix modérés ou de qualités inférieures ; Nismes, qui a la spécialité des châles communs. Nous nous attendions, par conséquent, à trouver dans le compartiment français un brillant étalage en ce genre. Nous avons eu à constater, au contraire, l'abstention presque complète des manufacturiers français. Un seul d'entre eux, M. Terrillon, de Paris, avait répondu à l'appel des États-Unis, en y envoyant quelques échantillons.

La section suisse n'était guère plus fournie. Elle contenait cependant, en fait de lainages, quelques nouveautés parmi lesquelles des châles tissés à l'aide d'une sorte de laine minérale *ice wool*, dont nous avons déjà décrit l'origine. Ces articles venaient de l'établissement de MM. Blumer et Wild, de Saint-Gall.

Aux États-Unis, on fabrique des châles de laine dans l'État de New-York, en Pensylvanie, et dans le Rhode-Island. L'une des manufactures les plus anciennes du pays se trouve dans ce dernier État, à Peace-Dale, aux environs de Providence. Elle fut fondée au commencement du siècle, par M. Rowland Hazard, qui y fabriqua d'abord des tiritaines. Ces marchandises, composées d'un mélange de laine et de coton, d'un yard de largeur, étaient faites à la main. Vers 1804, des machines à carder ayant été introduites à Peace-Dale, M. Rowland Hazard en fit l'acquisition. Ces machines débitaient la laine en rouleaux, et celle-ci était ensuite filée à la main. En 1813, des métiers à la mécanique furent ajoutés à l'outillage, qui s'augmenta en 1820 d'une machine à filer de 52 broches. Depuis lors les progrès de l'établissement ont été rapides, et l'étalage de ses produits, à l'Exposition internationale de 1876, était aussi varié qu'intelligemment composé.

MM. H. Rolin fils et Cie, de Saint-Nicolas, représentaient très honorablement, dans le quart belge, l'industrie de leur arrondissement. Les manufacturiers de Saint-Nicolas, comme on le sait, s'occupent spécialement de la production des châles tartans. Ces châles, dont la laine cardée forme la base, s'exportent en Hollande, en France, en Autriche, en Suisse et en Italie. On tisse également à Saint-Nicolas, d'après le système Jacquard, des châles Kabyles, d'une fabrication plus compliquée, confiée généralement à des ouvriers spéciaux, plus entendus et plus expérimentés.

Dans la section autrichienne, nous avons à signaler aussi quelques beaux châles, longs et carrés, provenant de

MM. Max Koch; Lowenfeld et Wolfgang; Klawatsch et Isbary, de Vienne. Les cachemires exhibés par cette dernière firme ont été particulièrement remarqués.

Le département anglais comprenait un assortiment complet de châles en laine, à des prix modérés et de dessins variés, ainsi que des écharpes et des plaids de toutes nuances. Les articles tricotés dominaient dans l'exposition chilienne, y révélant les modes et les habitudes locales.

L'examen de la classe 238 du catalogue américain, consacré aux mélangés laine, aux nouveautés pour dames, aux serges, popelines, mérinos, brocatelles, bombasins, mohairs, mousselines de laine, lastings, reps, stoffs, valencias et damas, nous fait rentrer, au moins partiellement, dans le domaine des laines peignées. C'est assez dire que ces spécialités n'avaient guère d'importance dans la section belge, nos industriels dépendant encore, pour les filés de ce genre, des marchés étrangers. Aussi nos importations, relativement aux articles ci-dessus désignés, estimées à 16,657,000 francs en 1870, ont-elles atteint en 1875 un total de 24,711,000 francs. Nos exportations, au contraire, de 15,896,000 francs en 1872, sont tombées à 8,921,000 francs en 1875.

Les étalages anglais contenaient quelques jolies brocatelles, venant d'Irlande, unies et façonnées, pour rideaux et garnitures de meubles; des bombasins noirs, pour robes de deuil; des serges de laine; des étoffes de fantaisie pour doublures; des mohairs. Ce dernier article, confectionné au moyen de poils de la chèvre d'Angora, ou en alpaca, y était présenté sous forme de tissus à peluches, d'objets de garnitures, etc. On le travaille surtout à Bradford et dans certaines villes d'Écosse et de France. MM. Pim frères, de Dublin, avaient exposé des popelines irlandaises, d'une bonne fabrication.

11

Il est digne de remarque qu'il soit encore possible d'importer de telles marchandises aux États-Unis, sous le régime douanier qui y a prédominé jusqu'à ce jour. On y prélève, en effet, sur les popelines, partie laine, fils retors ou mohair, lorsqu'elles ne valent pas plus de 20 cents américains le yard carré, 6 cents par yard et 35 p. c.; au dessus de 20 cents le yard, 8 cents et 40 p. c. Les rigueurs du tarif, au plus, ne s'appliquent pas seulement aux popelines : presque tous les fabricats appartenant à la classe qui nous occupe sont traités avec la même sévérité. Il nous suffira de quelques citations pour en donner une idée.

Les Balmorals, en laine ou mélangé laine, manufacturés en tout ou en partie, subissent un droit de 50 cents par livre et de 40 p. c. *ad valorem;* les habits tout faits, en laine ou mi-laine, de 50 cents la livre et de 40 p. c. Les étoffes pour robes, en laine ou partie laine, si elles ne valent pas plus de 60 cents le yard carré, paient 6 cents le yard à l'entrée et 35 p. c. *ad valorem ;* évaluées au delà de 70 cents, 8 cents le yard et 40 p. c. On ne s'arrête pas même à ce taux, déjà exorbitant. Si ces étoffes pèsent plus de quatre onces par yard, la taxe est majorée jusqu'à 50 cents par livre, plus 35 p. c. sur la valeur des produits.

On devait s'attendre, en présence d'une telle situation, à constater sur les marchés américains une absence presque complète de produits étrangers. Tel n'est pas cependant le cas, tant il est vrai que le système protecteur dépasse généralement son but. Durant les trois derniers mois de l'année 1875, on a importé aux États-Unis, 7,618,561 yards des tissus cités ci-dessus, estimés à 1,926,344 dollars. Il se trouvait aux entrepôts, dans le même temps, 5,545,584 yards d'étoffes pour robes venues d'Europe.

Les manufacturiers américains avaient expédié des alpacas, des mohairs, de la popeline de Roubaix, des tissus teints et imprimés en laine, des étoffes de doublure, des mousselines et des filés. Nous avons déjà fait observer ci-dessus, en parlant de l'industrie lainière aux États-Unis, qu'on y passait en ce moment par une crise des plus pénibles, et tous les producteurs, à quelque branche de cette fabrication qu'ils se rattachent, en subissent plus ou moins le contre-coup.

Dans le département français, nous avons à mentionner de beaux mérinos et cachemires écossais, venant de Rheims. Cette ville devient un centre manufacturier des plus importants, en ce qui concerne ce genre de marchandises. MM. Maes, de Clichy-la-Garonne, et Chalamel et Cⁱᵉ, de Paris, avaient au Centenaire des teintures et apprêts sur tissus de laine, ou de laine mélangée ; MM. du Fourmantel et Cⁱᵉ, des chaînes pure laine, laine et soie, etc.

L'exhibition collective des fabricants allemands d'Elberfeld mérite aussi d'être citée parmi les meilleures d'entre celles qui faisaient partie de la classe 238, surtout pour les garnitures en laine à l'usage des tailleurs. Trois manufactures italiennes seulement avaient envoyé des échantillons de leurs travaux à Philadelphie, dont l'une de Turin, et les deux autres de Novare. La Suisse ne comptait qu'un exposant dans ce groupe : M. Grust, de Winterthur, pour quelques articles en laine et mélangés laine.

La confection des tapis constitue l'une des subdivisions principales de l'industrie lainière, exigeant à la fois une grande habileté technique et des aptitudes artistiques développées. Les travaux qui s'y rattachent occupaient autrefois un grand nombre d'ouvriers en Belgique. Nos fabriques de tapis de haute lisse étaient renommées au moyen âge, et l'on se rappelle que les ateliers nationaux des Gobelins doivent leur origine à un flamand, Jean Van Gobeelen.

MM. Braquenié frères, de Malines, ont soutenu dignement, à Philadelphie, l'antique réputation de la tisseranderie belge. Leurs deux panneaux, d'après Gallait, représentant Rubens et Cousin — ce dernier en costume arabe — étaient remarquables par leur brillant coloris et leur excellente exécution. A côté de ces belles œuvres, figuraient huit autres pièces, d'après Audran, avec sujets mythologiques, et une grande tapisserie, dans le style Louis XVI, très élégante et très soignée.

Aux États-Unis, cette manufacture, tout en étant très active, n'a pas encore atteint ce degré de perfection. Elle occupe toutefois de nombreux établissements dans le Massachusetts, le Connecticut, le New-York et la Pensylvanie. On y produit les variétés dites : *Brussels*, *Wilton*, *Kidderminster*, *Tapestry*, *Axminster*, *three ply and Ingrain*, *Dutch*, *Venitian*, etc., très différentes par leur origine et leur mode de fabrication.

La base des *Brussels* est un canevas de fils de lin. Entre les fils inférieurs et supérieurs de cette trame, on insère des fils de laine de différentes couleurs, qui paraissent seuls à la surface du tissus. Ce genre de tapis, dont le prix n'est pas trop élevé, est en grande demande aux États-Unis. On en importe d'Angleterre, venant du Yorkshire et de Glasgow. L'exhibition anglaise en offrait de nombreux spécimens de divers types.

Les *Kidderminster* ont été manufacturés d'abord, en 1735, dans la petite ville britannique de ce nom. Ils présentent le même dessin des deux côtés, mais avec couleurs interverties. On les façonne en tissant à la fois deux étoffes, respectivement parfaites et de nuances différentes, qu'on rattache, tout en les produisant, solidement l'une à l'autre.

Ces tapis se vendent moins que les précédents, quoique d'un bon placement.

Les *Wilton* ressemblent aux *Brussels*, mais leur surface est plus veloutée. Ils reçoivent leur nom d'une cité manufacturière du comté de Wilts, en Grande-Bretagne, qui fut la première à les exporter. Le marché américain en reçoit une assez grande quantité, tant de l'intérieur du pays que de l'Écosse, et surtout de Glasgow.

La variété dite *Tapestry* comprend des produits semblables aux *Brussels* et aux *Wilton*, avec cette différence qu'on n'applique à leurs canevas qu'un seul fil au lieu de cinq fils ou plus. Ce fil unique est teint à différents endroits, selon la nature des dessins qu'on veut exécuter. On en fait très peu aux États-Unis.

Les tapis façon *Axminster* étaient également assez rares dans le compartiment américain. Ils ressemblent aux tapis turcs, et leur principal centre de production est une localité du Devonshire, en Grande-Bretagne, qui leur donna son nom.

Les *Ingrain* sont ainsi appelés parce qu'ils sont formés de deux avalées ou épaisseurs. Leurs couleurs sont interverties de chaque côté, et leur trame est tantôt en coton, tantôt en laine. On en fabrique beaucoup en Pensylvanie. MM. Ivins, Dietz et Magee, de Philadelphie, en exhibaient quelques jolis modèles.

Les variétes *Dutch* et *Venitian* ont les plus grands rapports et portent généralement des dessins à grandes raies.

La section turque renfermait une belle collection de tapis, presque tous d'un même type, c'est-à-dire présentant un fond sombre, ornementé d'un petit dessin richement nuancé et entouré d'une bordure. Ces tapis, assez grossiers d'apparence, étaient néanmoins très fins et très moelleux. Ils offrent cette particularité qu'on n'y emploie jamais de teintes vertes, ces teintes étant celles de l'étendard du Prophète.

Une maison de Londres avait expédié à Philadelphie quelques tapis hindous. Ces tapis sont faits en soie, en laine ou en coton. Les plus beaux sont en poils de chèvre du Thibet et ne diffèrent guère des plus riches cachemires. On distingue, dans la fabrication hindoue, trois types : les tapis proprement dits, les carpettes et les satrangis. Ces derniers sont confectionnés en coton, les autres en laine. On les tisse généralement dans les prisons. Ils sont remarquables par l'harmonie du dessin et des couleurs et produisent le meilleur effet.

Dans le département canadien, nous avons remarqué un objet des plus intéressants, et que nous ne nous attendions pas à y rencontrer, c'est-à-dire une vieille tapisserie des Gobelins, représentant l'Adoration des Bergers. D'après la tradition, cette belle pièce remonterait à l'an 1615. En 1792, elle se trouvait exposée dans la chapelle des religieuses de St-Augustin, à Montréal. Elle avait été importée au Canada par un gentilhomme français, Pierre Narcisse de Gastonnaye. On l'évaluait à 1,500 dollars or.

Nous avons parlé ci-dessus des tapis de Turquie. Nous avons constaté, en parcourant l'exhibition hollandaise, qu'on les imite en perfection à Delft et à Deventer. Dans cette dernière ville se trouve une manufacture royale, dirigée actuellement par M. Kronenberg et dont la fondation remonte à l'année 1798. Ses produits sont excellents, et mêmes supérieurs, d'après nous, aux articles importés directement de Smyrne.

Quatre exposants français, parmi lesquels nous retrouvons MM. Braquenié frères, déjà cités, — cette firme possédant également un établissement à Paris — avaient expédié au Centenaire des moquettes veloutées, des imitations d'anciennes tapisseries de haute lisse, etc. L'une de celles-ci, figurant un combat entre des chiens courants et un loup, dans le style d'Aubusson, était remarquable, tant pour sa composition que pour la beauté de son coloris et le fini de son exécution.

L'Allemagne et l'Autriche étaient également représentées dans la classe 239, à l'Exposition universelle de 1876, par de bons articles, provenant de diverses manufactures de Berlin, de Hongrie et de Bohême.

Soie, soieries et autres tissus dans lesquels la soie est la matière prédominante.

(CLASSE **242** A **249**.)

COCONS ET SOIES GRÈGES, MOULINÉES OU TORDUES. — La culture du mûrier commença de bonne heure aux États-Unis. Dès l'année 1608, au sein d'une réunion des directeurs de la Compagnie de Londres, sir Thomas Gates faisait remarquer que la Virginie pourrait fournir, à la métropole, une abondante récolte de soie brute. En 1623, les colons reçurent l'ordre de planter des mûriers, et Charles II, à son couronnement, porta des vêtements faits de soie virginienne. Dans la Caroline du Sud, l'exploitation du mûrier fût inaugurée quelques années après, en 1693. L'élève du ver-à-soie y devint bientôt l'occupation à la mode, de même qu'en Georgie, d'où l'on envoya des soies brutes en Angleterre au commencement du xviii° siècle. En 1734, un acte du Parlement britannique, permettant la libre entrée de ce nouveau produit colonial, engagea les colons à persévérer dans leurs efforts. Les plantations s'étaient étendues, dans l'intervalle, jusqu'en Connecticut. Abandonnées durant la guerre, elles furent reprises plus tard. Cinquante familles se consacraient, en 1790, à New-Haven, à la production des cocons, et une petite ville de Massachusetts, Ipswich, fabriqua cette même année 40,000 yards de dentelles de soie. On installa des établissements dans le New-York, le Nouveau-Jersey et la Pensylvanie, le Dr Franklin s'étant mis à la tête du mouvement dans ce dernier État. Néanmoins, l'érection de la première fabrique de soie à coudre, aux États-Unis, date à peine d'un demi-siècle. On l'installa à Mansfield, en Connecticut, et ce fut la même localité qui livra pour la première fois au commerce, en 1829, des soies tissées à la mécanique. Durant les cinq années suivantes, douze manufactures furent fondées dans la Nouvelle-Angleterre. Une Société séricole nationale se forma en 1839, et la culture du mûrier reçut, grâce à ses encouragements, une vive impulsion. En 1869, la valeur des soies et soieries façonnées aux États-Unis avait atteint un total de 20,000,000 de dollars. Pour réaliser ce chiffre, il avait fallu, toutefois, importer pour 6,000,000 de dollars de matière première.

Il existe aujourd'hui de nombreuses filatures de soieries sur le territoire de l'Union. Le siége principal de cette industrie est à Paterson, dans le Nouveau-Jersey. En 1870, 75,000 broches y étaient en opération, et l'on y occupait 3,500 ouvriers. A Philadelphie, vers le même temps, on comptait vingt filatures du même genre, fournissant du travail à 1,500 personnes. Il y en a également dans le New-York, le Connecticut et le Massachusetts.

L'industrie séricole fut implantée en Californie en 1853, par un Français, M. Prevost, habitant la belle vallée de Santa-Clara. Une quantité de cocons d'origine Californienne, furent expédiés en Europe en 1860 et y excitèrent l'attention. A la suite de cet essai, une compagnie se forma à San-Francisco, et les comtés de Los-Angeles, de Santa-Clara et de Santa-Barbara produisent aujourd'hui beaucoup de soie brute. Une nombreuse population chinoise prend part à cette production.

Cinq firmes américaines, appartenant à différents États, figuraient sur la liste des exposants nationaux dans la classe 242. Leurs envois comprenaient de la soie brute d'assez belle apparence et des soies tordues et moulinées également bonnes, mais d'un prix trop élevé pour l'exportation.

L'Angleterre était moins bien représentée dans ces spécialités, une seule maison ayant répondu à l'appel des organisateurs du Centenaire : elle exhibait des déchets de soie et des filés.

Les colonies autrichiennes commencent à s'occuper de sériculture. Une association établie à Castlemaine, dans l'État de Victoria, avait expédié à Philadelphie des cocons desséchés et percés, indiquant de bonnes conditions d'élevage.

Les soieries constituent au Japon, l'élément principal des exportations nationales. La culture du mûrier fut introduite dans ce pays par des Coréens, à une époque très reculée.

Dès le vi° siècle de notre ère, la capitale de Kiyoto fournissait beaucoup de tissus de soie, et elle a conservé ce commerce jusqu'à ce jour, surtout en ce qui concerne les brocards. La ville de Kiriu, dans la province de Kotsuki, est le centre le plus important de la manufacture des soieries au Japon. Elle acquit cette position à partir de l'année 1820. On fabriqua à Kiyoto, en 1874, 712,897 pièces d'étoffes; on en fit 1,536,639 durant la même année, à Kiriu, chaque pièce ayant une longueur d'environ huit mètres.

On dévide la soie en cocons au Japon, dans 19 grands établissements, dont plusieurs furent fondés sous les auspices du Gouvernement.

Les produits français et italiens ont été appréciés trop souvent pour que nous nous y arrêtions longtemps. Sept firmes françaises, de Saint-Jean du Gard, de Lyon, de Chomerac, d'Avignon et de Pont-des-Charrettes (Gard), contribuaient à l'étalage national de soies brutes; neuf firmes italiennes, de Bergame, Turin, Lucques, Modène et Messines, témoignaient, au Centenaire, de l'activité de l'industrie séricole en Italie.

SOIES FILÉES ET OUVRÉES, TISSUS UNIS A DESSINS OU IMPRIMÉS. — Les soies filées sont frappées à l'entrée, aux États-Unis, d'un droit de 60 p. c. On conçoit dès lors que la classe 244 à l'Exposition internationale de Philadelphie ne comprenait que très peu de marchandises de cette nature, d'origine européenne. L'Angleterre s'était abstenue, de même que l'Allemagne, de la compléter par ses envois; la France n'y comptait qu'un exhibiteur, M. A. Hamelin fils, de Paris, pour quelques échantillons de soies teintes et écrues; la Hollande, un exposant également, MM. Travaglino et fils, de Haarlem, dont les marchandises ont déjà obtenu une récompense à New-York en 1853. Quant au compartiment des États-Unis, il n'était pas plus fourni relativement à ces articles. Nous n'y avons vu que quelques spécimens de soie filée, présentés par des manufacturiers de Pensylvanie, du Connecticut et du Nouveau-Jersey. On s'applique néanmoins avec succès aux États-Unis à la fabrication de la soie à coudre. Cette fabrication y occupe même, avec celle des rubans, des passementeries et des tissus servant à la décoration des meubles et des voitures, le plus grand nombre des établissements consacrés au travail de la soie. Ceux-ci fabriquent aussi cependant des étoffes pour robes, des serges, des florentines, des foulards, des soies huilées et des mousselines.

L'énumération de ces derniers fabricats nous ouvre l'étude d'un nouveau groupe, contenant, indépendamment des marchandises citées, les satins, les lustrines et les tissus pour chapeaux et coiffures de dames.

Dans ces spécialités, nous mentionnerons d'abord quelques produits turcs, des soieries aux couleurs vives, mais de qualité inférieure. Elles rentraient pour la plupart dans le genre de foulard et étaient fort légères. C'est le type auquel les manufacturiers nationaux s'attachent de préférence. Les soies épaisses faisant partie de leur étalage laissaient beaucoup à désirer et ne pouvaient être comparées en aucune façon aux articles similaires exposés dans les autres départements.

Les étoffes en soie venant du Mexique, exhibées à Philadelphie, étaient très médiocres. Elle offraient cependant un certain intérêt, en ce sens qu'elles fournissent la preuve que, là aussi, un certain mouvement industriel tend à se manifester. Le déballage des soieries russes, d'autre part, était remarquable. Il contenait des soieries noires, très substantielles, et une quantité de tissus légers, de teintes fort distinguées. Les verts et les lilas, entre autres, étaient extrêmement délicats et du meilleur goût. Ces marchandises étaient cotés à des prix modérés. Les soies noires, par exemple, étaient offertes en vente, suivant qualité, à 1 dollar 50 cents, 2 dollars 50 cents le yard, c'est-à-dire au dessous du taux des articles français importés aux États-Unis.

Un exposant suédois, M. K.-A. Almgren, de Stockholm, avait expédié à Philadelphie quelques échantillons de ses fabricats, très recommandables sous tous les rapports. La fabrication des soieries est très ancienne en Suède. Dès l'an 1673, on avait installé à Stockholm une filature de soie, occupant 50 métiers, et un autre établissement du même

genre à Göteborg. Ces entreprises, protégées par des
règlements douaniers prohibant en quelque sorte toute
importation étrangère, se multiplièrent à un tel point qu'en
1760 le nombre des fabricants de soieries, en Suède, s'élevait à près de deux mille. Survint ensuite une période de
décroissance, assez marquée. En 1845, les filatures suédoises étaient réduites à 18, employant 600 ouvriers, et
produisant pour 275,000 dollars de marchandises. On
annonçait même leur fermeture prochaine, comme conséquence de l'abolition des droits protecteurs, mais cette
prévision ne se réalisa point. Il y eut fusion, suivie d'une
reprise des affaires avec des capitaux plus forts et dans de
meilleures conditions. En 1875, deux grands établissements
restaient debout, occupant le même nombre d'ouvriers que
tous les autres réunis, quelques années auparavant, et con-
fectionnant pour 420,000 dollars d'étoffes. Tous deux sont
situés à Stockholm. Ils se sont maintenus malgré la concurrence étrangère, grâce à la bonne qualité de leurs produits dont une solidité exceptionnelle compense les prix,
relativement élevés.

La fabrication des soieries, en Belgique, s'exerce à peu
près dans les mêmes conditions qu'en Suède. Nos manufacturiers anversois, comme ceux de Stockholm, reçoivent
leur matière première du dehors. Comme ces derniers aussi,
ils ont compris qu'ils ne pouvaient disputer le marché
national aux importateurs étrangers qu'en débitant des
étoffes de tout premier choix : les cachemires et les soies
de faille d'Anvers sont d'une grande consistance. Ces
étoffes ne graissent ni ne cirent à l'usage. D'une teinte
noire brillante, elles peuvent être lavées sans perdre leur
couleur que les acides n'attaquent pas.

Les cachemires ont une largeur de 62 centimètres ; les
soies de faille, de 120 centimètres. MM. Van Bellingen fils,

et J.-H. Van Bellingen et Suremont en avaient expédié à Philadelphie. La dernière de ces deux firmes est déjà ancienne et a obtenu de nombreuses récompenses aux grands concours industriels d'Europe.

La collection des tissus français, unis et non, à dessins ou imprimés — ce groupe formant une classe spéciale dont nous allons parler bientôt — était nombreuse et bien choisie. Elle provenait des envois de trente exposants, la plupart de Lyon, et comprenait des soieries ordinaires, des failles, des taffetas, des satins, des gazes, de la soie peluche pour chapeliers, et des foulards. Les manufacturiers français contribuent, pour un chiffre considérable, aux importations d'étoffes et autres articles de soie faites aux États-Unis par les diverses contrées d'Europe. Le montant des dites exportations s'élevait, pour 1874-75, à 24,380,916 dollars, contre 23,996,782 dollars en 1873-74.

Une seule firme anglaise, celle de MM. G. et J.-B. Hilditch, de Londres, avait exposé quelques tissus unis, de différentes teintes. Le contingent allemand se composait aussi des échantillons d'une seule maison, celle de MM. Gressard et Cⁱᵉ, de Hilden. Le compartiment suisse était mieux fourni. Nous y avons remarqué des satins, des étoffes pour ombrelles, des gazes à blutoirs, des taffetas. Le siége principal du tissage des soies, en Suisse, se trouve à Zurich et environs.

Les Japonais présentaient, parmi les spécialités que nous analysons en ce moment, des baréges blancs ou foncés, des soies blanches unies et des crêpes. Pour confectionner ce dernier article, ils se servent de fils alternants, tordus en sens opposés, et beaucoup plus fortement que les fils ordinaires. Le tissage terminé, on passe la pièce ainsi façonnée à l'eau froide, puis à l'eau chaude, et encore à l'eau froide, le tout très rapidement. L'effet de ces opérations constitue le crêpage.

Les teinturiers japonais ne se servent, en général, que de colorants végétaux; de sulfate de fer pour les teintes noires et d'alun pour le mordançage. Les soies bleues sont teintes à l'indigo ; certaines soies noires au moyen d'une infusion d'écorce *myrica nagéya*, de noix de galles et de pelures de grenades, avec addition d'eau ferrugineuse et application subséquente d'une solution de sulfate de fer. Ils obtiennent différentes nuances de brun par l'usage de l'alun, et de faibles infusions de tan et de bois du Brésil. Ils produisent la couleur pourpre par l'emploi d'une sorte de gremil, le *lithospermum erythrorhizon*. Les articles à teindre sont trempés alternativement dans une décoction de cette plante et une autre de feuilles de camélias, puis ensuite rincés à l'eau claire. Ils utilisent aussi, dans leurs opérations, la fleur de Carthame, dont ils tirent une belle teinte rose.

Les soieries à dessins ou imprimées, figurant au Centenaire, se rapportaient à différents genres, selon leur destination. Elles comprenaient des satins et des brocatelles pour ameublements ordinaires et pour l'ornementation d'objets d'église, des moires antiques et autres étoffes pour vêtements, et enfin des articles de fantaisie. Parmi ces derniers, nous mentionnerons, dans le compartiment américain, des articles tissés portant les noms des signataires de la déclaration d'Indépendance ; des portraits d'hommes célèbres, etc., et, dans la section japonaise, les peintures en relief, sur soie, exhibées par une association de femmes, de Kiyoto. Le quart hindou contenait quelques brocarts d'une beauté réelle.

AUTRES CONFECTIONS DE SOIE. RUBANS ET PASSEMENTERIE. — Pour compléter notre revue des articles appartenant aux classes 247 à 249, ajoutons que les manufacturiers américains exhibaient, presque seuls, des écharpes et des voiles pour dames. Il y avait aussi dans leur étalage, ainsi que dans la section française, de jolis mouchoirs de soie. Les crêpes figurant à Philadelphie formaient une collection plus nombreuse, parmi laquelle nous avons vu des crêpes noirs anglais, des crêpes français de divers types, et des crêpes japonais. Quelques-uns de ceux-ci étaient teints et brodés. Les plus beaux velours exposés venaient de Lyon; d'excellentes dentelles de soie se trouvaient dans le compartiment autrichien et avaient été expédiées de Bohême.

Les rubans se fabriquent, aux États-Unis, dans le Nouveau-Jersey, à Paterson. MM. Soliliac et fils en présentaient une grande variété, d'une bonne confection, mais qu'on ne saurait comparer toutefois, quant aux prix, aux objets de même nature manufacturés à Conventry, en Angleterre, ou dans le département de la Loire, en France. Les rubans de velours constituaient, à Philadelphie, une des spécialités des déballages français et autrichiens.

Les passementeries de soie ne manquaient pas à l'Exposition internationale de 1876. Les fabricants américains produisent des tresses en soie, des cordons, des galons pour chapeaux, des giletières, des guipures, des franges, des glands de soie, des fournitures pour tailleurs. On s'occupe à Nottingham, en Grande-Bretagne, de la confection de guipures de soie, de tissus élastiques de filets; en Autriche, de la manufacture de cordes tressées et d'ornements pour uniformes militaires, etc., etc.

Habillement. — Bijouterie. — Ornements.
Articles de voyage.

(CLASSES **250** A **256**.)

VÊTEMENTS CONFECTIONNÉS. — On vend aux États-Unis une quantité considérable d'habits tout faits, confectionnés principalement en Pensylvanie, dans le New-York et en Massachusetts. De vastes établissements, parmi lesquels nous citerons ceux de MM. Devlin et Cⁱᵉ à New-York, et de MM. Wanamaker, à Philadelphie, sont consacrés à ce commerce et débitent une grande variété d'habillements de tous genres. Le travail à la machine y est appliqué largement, non-seulement aux opérations de couture, mais même au découpage des étoffes. Un ouvrier mécanicien de Philadelphie a inventé, il y a quelques années, un appareil qui fonctionnait à l'Exposition, au moyen duquel on peut découper une douzaine de pièces du même modèle, à la fois. Il suffit de tracer à la craie, sur l'étoffe, les lignes à suivre, puis de présenter les pièces à l'appareil, qui est muni d'une allonge mobile et agit à peu près comme une machine à coudre, dont on remplacerait l'aiguille par une lame tranchante recourbée. ·

L'importation aux États-Unis d'articles en coton ou en laine, découpés et cousus, ainsi que d'objets de bonneterie de toutes espèces, durant les trois derniers mois de l'année 1874, s'éleva à 454,987 dollars. Elle atteignit 541,892 dollars durant la période correspondante en 1875.

Les industriels anglais, dans leurs envois à Philadelphie concernant la classe 250, s'en étaient tenus à quelques produits spéciaux, comprenant des vêtements de dessous, pour dames; des tissus élastiques, à divers usages; de la bonneterie; des robes de chambre, des ceintures pour dames, des pardessus d'Ulster et des couvertures de voyage. Ce sont aussi ceux dont le placement présente le plus de chances de succès sur le marché américain.

Le département belge était remarquable par la belle exhibition faite par M. Leynen-Hougaerts. On y voyait des vêtements sacerdotaux, brodés d'or, que nous n'hésitons pas à placer parmi les plus riches qui aient été expédiés au Centenaire. Ils étaient très supérieurs aux objets similaires étalés dans la section française, bien que ceux-ci formaient aussi un assortiment très complet. Les chasubles de M. Leynen-Hougaerts ont été acquises presque aussitôt qu'exposées, par différents prélats américains, et entre autres par les archevêques de Philadelphie et de Nouvelle-Orléans. Ces articles pourraient être exportés de Belgique, avec avantage, aux États-Unis. On en fabrique aussi en Canada, au couvent de Sillery, près de Québec.

Dans le quart français, indépendamment d'une quantité d'accessoires de toilette, manufacturés à Paris, et qu'il est inutile d'énumérer ici, on remarquait beaucoup de lingeries confectionnées, pour hommes et pour enfants. Il s'en fait un grand débit dans l'Amérique du Nord. Une compagnie parisienne, la Société des Coupeurs réunis, avait surtout contribué à ces envois. Une autre Société coopérative, celle des ouvriers tailleurs, était représentée à Philadelphie par un déballage varié.

Une firme espagnole, celle de MM. J. Cardona y Baldrich, avait exhibé des corsets de soie, pour dames, brodés et garnis de dentelles, d'un grand luxe. Les uniformes militaires constituaient une partie intéressante des étalages suédois et américains. On avait reçu d'Égypte de riches costumes, tout brillants d'or. Ils provenaient des collections du Musée National.

CHAPEAUX, CHAUSSURES, GANTS, etc. — La fabrication des

12

chapeaux d'hommes se subdivise en catégories bien distinctes, selon ses produits, qui sont de feutre, de soie, de
paille ou autres filaments végétaux. La première de ces
catégories est de plus en plus en demande : c'est aussi celle
qui figurait le plus largement dans les sections américaine,
anglaise, canadienne et allemande. La Belgique n'avait rien
exposé en ce genre, bien que la chapellerie de feutre soit
loin d'y être inactive. En effet, plusieurs établissements,
surtout dans le Brabant, y sont consacrés et produisent des
quantités considérables de chapeaux, expédiés en grande
partie au dehors.

Aux États-Unis, il existe de nombreuses fabriques de
coiffures en feutre, surtout en Pensylvanie, dans le New-
York et le Nouveau-Jersey. Les chapeaux de paille, au contraire, n'y sont guère manufacturés que dans l'État de
New-York et font l'objet d'une importation assez forte, de
Suisse, d'Italie, de France, de Belgique et de l'Amérique
centrale.

Parmi les fabricats de cette nature exhibés à Philadelphie,
nous citerons les beaux articles de M. E. T. Indermuhle, de
Berne ; quelques coiffures très fines, placées dans le compartiment espagnol et venant des Iles Philippines ; des
chapeaux tressés à l'Institut impérial d'Agriculture, au Brésil; des spécimens très curieux, en paille colorée, originaire
du Darfour, et envoyés d'Égypte, etc.

La manufacture de tresses et chapeaux de paille belges
occupait une place distinguée à l'Exposition, grâce aux
expéditions de MM. Frenay frères, de Roclenge-sur-Geer.
Cette manufacture s'exerce dans notre pays, non-seulement
à Roclenge, mais encore à Bassenge, à Glons et diverses
autres localités liégeoises et limbourgeoises. Elle écoule
ses produits en Hollande, en Amérique et en Allemagne.
Quelques maisons de Florence, de Rome, de Bologne et

d'Ischia soutenaient dignement la renommée des ouvriers italiens dans ce genre de travail.

La confection des chaussures maintient en activité de nombreux ateliers aux États-Unis, particulièrement dans la Nouvelle Angleterre. Les fabricants s'adonnant à cette spécialité avaient fait construire, dans le Parc de Fairmount, un vaste bâtiment, de 300 pieds de long sur 150 de large, où l'on avait réuni tout ce qui se rapporte aux manipulations industrielles du cuir et des accessoires qui s'y rattachent. Nous y avons vu des chaussures de toutes espèces. depuis les plus élégantes bottines de dame jusqu'aux gros souliers ferrés des fermiers de l'Ouest. Tous ces objets étaient, sinon solides, au moins d'excellente apparence. Dans cette confection, comme en celle des habits tout faits, le travail mécanique a presque entièrement remplacé, aux États-Unis, le travail manuel. Quelques-unes des machines employées dans les ateliers américains se trouvaient exhibées dans le *Shoe et leather Building*, et leur examen, fait par des gens compétents, eut offert un intérêt réel. Nous nous bornerons à en indiquer quelques-unes et, entre autres, un appareil opérant au gaz, servant à brunir et à polir les talons de bottes, exposé par la Compagnie Tapley, de Boston; des machines à coudre, à l'usage des cordonniers, fabriquées par la Compagnie Howe, de Bridgeport, en Connecticut; des engins à river, de la Compagnie Mc Kay, de Boston; des pièces servant à sécher les chaussures nouvellement confectionnées, de MM. May, Withey et Drake, de Linn, en Massachusetts; des machines à plisser ou à chiqueter le cuir, de S.-W. Jamison, de New-York, etc., etc.

Si l'exhibition collective organisée par les bottiers et cordonniers américains était incontestablement la plus complète d'entre toutes celles de même nature figurant au Centenaire, les sections française et belge contenaient toutefois des produits plus achevés. M. Alphonse Watrigant, de Bruxelles, avait exposé à Philadelphie des chaussures de dame d'un goût parfait, d'un fini exceptionnel et qui faisaient honneur à l'industrie du pays.

L'importation des gants de peau, frappée d'un droit de 50 p. c. aux États-Unis, s'est maintenue à peu peu près au même chiffre depuis 1870. On l'évaluait alors à 3,700,000 dollars : elle montait en 1874-75 à 3,535,075 dollars. Diverses contrées d'Europe y prennent part et n'avaient pas négligé d'envoyer leurs produits au Centenaire. Ces produits, néanmoins, ont été suffisamment appréciés, et nous ne nous y arrêterons pas plus longtemps.

DENTELLES ET BRODERIES. — L'industrie dentellière est éminemment nationale en Belgique. S'il est vrai, comme on le prétend, que les premières dentelles à l'aiguille ont été façonnées en Italie, il est incontestable que ce travail a été pratiqué de bonne heure dans notre pays et qu'on y a produit de plus, en tout premier lieu, les tissus faits au coussinet, au moyen de fils, d'épingles et de bobines. Tous les peuples du nord de l'Europe, dont nous aurons bientôt à parler, doivent leur initiation à ce genre de manufacture aux habitants des Pays-Bas.

Les anciennes dentelles, manufacturées principalement à Venise, se composaient d'un réseau, qu'on ornait de dessins faits à l'aiguille, par « points comptés. » Des rideaux de lit, faisant partie de l'étalage de la *South Kensington school of art needlework*, dans la section anglaise, à Philadelphie, donnaient une excellente idée de ce procédé. Ces dentelles étaient surtout en usage, avant le xvie siècle, dans les églises, pour la décoration des autels.

Plus tard, cette fabrication se transforma. Tantôt on disposait, dans un cadre carré, un réseau de fils de lin, sur lequel on opérait ensuite; tantôt on enlevait un certain nombre de fils à des tissus préparés d'avance, produisant ainsi des vides qu'on reliait plus tard à l'aide de points à l'aiguille. Divers couvents brésiliens avaient envoyé, au Centenaire, de magnifiques spécimens en ce genre.

Le point italien du XVIIe siècle est encore pratiqué à Honiton, dans le Devonshire, où l'on fabrique des dessus d'oreillers d'après ce type. Le *Honiton* moderne se confectionne sur coussinets, mais reproduit les dentelles italiennes, faites à l'aiguille, avec une fidélité remarquable. Le Devonshire et le Buckinghamshire sont les deux grands centres de l'industrie dentellière en Angleterre. Elle y fut importée, sous le règne d'Elisabeth, par des réfugiés belges et hollandais. Vers le milieu du XVIIIe siècle, lady Arabella Denny fit enseigner l'art de faire de la dentelle à quelques jeunes filles irlandaises, de Dublin. La tradition n'en a pas été perdue : quelques beaux échantillons en point de Venise, expédiés d'Irlande, figuraient à l'Exposition internationale de 1876.

L'exhibition des dentelles belges, à Philadelphie, était des plus remarquables et beaucoup plus importante qu'aucune de celles qui ont été faites à Londres, à Paris ou à Vienne. Elle remplissait un vaste salon, au centre duquel se trouvaient de grandes vitrines, consacrées à l'étalage des marchandises de MM. Verdé-Delisle et de MM. Buchholz et Cie, de Bruxelles. Tout autour du dit salon se trouvaient disposées des armoires à glaces, contenant un splendide assortiment de dentelles de Grammont, ainsi que des articles de différents genres, expédiés par divers fabricants de Bruxelles, d'Ypres et de Courtrai. Toutes les variétés appartenant au type dit « point d'application » étaient représentées, dans le compartiment belge, par des pièces hors ligne.

Parlons d'abord des Valenciennes, aujourd'hui si recherchées. Ce genre de tissu est d'origine française. On le fabriquait jadis en fil de lin, au moyen de coussinets, supportant un certain nombre de bobines, plus ou moins grand suivant les dimensions ou la complication du dessin à reproduire. Il ne se fait plus, actuellement, par delà nos frontières, sauf peut-être à Bailleul. Le fil de coton a été substitué, dans sa confection, au fil de lin, afin d'augmenter la solidité du produit et d'en permettre le lavage.

Les plus belles Valenciennes se font en ce moment à Ypres. Les spécimens exhibés à Philadelphie, dans le département belge, avaient de 7 à 8 centimètres et coûtaient 180 à 200 francs le mètre. Nous y avons vu toutefois un volant, présenté par MM. Duhayon-Brunfaut et Cie, qui avait jusqu'à 27 centimètres. Il faut un an de travail, à une habile ouvrière pour en produire un yard. Mmes Julie Everaert et sœurs avaient exhibé un mouchoir, dans ce style, d'une grande beauté.

La Valencienne de Courtrai, un peu différente de celle d'Ypres, et dont le prix est moins élevé, occupait un rang distingué à Philadelphie, grâce aux étalages de MM. Vandezande-Goemaere et Gillon-Steyaert.

Parmi les dentelles de Bruxelles, si parfaites et jadis si coûteuses, on remarquait au Centenaire deux variétés bien distinctes. La première, constituant le *point gaze* ou *point de Venise*, comprenait des objets faits entièrement à la main et à l'aiguille ; la seconde, connue sous le nom d'*application de Bruxelles*, des articles composés d'un tulle réseau, fait à la mécanique, avec du coton retors n°s 400 à 500, et dont les ornements seuls, appliqués plus tard, sont façonnés à l'aiguille ou à l'aide de bobines. Les dentelles en *point gaze* sont les plus riches et les plus appréciées. Leur réputation égale celle des dentelles d'Alençon, auxquelles elles ressemblent beaucoup. Les pièces en *point d'application*, également fort belles, offrent cet avantage qu'elles s'adaptent parfaitement aux caprices des modes. En effet, toutes les parties d'une toilette, quelle que soit leur forme, peuvent être confectionnées en *application de Bruxelles*.

Dans les spécialités précédentes, nous citerons, au nombre des spécimens les mieux réussis figurant à Philadelphie, une robe mauve pâle, recouverte en point gaze, estimée à 7,000 dollars. La jupe de cette robe, formant une longue traine, se terminait par un plissage, au-dessus duquel des flots de dentelles, aussi gracieuses que légères, produisaient le meilleur effet. Nous avons aussi à signaler trois bordures en point à l'aiguille de trois pouces de largeur, d'un goût charmant, mises à prix à 85 dollars le yard ; des éventails et des mouchoirs d'un travail très-distingué ; des volants marqués à 410 dollars le yard ; une autre robe, en soie bleue, avec ornements en dentelles de Bruxelles et, enfin, un portrait de S. M. la Reine des Belges, portant un collier formé de fleurs en dentelles et de boucles d'oreilles de même façon, le tout exécuté avec infiniment de soin.

Les fabricants belges avaient étalé aussi des dentelles *duchesse* et des dentelles de Malines. Les premières, d'introduction assez récente, représentent une industrie brugeoise. Un peu moins solides que les autres, elles ont le mérite de faire valoir la soie et d'en rehausser l'éclat. Les dentelles de Malines ont été délaissées, dans ces derniers temps, pour les Valenciennes. On en fabrique encore toutefois, mais en petites quantités, à Louvain, à Malines, et surtout à Anvers. Nous avons vu, en ce genre, à l'Exposition de 1876, quelques produits fort élégants, et entre autres une bordure d'environ 6 pouces de large, avec fleurs et feuilles sur fond clair, d'un dessin original. Les dentelles de Malines, faites entièrement sur coussinet, sont en fils plats et ne comportent aucun travail à l'aiguille,

Il nous reste à parler d'une autre spécialité belge, c'est-
à-dire des dentelles noires de Grammont. Avant l'Exposition
universelle qui eut lieu à Paris, en 1855, leur bas prix était
leur unique recommandation. Elles étaient d'ailleurs assez
lourdes et d'un dessin antique, très-peu varié. Depuis cette
époque, — ainsi qu'il nous a été donné de le constater par
l'examen des articles de cette nature réunis dans la section
belge, au Centenaire, — les manufacturiers de Grammont ont
réussi à améliorer considérablement leur marchandise, tant
sous le rapport de la confection que du dessin, dont les formes conventionnelles ont été abandonnées, et qui est aujour-
d'hui plein de hardiesse et d'originalité. S'ils ne produisent
pas encore des dentelles supérieures à celles qui se fabriquent à Bayeux et à Caen, ils font déjà à ces dernières une
concurrence sérieuse sur les marchés étrangers. Les robes
de dentelles noires envoyées par MM. Verdé-Delisle et par
Mmes de Vergnies, sœurs, ont été très admirées, de même
que le beau châle sortant des ateliers de Mmes Julie Everaert
et sœurs.

Le département espagnol contenait quelques Valenciennes,
et celui du Canada une belle nappe d'autel, dans le style des
dentelles italiennes du XVII$_e$ siècle, d'un bon travail. Des
échantillons de dentelles en point de Venise avaient été
expédiés de Floride, à l'Exposition de Philadelphie. Ils provenaient d'un couvent catholique, installé à St-Augustin.
En Suède, on confectionne également quelques dentelles
dans les maisons religieuses, entre autres à Wadstena.

Dans la section française, nous avons observé des dentelles de Chantilly, présentées par MM. Doguin et Cie, de
Paris. L'exhibition collective des fabricants du Calvados
était très complète et donnait une excellente idée de leurs
produits.

Les broderies, comme les dentelles, formaient un ensem-

ble très varié à Philadelphie. Elles comprenaient des articles faits à la main et à la machine. Ce genre de travail,
qui occupe de nombreux ouvriers à Paris, à Lyon et à
Tarare, n'est guère pratiqué en Belgique, au moins en ce qui
concerne les broderies blanches. On en confectionne toutefois, au crochet et sur tulle, à Anvers et à Lierre ; au plu-
metis, sur mousseline et batiste, à Sweveghem, à Bellem et
à Calloo.

Le quart Suisse nous a offert, contrairement au nôtre,
un étalage considérable d'objets brodés, sur soie et sur
mousseline. Citons, parmi ceux-ci, une pièce faite à la main,
envoyée par MM. Steiger et Cie, de Herisau, portant à son
centre, sur soie, une composition symbolisant l'union des
trois cantons suisses qui formèrent le noyau de la confédération actuelle et, sur son pourtour, les écussons des vingt-
deux cantons qui s'y rallièrent plus tard ; parmi ceux
de MM. Locher, de Speicher, trois robes de dame,
dont l'une brodée à la machine, en soie saumon ;
l'autre, en soie claire, portant des broderies, aussi en soie,
de teinte foncée ; la troisième en mousseline blanche, ornée
d'un dessin très fin et très délicat. Les broderies à la mécanique, de provenance suisse, sont en général fort remarquables. Beaucoup de rideaux, couverts de feuilles de fougère et de latanier, très-harmonieusement disposées, faisaient partie de la collection.

Il y avait également d'assez jolis articles brodés dans le
compartiment allemand, d'origine Berlinoise ; de belles dentelles, ainsi que diverses pièces brodées dans la section Autrichienne. Aux Indes anglaises, on produit des étoffes appelées
Kincobs ou *Kincabs*, où la soie, l'or et l'argent se trouvent
entremêlés. Le centre de cette fabrication est à Ahmadabad,
dans la Présidence de Bombay. Dans les « *Hemru* », il y a
plus de soie que de métal ; dans les « *Cuppa* », des fils d'or et

d'argent sont uniquement employés; les « *tas* » ressemblent aux précédents, mais sont d'une trame beaucoup plus légère. Ce genre de manufactures s'exécute au moyen de métiers tout à fait primitifs.

Nous avons vu, de plus, à Philadelphie, quelques broderies sur soie dans le quart mexicain; de belles étoffes, brodées d'or et d'argent, dans celui d'Égypte ; un déballage de soieries brodées, comprenant des châles, des pantoufles, des coiffures, des couvertures de lit, dans la section chinoise. On confectionne, dans quelques districts de la République Argentine, des tableaux religieux, brodés sur soie.

BIJOUTERIE, JOAILLERIE ET ORNEMENTS PORTÉS SUR LA PERSONNE. — L'usage des bijoux, réservé autrefois aux classes privilégiées, s'est généralisé aux États-Unis. Tout le monde en porte, et d'aucuns avec une profusion qui n'est pas à l'abri de toute critique. Les orfèvres américains, tant ceux qui s'occupent de la production des objets de grand luxe, que ceux qui fabriquent des articles en plaqué — et surtout ces derniers — exploitent donc un marché très actif. Toutes les branches de l'orfévrerie, la fonte, l'estampage, la ciselure, la niellure, le découpage, l'émaillure sont pratiquées par eux. Il est vrai qu'ils comptent dans leurs rangs beaucoup d'ouvriers étrangers.

L'influence de ceux-ci se fait sentir aux États-Unis — ainsi que nous l'avons déjà constaté — dans tout travail exigeant un goût exercé et des aptitudes artistiques développées.

Nous avons fait mention, dans une autre partie du présent ouvrage, de la maison Tiffany et Cie, de New-York. Son étalage de bijoux, à l'Exposition universelle de 1876, comptait parmi les meilleurs. Il était aussi somptueux que varié et contenait, entre autres choses, des brillants d'une valeur considérable, parmi lesquels une éblouissante

parure et une broche extrêmement élégante, figurant
les longues barbes oculées d'une plume de paon. MM. J.-E.
Caldwell et Cie, de Philadelphie, avaient exhibé un collier
et une paire de boucles d'oreilles en diamants, évalués
respectivement à 17,000 et à 7,000 dollars. L'une des plus
jolies pierres déposées dans le compartiment américain
dépendait de la collection réunie par MM. Starr et Marcus,
de New-York. C'était un brillant de neuf karats, de la plus
belle eau, estimé à 12,000 dollars. MM. Starr et Marcus
se recommandaient aussi à l'attention publique par
de splendides camées, importés d'Italie, mais montés aux
États-Unis. Quelques maisons se livrent exclusivement à la
confection des bijoux écossais; d'autres, et surtout la firme
Cottier et fils, de New-York, font d'assez bonnes imitations
de pierres précieuses; MM. Hamilton et Hunt traitent habilement les articles galvanisés.

La bijouterie anglaise se distingue de celle des États-
Unis par un caractère plus tranché, plus national. Elle est
luxueuse, mais, d'après nous, un peu massive. Les formes
géométriques, souvent ingénieusement disposées il est vrai,
y dominent trop exclusivement. Nous dirons même à ce
propos, en étendant l'observation qui précède, qu'il nous
semble que les orfèvres, en général, pourraient tirer meilleur
parti qu'ils ne le font de l'étude des formes végétales, si
gracieuses et si multiples. L'emploi du microscope, appliqué aux mousses, aux lycopodes, à certaines graminées,
suggérerait à un dessinateur intelligent des combinaisons de
contours, de lignes et de couleurs d'un goût exquis et d'une
originalité réelle. Une observation plus attentive, plus
patiente, des merveilles de la nature préparerait l'art à de
nouveaux progrès, et le ferait sortir de ces types conventionnels qu'une constante répétition a fini par rendre vul-
gaires et banals,

Les articles exposés dans le compartiment anglais venaient de Whitby, de Londres, d'Édimbourg et de Belfast. La bijouterie de luxe s'exécute surtout à Londres; on confectionne à Édimbourg ces ornements des Highlands, composés en partie de pierres du pays et qui relèvent si bien le costume écossais; Belfast a la spécialité des broches et des bracelets dans le style irlandais, en bois sculpté et or; Whitby et Londres, celle de l'exploitation du jais, dont on fait de beaux bracelets, des colliers, des camées, etc.

Non loin de ces produits se trouvaient quelques vitrines contenant de la bijouterie de provenance hindoue. On y distinguait, à côté de ces colliers de sequins si recherchés dans tout l'Orient, des médaillons et autres ornements en or, fabriqués à l'européenne par des artistes indigènes. Leur forme générale était celle de nos bijoux, mais ils étaient tout chargés d'arabesques, d'un faible relief, et assez confusément disposées. Une exécution patiente et minutieuse en constitue le principal mérite.

Les joyaux manquaient presque totalement dans le quart japonais. Ils ne sont portés, dans le pays, que par les femmes, et consistent uniquement en ornements pour la coiffures, faits en verre, en métal ou en écaille. Depuis quelque temps, il paraît toutefois qu'on a essayé d'introduire au Japon l'usage des bagues, des chaînes et des broches, qu'on y manufacture d'après les modèles étrangers.

Dans la section turque, nous avons à noter un casier, rempli d'objets en nacre de perle, importés — disait-on — de Bethléem. La pièce principale de cette exhibition était un crucifix, monté sur bois. On y voyait des boucles d'oreilles, des boutons, des colliers, des boîtes, etc. Bien que ces objets n'approchassent pas — pour la richesse des détails — des marchandises chinoises similaires, ils révé-

laient cependant, chez leurs producteurs, une certaine
intelligence artistique.

Le travail exécuté par ceux-ci est plutôt de la gravure
que de la sculpture, bien qu'ils donnent, parfois, un léger
relief à leurs compositions. Du reste, la matière dont ils se
servent est si pure, si chatoyante, qu'il serait presque
impossible de la dénaturer au point de lui enlever entièrement sa beauté.

La Belgique, sous le gouvernement des ducs de Bourgogne, avait des orfèvres extrêmement habiles. Les joailliers
de Gand, de Bruges, d'Ypres et des autres villes à corpo-
rations d'ouvriers, étaient de véritables artistes. La ville
d'Anvers était célèbre pour la taille du diamant, pratiquée
depuis à Amsterdam, à la suite des troubles religieux du
XVIᵉ siècle.

Les traditions d'autrefois ne s'y sont qu'imparfaitement
maintenues, et la mise en œuvre, si délicate, des pierreries
et des métaux précieux n'y a pas fait les progrès qu'un
glorieux passé semblait présager. La création d'écoles
publiques de dessin et de modelage exerce déjà, cependant,
la plus heureuse influence sur cette branche de l'industrie
nationale, qui se relève rapidement.

En Bohême, on travaille particulièrement le grenat, que
l'on monte en colliers, en bracelets et en broches. Il y avait
un nombre considérable de ces parures à l'Exposition de
1876. Ajoutons-y quelques imitations, fort bien faites, de
pierres précieuses; les articles en nacre de M. Andreas
Schondorfer, de Vienne; la bijouterie en verre, de
MM. de Brunfaut frères, de la même ville, et nous aurons
une idée succincte, en ce qui concerne la spécialité qui nous
occupe, du département austro-hongrois.

Les bijoux tunisiens ont été introduits en Europe, et nous
ne les mentionnerons que pour mémoire. Leur type ne varie

guère, et l'étalage qu'on en a fait à Philadelphie n'offrait rien de nouveau. Ce sont toujours les mêmes plaques, découpées ou gravées, et, dans certains cas, plus ou moins couvertes d'émaillures.

La joaillerie italienne était représentée au Centenaire par des articles en corail, de Naples ; des camées et des pierres gravées, de Rome ; des travaux en filigranes d'or et d'argent, habilement exécutés à Gênes et à Venise. Les Portugais exhibaient également des objets dans ce dernier style, que les Norwégiens exploitent aussi avec beaucoup de distinction. Les filigranes d'argent exposés par eux étaient d'un dessin charmant, et les acheteurs américains leur ont rendu pleine justice.

La classe 253 n'avait pas été négligée dans la section française. L'industrie parisienne y avait pourvu, en y étalant non-seulement des spécimens d'une grande valeur, tels que le collier en diamants de M. Boucheron, estimé à 40,000 dollars; les perles et les diamants montés de MM. Clément et Cie, mais aussi une foule de joyaux en imitation, d'une facture irréprochable. M. Emile Philippe, par exemple, y présentait une parure complète, dans le goût égyptien, d'une grande originalité; MM. Topart frères, des perles fausses et du pseudo-corail, qui faisaient illusion; M. Joseph Sardoillet, de très jolis bijoux d'acier, etc., etc.

L'exhibition allemande renfermait également quelques beaux objets, entre autres des camées en onyx, de M. J. Carl Wild, d'Oberstein, fort bien gravés. En général, les joailliers allemands n'avaient envoyé, cependant, à Philadelphie, que des articles à bon marché, d'un dessin assez surchargé et d'un choix qui eût pu être plus heureux. Nous excepterons toutefois de cette dernière remarque les objets en fer, ornés et travaillés, qui constituent une de leurs spécialités et qu'ils produisent dans d'excellentes conditions.

Les curiosités ne manquaient pas, en fait de bijoux, au Centenaire. Mentionnons, parmi celles-ci, les insectes — si ravissants de formes et de couleurs — montés en épingles et en bracelets, au Brésil ; les colliers, les bracelets et les coiffures reçus de Cafrerie ; les coquillages adaptés à la toilette, et les œufs d'ému, préparés pour l'ornementation, de provenance australienne ; les coraux de la Micronésie ; les bagues de *mabocaya* — une sorte de palmier — fabriquées par les Indiens de la République Argentine, etc. etc.

AUTRES OBJETS D'HABILLEMENT ET D'ORNEMENT. ARTICLES DE FANTAISIE ET DE VOYAGE ; JOUETS ; FOURRURES ; etc. — Le nombre et la variété des marchandises dépendant de ce groupe sont considérables ; aussi n'en ferons-nous qu'une description très sommaire, en dirigeant d'abord notre attention vers l'une des plus gracieuses spécialités qui s'y rattachent, la confection des fleurs artificielles. Ces élégants accessoires de toilette sont fabriqués à Paris avec beaucoup d'élégance, de légèreté et de goût. MM. Delivré, Hielard et Cᵉ, A. Gogly et A. Favier se sont distingués par leurs envois en ce genre, fort supérieurs aux produits similaires américains. MM. Birgé et Berg, de Philadelphie, et M. Ambr. Giraudet, de New-York, ont fait faire toutefois des progrès à cette fabrication. Mˡˡᵉ A. de Ettas Bloodgood avait exposé des fleurs en cire, bien modelées et arrangées avec art. Les matières les plus diverses sont employées par les fleuristes. Dans la Nouvelle-Galles du Sud on reproduit les plus jolis types d'entre les fleurs australiennes, au moyen de brins de laine, diversement colorés. Au Brésil, on met à contribution le brillant plumage des oiseaux des tropiques, d'où l'on tire des décorations florales extrêmement riches, et qui ont été très remarquées au Centenaire. Les fleurs en cheveux figuraient, plus ou moins, dans toutes les sections. Dans les provinces argentines, on produit des bouquets, composés d'une mosaïque de semences, aux couleurs assorties.

La manufacture des boutons acquiert de l'importance aux États-Unis, d'autant plus que les droits prélevés actuellement sur la marchandise étrangère s'élèvent, dans certains cas, jusqu'à 60 p. c. On n'est pas parvenu, cependant, à l'éliminer entièrement des marchés. Durant les trois derniers mois de l'année 1875, il en a encore été importé pour une valeur de 322,661 dollars. Les fabricants américains avaient, à l'Exposition internationale de 1876, un étalage très complet de boutons de métal de toutes formes ; les manufacturiers autrichiens, parmi lesquels nous mentionnerons M. Schadelbauer, de Vienne, de fort jolis boutons en nacre, que l'on fait également bien en Angleterre, surtout à Birmingham, ainsi qu'en France et en Allemagne. Les Français avaient expédié un assez bel assortiment de boutons en porcelaine ; les Italiens, des boutons en écaille, en filigranes, en soie, en corail ; M. Edouard Peine, de Hambourg, présentait de bons articles en os et en corne, ces derniers imitant très-exactement les produits du même genre, en écaille.

En ce qui concerne la fabrication des épingles, l'Angleterre conserve une véritable supériorité, tant sous le rapport de la solidité que du bon marché de ses fabricats. Les fermoirs, pour albums, porte-feuilles, porte-cigare, ne sont exécutés nulle part avec plus de soin qu'à Paris. La préparation des yeux artificiels, si difficile et si minutieuse, constitue une spécialité allemande. M.-L. Mueller, déjà médaillé à Berlin et à Vienne, a obtenu, dans cette branche, des suffrages mérités.

L'éventail, comme on le sait, est une des nécessités de la vie japonaise. C'est aussi au département japonais que nous irons l'examiner d'abord, et c'est là qu'il se présente sous ses formes les plus diverses.

L'éventail mobile, qu'on peut ouvrir et fermer à volonté, fut inventé au Japon sous le règne de l'empereur Tenji, 672 ans environ avant notre ère. On l'y confectionne en bois précieux, en écaille et en ivoire. Parfois il est en laque, avec dorures et incrustations d'ivoire, de corail ou de nacre. Les plus riches arrivent rarement aux États-Unis, où les éventails japonais non pliables, en papier et en soie, font l'objet, au contraire, d'un commerce des plus actifs. Ces derniers, généralement en bambou, sont surtout façonnés dans la province de Yamato et se vendent à très-bas prix. Ils sont décorés de peintures, représentant des scènes de mœurs et des bouquets de fleurs et de feuilles, souvent très heureusement disposés. Le compartiment chinois en offrait également de nombreux spécimens, d'un goût moins pur et d'un dessin moins élégant.

Aux États-Unis de même qu'en Jamaïque, on débite une quantité d'éventails en feuilles de latanier. Ils sont beaucoup plus lourds que le produit japonais, qu'ils n'égalent d'aucune façon. Parmi les articles de luxe, de provenance européenne, étalés à Philadelphie, nous mentionnerons les éventails de MM. Carl Grau et Aloijs Mays, de Vienne ; de M. Alexandre et de M. Kees, de Paris ; de M. L. Sacré, de Bruxelles. Celui-ci avait exposé un charmant éventail, recouvert d'une dentelle en fin point à l'aiguille, portant à son centre les armes de Belgique.

Dans une Exposition universelle, les contrastes sont fréquents. Nous passerons donc, sans trop ménager la transition, de la revue des objets précédents, plus particulièrement réservés aux dames, à celle de marchandises d'un tout autre ordre, de la compétence exclusive des fumeurs. Les sections autrichienne et allemande renfermaient une collection très fournie de pipes en écume de mer et de porte-cigares en ambre. On en fait aussi aux États-Unis, surtout à

13

New-York. Il y en avait pour tous les goûts et à tous prix, depuis l'article de luxe, en véritable magnésite, prenant une belle teinte de café à l'usage, jusqu'au produit ordinaire — souvent confondu avec l'autre — composé de caséine, de magnésie calcinée et d'une petite proportion d'oxyde de zinc. Parmi les ustensiles dont il s'agit, nous en avons remarqué beaucoup trop de dimensions tout à fait exagérées. Surchargés d'ornements, riches de détails et pauvres de contours, ils n'étaient ni d'un maniement facile, ni d'une forme gracieuse.

Dans le quart français, nous avons observé aussi quelques pipes en écume de mer, en bruyère et en terre cuite. Ces dernières venaient de St-Omer, de Boulogne-sur-Mer et de Givet. Les Chinois avaient exhibé l'attirail complet des fumeurs d'opium ; quelques marchands de l'État libre d'O-range, des pipes fabriquées par les tribus indigènes ; la colonie de Victoria, des pipes en bois de myall ; la Russie, des bijoux d'ambre, d'un fort bon effet. Deux industriels belges, MM. Désiré Barth, d'Andennelle, et M. Wingender, de Chokier, avaient expédié à Philadelphie des pipes de terre, blanches et coloriées. Les fabricants d'Andenne, de Nimy et de Brée s'étaient abstenus.

La confection des articles de voyage a acquis beaucoup d'importance. A mesure que les voies de communication se multiplient, les déplacements deviennent plus fréquents, et de là le rapide essor de cette industrie, qui assure du travail à une nombreuse population ouvrière et se subdivise aujourd'hui en une quantité de branches. Le voyageur ne se contente plus, en effet, d'emporter quelques objets d'utilité ; il veut jouir en route de tout le confort qu'il laissait jadis derrière lui, sans augmenter toutefois, dans de trop fortes proportions, le chiffre de ses bagages. La fabrication moderne, à force d'ingénuité, s'est appliquée à satisfaire ces exigences. Les départements français et anglais fournis=

saient des preuves évidentes qu'elle y a réussi. M. Walker, de Paris, avait envoyé à l'Exposition universelle de 1876, de très beaux échantillons d'articles de voyage. Nous avons noté, parmi lesdits envois, un nécessaire comprenant douze grandes pièces en argent, et accessoires, avec maroquinerie des plus soignées, le tout estimé à 1400 dollars, papier ; un coffre, avec nécessaire, comptant quinze pièces, mis à prix à 600 dollars ; une belle malle de dame, capitonnée de soie bleue, de 100 dollars, etc. Ce manufacturier occupe 380 ouvriers, employés à onze spécialités différentes. MM. Harrington et Cie, de Londres, présentaient des objets de fantaisie en cuir, d'un excellent travail ; MM. Bussey et Cie, aussi de Londres, des porte-manteaux, des sacs de nuit et toutes sortes de marchandises de cuir, utilisables en voyage ou à la chasse. Un industriel hollandais, M. Costermans J^r, de La Haye, avait aussi quelques bons produits à Philadelphie, des malles à sonnerie, à secrets, à double fond, etc. Sa fabrique, déjà connue, est cependant de fondation récente et ne remonte qu'à l'année 1871. On confectionne, aux États-Unis, d'excellentes malles, recouvertes de feuilles de zinc, à des prix relativement modérés, peu élégantes, mais très-solides ; toutes sont munies de roulettes, ce qui constitue un perfectionnement qu'il serait avantageux d'adopter partout.

L'exhibition des jouets d'enfants, étudiée comparativement dans les sections américaine, française et allemande, suggérait de curieux rapprochements. Dans le quart américain, presque tous les jouets exposés, généralement en métal, étaient mécaniques. On y voyait de petites figures qu'on remontait à l'aide d'une clef, et qui partaient au pas gymnastique, s'éloignant rapidement ; des voitures qu'un rouage mettait en branle ; des danseurs de corde faisant mille tours périlleux ; des animaux tournant vivement sur eux-mêmes.

Le goût des Américains pour les appareils ingénieux, leur besoin d'activité s'y révélaient pleinement.

Dans le département français, le *Salon des poupées* attirait la foule, et il méritait cet empressement. Que de jolis types parmi ces grandes et petites dames, ayant des airs empruntés au monde des eaux et du sport, dont elles affectent les toilettes tapageuses, les robes traînantes ! Les groupes qu'elles forment sont d'une vérité frappante, et si leur langue était aussi docile que leurs articulations, si elles pouvaient parler comme elles peuvent s'asseoir, il y aurait sinon profit, du moins plaisir à les écouter. Il semble impossible qu'elles restent longtemps entre les mains d'une jeune fille sans développer chez celle-ci le sentiment du goût, de la coquetterie, de l'élégance et . . l'amour de la toilette.

Les jouets allemands étaient beaucoup plus naïfs. Ils n'étaient faits ni pour de futurs industriels ni pour des gens du monde. On les connaît assez, d'ailleurs, pour que nous nous dispensions de les décrire. Toutes les variétés du règne zoologique, et même quelques espèces non décrites, y étaient représentées, et les arches de Noé, plus ou moins somptueuses, y dominaient. Le penchant aux études d'histoire naturelle, si remarquable chez les Allemands, leur passion pour les voyages, n'ont-ils pas pour origine leurs premières impressions d'enfance ?

Nous ne devons pas négliger les jouets japonais qui, eux aussi, avaient leur caractère. Dans ce groupe, les poupées seules étaient en nombre. Raides, non articulées, vêtues de coton ou de soie, elles reproduisaient fidèlement, mais avec une imperturbable gravité, les différents types de la société japonaise. On se demandait, en les voyant, si les notions de progrès, qui préoccupent si vivement les classes supérieures au Japon, ont vraiment pénétré dans les couches profondes du peuple, et si ce dernier est bien réellement entraîné dans ce mouvement plutôt européen qu'asiatique.

Il nous reste à dire quelques mots d'un genre de marchandises qui ne manquent pas d'utilité, et qui complètent très confortablement la toilette d'hiver : nous voulons parler des fourrures. Elles convergent vers trois grands centres, où vont s'approvisionner les marchands ; ce sont : Leipzig, Londres et New-York. Généralement, les peaux achetées sur ces marchés subissent une nouvelle opération de tannage et de mise en apprêts ; puis les fourreurs les transforment en palatines, manchons, garnitures de robes, etc. Les vitrines russes attiraient les regards des connaisseurs par la beauté des pelleteries qui s'y trouvaient exposées. On y remarquait des peaux de zibelines au poil noirâtre, touffu et extrêmement brillant ; d'écureuils petit-gris, d'agneaux de l'Ukraine, de blaireaux, de putois, de visons. Un manteau façonné au moyen de peaux de renard noir, faisant partie du déballage, était estimé à 1,800 dollars ; un autre vêtement en peau de martre, à 2,700 dollars.

Douze exposants américains exhibaient, d'autre part, des peaux de pékans, de loutres, de gloutons, de mouffettes, de lynx, d'ours, etc., ainsi qu'un choix de couvertures en peaux de bison, ornées de dessins et de symboles indiens, très-recherchées aux États-Unis.

Dans la section australienne, on distinguait des pelleteries d'opposum, de kangarou, de wallaby et d'ornithorynque.

Quatre exposants canadiens, et surtout MM. Thibault, Lanthier et Cie, de Montréal, Halifax et Québec, avaient envoyé quelques fort belles fourrures, et M. A.-S. Rustad, de Drummen, tout un assortiment de pelleteries norwégiennes.

Quant aux pelleteries d'oiseaux, elles étaient moins nombreuses et empruntées surtout aux espèces qu'un duvet abondant et serré protége contre l'action de l'eau, tels que les grèbes, les plongeons, les cygnes, etc.

Papiers, registres, papeteries.

(CLASSES 258 A 264.)

La première papeterie établie aux États-Unis remonte à l'année 1714 et fut fondée en Delaware. Elle appartenait au sieur Wilcox, qui fut le fournisseur de l'imprimerie Franklin. Un autre établissement s'éleva en Massachusetts, en 1717, et un troisième au Connecticut, en 1768. La nouvelle industrie se développa de telle sorte, qu'en 1770, le nombre des moulins à papier, en Pensylvanie, dans le Nouveau Jersey et le Delaware s'élevait à quarante; en 1810, il en existait 185, produisant au delà de 200,000 rames de papier à écrire et de 100,000 rames de papier d'emballage. Les fabricants avaient grand'peine, toutefois, à se procurer des chiffons. Divers essais furent faits, dès cette époque, pour y substituer, comme matière première, de la paille et des tiges ou feuilles de souchets. L'importation des chiffons ayant augmenté, les papeteries continuèrent à se multiplier. En 1856, les États-Unis consommaient plus de papier que la France et l'Angleterre réunies et en manufacturaient environ 200,000 tonnes annuellement. On y a employé, indépendamment des chiffons — qui entrent toujours comme élément principal dans la fabrication du papier — des tissus végétaux extraits du saule, du peuplier, de certains joncs, du hêtre, du tremble, de l'aubépine, du tilleul et du mûrier; le duvet des asclepias, les chatons du peuplier noir, les vrilles de la vigne, les tiges des orties, des chardons, de la bryone, de la clématite, du lys, du chou, les cônes du pin, diverses espèces de mousses, de la sciure de bois, les épis égrenés du maïs, etc.

On confectionne, sur le territoire de l'Union, du papier fort pour livres de commerce, du papier à écrire, de toutes qualités; du papier huilé, coloré, doré; des articles à l'usage

des relieurs, des fabricants de cartes à jouer, des tapissiers, des peintres et dessinateurs, des lithographes, des
établissements de banque, des bureaux de télégraphie; des
papiers d'emballage, du papier brouillard, etc. L'un des
principaux siéges de cette fabrication est à Holyoke, en
Massachusetts. Durant les trois derniers mois de l'année
1875, il a été importé, aux États-Unis, pour 873,398 dollars
de matières premières, destinées aux papeteries, contre
1,170,829 dollars de produits semblables, durant le même
laps de temps, en 1874. Ces importations ne sont taxées
d'aucun droit à l'entrée. On expédie aux États-Unis, de
diverses contrées d'Europe, du papier d'impression, des
papiers d'ameublement et du papier mâché. Les autres
variétés sont d'un placement plus restreint et plus difficile,
sauf peut-être les papiers à lettres de luxe, qui arrivent, en
petites quantités, de France et d'Angleterre.

Dans un coin de la Halle aux machines, section américaine, se trouvait un outillage complet, destiné à mettre sous
les yeux du public les procédés de fabrication en usage dans
les moulins à papier de l'Union. On y remarquait d'abord
une batteuse, composée d'une grande sphéroïde, placée sur
un tréteau, et contenant des lames de métal, attachées à un
arbre de souche perpendiculaire, en acier, mis en mouvement par un jeu de poulies. Les chiffons, après avoir été
bien nettoyés, y sont introduits et en sortent à l'état de
bouillie, pour passer de là dans un large tonneau cylindrique.
Ils sont retirés de ce récipient au moyen d'une pompe à
vapeur, puis déversés dans une boîte carrée, de deux pieds
de longueur, de profondeur et de largeur. Cette boîte est
garnie d'un tuyau de décharge, qui en maintient le niveau
et renvoie l'excédant de matière au tonneau cité précédemment. Après avoir traversé plusieurs boîtes du même genre,
mais de dimensions différentes et avoir reçu des colorants

— si cette opération est jugée utile — la bouillie, imprégnée d'eau, glisse sur une toile métallique sans fin, y devient plus sèche, parcourt ladite toile sur un espace de huit à dix pieds et se masse sur le rouleau égoutteur où elle achève de se débarrasser de tout liquide. De plus, le rouleau égoutteur, formé de fils de cuivre très-fins, imprime certaines marques sur la pâte, devenue papier, qui lui est offerte. Ce papier, cependant, n'est encore qu'à demi fabriqué. Il est entraîné ensuite sur une autre toile sans fin, non métallique, et sous différents cylindres dont les derniers sont en fer poli, au nombre de sept, arrangés les uns au-dessus des autres; il s'enroule ensuite sur un tambour de bois. S'il est nécessaire de le couper, il est transmis à un autre cylindre au-dessus duquel tourne un disque tranchant circulaire.

Dans la même Halle aux machines, entre les colonnes D. 34 et D. 37, nous avons observé une application nouvelle et assez originale du papier. On y avait placé des canots, composés d'une charpente de bois, recouverte de papier mâché, mis en forme dans des moules solides et rendu imperméable à l'aide de laque, de glue-marine et de vernis. Ainsi préparé, ce papier ne subit aucun changement, quelles que soient les variations de température auxquelles il est soumis et n'absorbe pas la moindre humidité. Les canots dont il s'agit paraissaient d'excellent usage et étaient extrêmement légers.

Comme nous le constations précédemment, on manufacture actuellement aux États-Unis presque toutes les spécialités classées parmi les articles de bureau. Quelques fabricants de plumes métalliques s'étaient distingués, au Centenaire, par la beauté de leurs étalages. Citons entre autres des casiers en ébène, rehaussés d'or, reposant sur une vaste plateforme, et couverts d'un dôme, placé sur quatre grands porte-plumes, décorés et ornés. Au sommet du dôme dont nous venons de parler se trouvait un globe, symbole du caractère universel et international de l'Exposition. Les casiers étaient remplis de plumes d'or, à 18 karats; de porte-crayons ciselés et émaillés, etc.

Ci-dessous les prix courants d'une des principales firmes américaines, celle de MM. Esterbrook et Cᶦᵉ, en ce qui concerne les plumes métalliques :

Plumes bronzées . . 50 à 75 cents américains la grosse.
  „ dorées. . . 1 doll. 50 „ „ „
  „ cuivrées . . 75 „ „ „
  „ noires. . . 50 à 75 „ „ „
  „ blanches . . 45 à 75 „ „ „

MM. J.-B. Lippincott et Cᶦᵉ, de Philadelphie, avaient exposé de très belles bibles, reliées avec beaucoup d'élégance et de goût.

D'Angleterre on avait reçu des encriers de différents modèles; des pupitres portatifs; des plumes à écrire, de Birmingham; de la cire à cacheter; des sceaux et cachets héraldiques; des albums de photographie — d'un bon débit dans les diverses villes de l'Union; — des papiers émaillés, à copier, argentés, et des papiers d'emballage, manufacturés au moyen de détritus tourbeux. L'envoi comprenait aussi quelques articles de fantaisie à l'usage des confiseurs.

Le contingent belge, relativement au groupe que nous étudions, n'était pas important, bien que les moulins à papier soient nombreux en Belgique, et que quelques-unes de nos papeteries, surtout celles de Huy et d'Andenne, soient parfaitement montées et outillées. MM. John Pfeffer et Cᶦᵉ, de Gand, exhibaient des matières premières de fabrication, c'est-à-dire des chiffons et vieux papiers, nettoyés, classés et délissés selon les besoins du marché américain; M. de Tournay-Catala, de Bruxelles, se recommandait à l'attention par quelques bons produits de vente;

M. J.-B. Poissonniez, de la même ville, par ses cartonnages, ses boîtes, ses cartes d'échantillons. Une industrie intéressante, celle des cartons-cuir repoussés, pour tentures, reproduisant les anciens cuirs de Cordoue et de Malines, était représentée dans notre section par d'excellents spécimens, provenant des ateliers de MM. F. Daye et Cie, de Schaerbeek lez-Bruxelles.

La papeterie est en progrès en Suède. En 1864, on y recevait de l'étranger 400,000 livres de papier de toute nature. Ce chiffre s'élevait à 3,000,000 de livres en 1874, tandis que les exportations nationales atteignaient 6,000,000 de livres.

Le plus considérable des établissements suédois est situé à Korndal. On y produit surtout du papier d'impression, fabriqué au moyen de fibres ligneuses ou de paille. Les appareils servant à ce travail varient suivant la substance employée. S'il s'agit de la paille, on a des outils fort simples, qui en opèrent le hâchage. La préparation du bois est infiniment plus complexe et s'exécute par des agents mécaniques ou chimiques. Dans le premier cas, on y applique les meules et la pression hydraulique; dans le second cas, le bois est bouilli avec de la soude caustique, cette dernière dans les proportions de 25 p. c. du poids du bois.

On manufacture annuellement, dans une vingtaine de fabriques suédoises, 1,333,000 rouleaux de papiers d'ameublement. Ces papiers, dont nous avons vu des échantillons à Philadelphie, sont assez ordinaires. La production des cartes à jouer est de 145,400 paquets, chaque année. Ce genre de marchandises est frappé d'une taxe par le Gouvernement. On les fait à meilleur marché en Danemark, d'où l'on a reçu, à Philadelphie, des cartes à jouer, d'assez bonne facture, estimées de 8 à 65 cents le paquet.

La papeterie française, au Centenaire, comprenait des papiers blancs de toute nature; des papiers fins, de couleur; des papiers pour dessin, lavis, calque et taille-douce. MM. Canson et Montgolfier, de Paris, exploitent avec succès ces dernières spécialités. Le déballage français comptait en outre des peintures décoratives d'appartement, et entre autres des devants de cheminée, en papier; des articles de bureau en grande variété, dont quelques-uns fort luxueux; du papier bristol, des cartes, etc. M. Laroche, de Saulxures, y représentait une industrie assez prospère dans les Vosges, celle de la fabrication de pâtes végétales, à l'usage des cartonniers; M. Lortic, de Paris, y produisait des échantillons assez remarquables de reliure artistique, formant un ensemble de livres et de manuscrits, ornés et décorés dans différents styles, usités du XIIIᵉ au XIXᵉ siècle.

Nous avons examiné, durant nos visites à l'Exposition, une collection de papiers chinois. Ils sont, en général, fort minces, et d'une texture très soyeuse, la soie entrant d'ailleurs pour une bonne part dans leur composition. On ne peut les utiliser qu'à l'aide du pinceau et de l'encre de Chine. Ils sont loin de valoir, sous aucun rapport, l'excellent papier de riz manufacturé au Japon. Cet article ressemble beaucoup, comme apparence, au papier à la main confectionné autrefois en Europe, quoique plus mou au toucher. Il entre comme matière première dans la confection d'une quantité d'objets, et les Japonais en tirent le plus grand parti. On en avait rassemblé de nombreuses variétés au Centenaire, quelques spécimens ayant la consistance du carton, tandis que d'autres, légers comme des feuilles d'or battu, étaient à peine maniables. Les Japonais fabriquent aussi une sorte de papier d'ameublement, ressemblant à du cuir, portant des dessins dorés sur fond noir, assez riche d'aspect.

La section suisse ne contenait que quelques modèles de cartes à jouer, exhibés par M. Muller de Schaffhausen, d'après les types français, anglais et espagnols ; le département italien, quelques papiers découpés en dentelles, provenant d'un envoi de M. Agnès Agosti, de Rome. Les Hollandais avaient un assortiment plus complet, composé surtout de papiers manufacturés au moyen de paille hachée. Ces fabricats sortaient de l'usine de M. G. Loeber. Cette usine, dont l'érection date de 1874, emploie 89 ouvriers et une machine à vapeur de 80 chevaux. Elle fournit annuellement au commerce 1,300,000 kilos de marchandises et travaille presque exclusivement pour l'exportation. Les papiers d'ameublement expédiés à Philadelphie par M. Van der Burgh, de Schiedam, et par MM. Van der Burgh frères, de Rotterdam, montés sur cadres et imitant des bois et des marbres précieux, étaient remarquables par leur belle exécution.

Il existe quelques papeteries importantes en Autriche, entre autres celle de MM. Schlöghmuhl et Cⁱᵉ, de Vienne, dont la production s'élève à 3,500,000 kilogr. de fabricats annuellement, et dont l'outillage comprend quatre machines, six chaudières, trois cent cinquante turbines. Les manufacturiers autrichiens offraient surtout des spécialités au public américain, consistant en papiers à l'usage des fabricants de fleurs artificielles ; cahiers de lecture avec lettres en relief, destinés aux aveugles ; boîtes en papier mâché, plus ou moins élégantes ; cornets à bonbons ; dentelles en papier ; etc. La section allemande présentait un ensemble plus étendu, où l'on distinguait des papiers fins, de Berlin ; des papiers de soie, de Munich ; des papiers de fantaisie ; des papiers d'or et d'argent et de très beaux papiers colorés, très glacés, de diverses nuances. Ces derniers étaient dus à M. Aloïs Dessauer, d'Aschaffenbourg. L'exhibition de crayons, faite par

M. A.-W. Faber, était fort belle et a été très remarquée. Les reliures allemandes, bien que très recommandables, nous ont semblé, en général, un peu massives et surchargées.

Armement militaire et naval, armes à feu et engins de chasse.

(CLASSES 265 A 270.)

L'armurerie constitue en Belgique une industrie des plus actives. Dès 1789, il y avait à Liége une vingtaine de marchands d'armes, qui recevaient non-seulement des commandes pour l'intérieur, mais étendaient leurs affaires jusqu'en Espagne, en Portugal, en Hollande et en Allemagne. Ces relations devinrent plus rares durant la réunion de la Belgique à la France. Sous l'administration hollandaise, elles se renouèrent, et les produits belges furent exportés jusqu'en Amérique. En 1829, l'armurerie liégeoise fournissait cent quatre-vingt-dix mille six cent soixante armes à feu à la consommation belge et étrangère.

La révolution de 1830, en préparant en Belgique le régime de la liberté commerciale, imprima à la fabrication armurière une impulsion nouvelle. Dès 1836, la production s'éleva à 349,379 pièces. Nos exportations sont évaluées, pour 1875, à 17,573,000 francs.

Nous croyons assez inutile, à propos de l'Exposition internationale de 1876, d'étudier en détail les diverses armes réunies au Centenaire par les soins des principaux gouvernements d'Europe. Elles sont parfaitement connues de tous ceux auxquels les observations que nous ferions à ce sujet présenteraient quelque intérêt. Nous restreindrons donc nos recherches au département américain proprement dit, plus fourni à Philadelphie — en tout ce qui concerne l'armement militaire — qu'il ne l'avait jamais été à aucune exposition précédente.

On emploie, aux États-Unis, pour l'équipement des troupes fédérales, le mousquet rayé, la carabine rayée, le mousqueton et le pistolet.

Le mousquet rayé dont il s'agit est d'un modèle relativement ancien, adopté en 1855. En voici les proportions :

Longueur du canon.	40.00 pouces.
» de l'arme avec baïonnette.	74.00 »
Poids du canon	4.25 livres.
» total	9.90 »
» du projectile	550.00 grains.
» de la poudre, charge ordinaire	60,00 »
Vélocité initiale	960.00 pieds.

Celui dont on arme les élèves de l'École militaire de l'État, à West-Point, diffère des autres par la longueur du canon et de la baïonnette. Il est plus léger; son canon est de 38 pouces, et sa baïonnette de 16 pouces seulement.

Le canon des carabines américaines est plus épais, comme de juste, que celui des mousquets, beaucoup plus court, et porte à son extrémité un sabre-baïonnétte. Il est bruni, et les bandes et accessoires qui s'y rattachent sont en cuivre. Nous présentons ci-dessous les éléments de cette arme :

Longueur du canon	33.00 pouces.
» de l'arme, avec baïonnette	72.00 »
Poids du canon	4.80 »
» total	13.00 »
» du projectile	550.00 grains.
» de la poudre, charge ordinaire	60.00 »
Vélocité initiale	910.00 pieds.

On se sert, dans la cavalerie fédérale, de mousquetons se chargeant par la culasse, ou par la gueule. Dans ce dernier cas, la baguette dépendant de l'arme y est attachée au moyen d'une sous-garde. Le mousqueton est porté en bandouillère. On l'analyse comme suit :

Longueur du canon.	21.00 pouces.
Poids de l'arme .	7.50 livres.
" du projectile .	450.00 grains.
" de la poudre, charge ordinaire	55.00 "
Vélocité initiale	820.00 pieds.

Les pistolets dont sont armés les soldats américains appartiennent au type dû au colonel Colt. Fabriqués avec mouvement rotatoire, ils sont composés d'un cylindre, contenant six charges, d'un canon rayé et d'une crosse ou manche. On en connaît la construction, et nous n'en parlerons pas. En voici les proportions :

Longueur du canon (n° supérieur)	9.00 pouces.
Poids "	2.40 livres.
" du projectile.	125.00 grains.
" de la poudre, charge ordinaire	14.00 "
Vélocité initiale	760.00 pieds.

Il existait, il y a quelques années, des manufactures d'armes, subventionnées par le gouvernement des États-Unis, dans les arsenaux nationaux de Springfield, en Massachusetts, et de Harper's Ferry, en Virginie.

Les établissements de Harper's Ferry ont été détruits durant la guerre de Sécession, et c'est à Springfield que se trouvent concentrés aujourd'hui les ateliers d'armurerie les plus importants. Toutes les pièces qui en sortent sont inspectées et contrôlées par un chef d'ordonnance, qui fournit les modèles qu'il s'agit d'y reproduire.

L'artillerie fédérale comprend des canons de campagne, de siége, de place et de côte, de marine. Avant la guerre civile, on avait, comme pièces de campagne, des canons de 6 et des obusiers de 12; les bouches à feu plus courtes étaient des canons de 12 et des obusiers de 24 à 32.

Aussitôt la lutte engagée, ce matériel fut envoyé dans les forts, qu'il servit à armer, et on le remplaça par des canons de 12, non rayés, et par des pièces de 3 pouces, rayées. En général, dans l'Amérique du Nord, un tiers seulement des canons composant une batterie de campagne sont rayés. Cette règle a été adoptée par suite de circonstances toutes locales.

En effet, dans un pays très boisé, très accidenté, l'action ne s'engage pas, comme dans les vastes plaines de l'Europe centrale, à grande distance. On se bat, au contraire, à petite portée et, dans ce cas, le canon de 3 pouces, rayé, est plus efficace. Cette arme est en fer forgé, et on la manufacture d'après un type présenté par les *Phœnixville iron works,* de Pensylvanie. Pour la fabriquer, on enveloppe une barre de fer dans une plaque de tôle, de manière à former un cylindre d'un certain diamètre. On met ensuite ce cylindre dans un fourneau, où il est chauffé à blanc, puis on le passe entre des rouleaux. Les tourillons sont soudés, et ensuite la pièce est forée et tournée jusqu'à ce qu'elle ait les formes et les dimensions voulues. Celles-ci se chiffrent comme suit :

Poids	820	livres.
Calibre de la pièce	3	pouces.
Longueur »	21 1/2	diamètres.
Nombre de rayures	7	
Profondeur des rayures.	0.075	pouces.
Courbature »	11	pieds.
Poids du projectile	10	livres.
» de la poudre	1	»

On y emploie, comme projectiles, des bombes à mèche ou de la mitraille. Il est question de remplacer ce canon par une pièce du même modèle, mais d'un calibre de trois pouces et demi.

On s'est servi d'un autre canon de trois pouces, dû à M. Parott. C'était une pièce en fonte, renforcée par des bandes de fer forgé. On a renoncé à son usage.

En 1856, on émit le projet d'augmenter la puissance de l'artillerie légère et de diminuer le poids de la grosse artillerie, en adoptant un canon d'un poids et d'un calibre moyen : le canon Napoléon.

Ce changement fut approuvé d'abord, mais on est revenu depuis sur cette décision.

En ce qui concerne l'artillerie de montagnes, elle comprend un obusier de 12, court, pesant 220 livres, dont la chambre intérieure est cylindrique et qui contient une charge d'une demi-livre de poudre. Ce canon est monté sur deux roues, de petite dimension. On peut le démonter assez rapidement et en transporter les diverses parties à dos de mulet. Il a rendu de grands services durant les luttes soutenues par l'armée des États-Unis contre les Indiens.

Pour les siéges, on a recours au canon rayé de quatre pouces et demi et à des pièces rayées de 30.

Le canon de quatre pouces et demi est en fer de fonte. Sa forme est celle des canons de trois pouces. Ses proportions sont les suivantes :

Poids	3.450	livres.
Diamètre	45	pouces.
Longueur	26 1/2	diamètre.
Nombre de rayures	9	
Profondeur des rayures	0.075	pouces.
Courbature	15	pieds.
Poids du projectile	30	livres.
» de la poudre	3,25	«

La pièce rayée de 30, exécutée d'après le plan du

14

capitaine Parott, c'est-à-dire en fer de fonte renforcé de bandes en fer forgé, est forée au diamètre de 4.2 pouces et présente une longueur d'environ 28 diamètres; son poids est de 4,200 livres.

Les Américains possèdent de plus un obusier de siége, utilisé pour compléter l'action des canons que nous venons de décrire, du poids de 2,550 livres.

Indépendamment des armes citées plus haut, le Gouvernement fédéral a fait manufacturer de gros canons, destinés particulièrement à la défense des côtes. Ceux-ci, qui datent de 1860, furent tous modelés d'après le système du capitaine Rodman. Ci-dessous les dimensions principales de ces canons :

Longueur du forage.	8 pouces, environ .	14 diamètres.
	10 » » .	12 »
	15 » » .	11 »
Poids de la pièce. .	de 8 pouces environ	8.500 livres.
	» 10 » »	15.000 »
	» 15 » »	50.000 »
Charge de la pièce .	» 8 » »	10 »
	» 10 » »	15 »
	» 15 » »	50 »

En cas de tir sur des vaisseaux cuirassés, la charge est augmentée de 50 p. c.

Les ports américains sont garnis de vieux canons à âme lisse, de 32 et de 42, que l'on a rayés pour augmenter leur action. Ils contiennent aussi des canons du système Parott, de 100, 200 et 300, brûlant des charges de 10, 16 et 25 livres. Citons de plus deux obusiers de siége, dont l'un de 13 pouces, pesant 17,000 livres, et l'autre de 10 pouces, du poids de 7,300 livres. La partie forée du premier compte 2.7 diamètres; celle du second 3.25 diamètres.

Les carabines de chasse américaines sont connues pour

la justesse et la précision de leur tir. Leur canon est assez lourd et leur calibre médiocre. Elles sont, en général, bien équilibrées, et le projectile qu'elles lancent conserve sa forme, même sous l'action d'une forte charge. Elles sont munies d'une longue vue, pour le tir à forte portée, et d'une double détente. Les dimensions d'un *Jame's rifle*, l'un des types appartenant à cette classe, sont les suivantes :

Longueur du canon.	32.50 pouces.
Poids "	16.50 livres.
Calibre "	00.45 pouces.
Poids du projectile	217.00 grains.
" de la poudre	100.00 "
Vélocité initiale	1900.00 pieds.

On vend aux États-Unis beaucoup de carabines de chasse à répétition, c'est-à-dire à charges multiples, se présentant les unes après les autres à l'action de la batterie. La carabine à répétition de M. Evans porte trente-quatre cartouches, qu'on peut épuiser, dit-on, en une vingtaine de secondes. Son canon est de 26, 28 ou 30 ; son poids de huit à neuf livres. Elle vaut 43 dollars.

La batterie des fusils américains laisse souvent à désirer. Quant aux revolvers sortant des ateliers d'armurerie locaux, ils manquent en général d'un perfectionnement qui a son importance, et qui est appliqué chez nous : la plupart ne s'arment pas automatiquement par simple pression sur la gachette de la pièce.

En fait d'armes blanches, le département des États-Unis contenait quelques objets d'un grand luxe, et entre autres des épées à garde ciselée, d'un beau travail. L'une des mieux réussies, ayant appartenu à l'amiral Farragut, faisait partie du déballage de MM. Tiffani et Cie, de New-York. Elle portait le chiffre de son ancien possesseur tracé en brillants, sur fond de lapiz lazuli.

Médecine, chirurgie, prothèse.

(CLASSES **272** A **277**.)

Les instruments de chirurgie, de fabrication européenne, étaient peu nombreux à Philadelphie. Cette circonstance n'a rien qui doive surprendre, des droits considérables les frappant à l'entrée. Ces droits varient suivant la qualité des matières employées à la confection des dits instruments. Ceux qui sont manufacturés en acier paient au moins 30 p.c. ; en caoutchouc, 35 p. c.

Dans la section américaine, nous devons mentionner avec éloges l'étalage de MM. Codman et Shortluff, de Boston. Les appareils destinés à combattre les affections de la gorge et des poumons y occupaient une large place et comprenaient des ustensiles ingénieux. Parmi ces derniers s'en trouvaient beaucoup ayant pour objet la vaporisation des liquides par inhalation. L'un des plus grands consistait en un bouilleur sphérique, avec tube de dégagement pour la vapeur ; boîte à remplage de caoutchouc, au travers de laquelle passait le tube de vaporisage parfaitement étanche ; soupape de sûreté graduée par haute et basse pression, au moyen d'une vis ; anse non conductrice du calorique, pour le maniement du bouilleur, coupe à médicaments, avec support et base ; garde-visage en verre, à embouchure ovale, pouvant s'élever ou s'abaisser, et s'écarter plus ou moins des tubes atomisateurs.

Les tourniquets et autres instruments d'amputation, présentés par la même firme, eussent attiré l'attention d'un spécialiste, mais nous ne nous y arrêterons pas, non plus que devant l'assortiment de forceps — de toutes formes — qui figurait au Centenaire.

Un nouvel aspirateur, construit d'après un modèle français dû à Dieulafoy et modifié par Portain, mérite une mention sommaire. Il réalisait, comparé à son type, certains perfectionnements utiles. Parmi ceux-ci nous signalerons un mécanisme combinant la pompe aspirante avec la pompe foulante, ou *vice-versa*, et permettant à la fois de retirer un fluide nuisible et de le remplacer par un fluide salutaire De plus, dans l'aspirateur en question, une vis en métal maintient le récipient et l'empêche de se déplacer ; les soupapes sont métalliques et adaptées à des coussinets de la même matière, etc.

M. Richard Clément, de Philadelphie, exhibait des jambes mécaniques, exécutées avec beaucoup d'habileté. Elles se prêtent aux mouvements les plus divers, à la marche et à l'équitation. La personne qui en est munie peut s'asseoir et plier le genou sans difficulté. Les bandes et les ressorts qui servent à prendre ces positions variées sont disposés, au surplus, à peu près comme les muscles qu'elles remplacent et fonctionnent aisément, sans arrêt ni retard.

La prothèse dentaire a fait des progrès remarquables aux États-Unis. Les dentiers exposés par les docteurs Alley et fils, de New-York, étaient très naturels, s'agençaient parfaitement, et ne pourraient guère être surpassés. Ceux de MM. H.-D. Justi, de Pensylvanie, étaient également très soignés. M. Samuel S. White, de Philadelphie, avait exhibé une collection complète d'instruments à l'usage des dentistes, et entre autres des forceps extracteurs de nerfs , des miroirs sur tige , des tubes à injections , des fauteuils mécaniques, etc. Les bandages herniaires de MM. F.-G. Otto et fils, de New-York, et ceux du *National Surgical Institute*, de Pensylvanie, présentaient tous les perfectionnements récents appliqués à cette branche de la chirurgie.

Quincaillerie, outils tranchants, coutellerie et autres produits métallurgiques.

(CLASSES **280** A **284**.)

Les outils usités dans le travail du bois, de la pierre et des métaux constituaient un groupe considérable à Philadelphie. Nous avons remarqué, parmi les marchandises belges, appartenant à cette classe, d'excellentes limes de 6 à 8 pouces, pour horlogers et bijoutiers, provenant des ateliers de MM. A. de Lambert, de Liége; dans le département français, des outils pour cordonniers, de M. Segaut, de Paris, dans le quart anglais, une variété d'alènes pour bottiers, selliers et charpentiers.

La manufacture des outils à main occupe un grand nombre d'ouvriers en Pensylvanie, dans le New-York, le Massachusetts, le Nouveau-Jersey. On fabrique dans ces divers États beaucoup d'instruments en acier fondu, des marteaux, des haches, des herminettes, des pioches, des tarières, des pièces pour forages, des moules à briques, des tenailles, des limes, etc. Une société américaine, la *Stanley rule and level Company*, de New-York, présentait des rabots plats, d'excellente confection, avec armature de bois ou de fer, de sept et huit pouces de long, portant sur une lame de 1 3/4 à 2 pouces, dans les prix de 2 dollars 50 cents à 2 dollars 75 cents; des varlopes de 9 1/2 pouces de long avec lame de 1 3/4 pouce, également à 2 dollars 75 cents; des riflards de 15 pouces de long, avec lames de 2 pouces, à 3 dollars; des engins à recaler, de 22 pouces de long, avec lame de 2 3/8 pouces à 3 dollars 75 cents, etc.

Beaucoup de ces instruments offraient des perfectionnements utiles. Citons entre autres un gorget, avec ajustemen permettant de raboter, à volonté, une surface concave ou une surface convexe. Cet outil avait une face ou semelle,

faite d'acier flexible qui, à l'aide de vis placées à ses extrémités, pouvait être pliée de façon à agir comme nous venons
de le dire. Dans un autre outil, on avait joint, grâce à une
ingénieuse combinaison, le bouvet à rainure et le bouvet
à languette. L'armature de cet outil était en fer et contenait
deux lames, qui étaient fixées par des vis ailées. Les guides
ou barres directrices de la pièce étaient mobiles et arrangées
de façon à laisser fonctionner les deux lames pour produire
une languette ou à n'en faire marcher qu'une — l'autre étant
couverte — pour produire une rainure de la dimension exacte
de la languette précédemment façonnée. Parmi les objets
exhibés il s'en trouvait beaucoup qu'on pouvait, au choix,
convertir instantanément en bouvets, varlopes, onglées ou
rabots à moulures, etc. Nous avons noté, de plus, une boîte
de mitre, en fer, très bien faite, et qu'on vend de 7 à
10 dollars, selon dimensions, ainsi que des niveaux à bulle
d'air, confectionnés avec grand soin.

Au Canada, on produit aussi des outils excellents, surtout
ceux qui se rapportent à la grande industrie des bois.

Un nombre d'industriels français, la plupart de Nogent,
avaient réuni, pour en former « l'Exposition collective de la
coutellerie de la Haute-Marne, » des spécimens variés de
couteaux de table et de poche, venant des différentes fabriques du dit département. Nous ne saurions trop recommander
aux manufacturiers belges, en ce qui concerne les exhibitions futures auxquelles ils pourraient prendre part, d'adopter
généralement ce mode d'étalage collectif, qui a déjà fait
honneur, en 1876, à Philadelphie même, aux filateurs de Verviers. Il offre de grands avantages, en fournissant les moyens
d'apprécier, d'un coup d'œil, l'état de l'industrie de tout
un arrondissement; il rapproche les objets similaires, ce qui
en facilite l'étude; il présente enfin, d'une manière plus brillante, plus complète, le résultat d'efforts et de soins qui, con-

statés isolément, ne frappent plus au même degré. En industrie, comme en toutes choses : l'union est une force.

La coutellerie étrangère est taxée, aux États-Unis, à
raison de 35 à 50 p. c. L'industrie nationale a pour centres
principaux le New-York, la Pensylvanie, le Massachusetts
et le Connecticut. Les vitrines de MM. Collins et C_t^{ie}, qui
occupaient une place importante au Centenaire, et se trouvaient remplies de machettes, de couteaux de chasse, de
lames de toutes espèces, indiquaient qu'elle est en progrès.

Les couteliers anglais ont maintenu, à Philadelphie, leur
réputation parfaitement établie. Parmi ceux qui s'y sont
distingués par leurs envois, nous mentionnerons MM. Neal,
John et Cie, de Londres, et MM. Brookes et Crookes, de
Sheffield. Dans la section allemande, nous citerons les beaux
produits de MM. J.-C. Höller et Cie, de Solingen ; dans le
quart autrichien, l'intéressante exhibition de M. Franz Wer-
theim, de Vienne, comprenant toutes les formes d'outils à
main fabriqués en Autriche.

Les papiers et toiles à polir, verrés et émérisés font aussi
partie de notre groupe, mais comme on les manufacture,
plus ou moins, dans tous pays, nous ne nous y arrêterons
pas. Nous avons déjà émis quelques observations, dans
une autre partie de notre travail, concernant les fontes
d'ornementation, et nous aurons à y revenir plus tard.

Passons à l'étude d'une dernière branche de la quin-
caillerie, et non la moins importante, se rapportant à
la construction et comprenant les clous , les pointes, les
vis, les verrous, les serrures, les boutons de porte, les
loquets ; divers objets pour plombiers, gaziers et tapissiers ;
des articles pour la marine, la sellerie et le garnissage des
harnais.

On fabriquait, il y a quelques années, beaucoup de clous

forgés. Des ouvriers, occupés de divers métiers en été, se rendaient vers la saison d'hiver dans les tréfileries, y recevaient du fer en verges, le transportaient chez eux et, le travaillant à domicile, le rendaient au fabricant sous forme de clous. Ces usages, très répandus dans certains pays, en Belgique par exemple, se sont considérablement modifiés. On préfère aujourd'hui, dans la plupart des cas, les clous faits à la machine aux clous forgés, et l'industrie belge a eu à souffrir, momentanément, de ces changements. On a exporté de Belgique, en 1875, 12,299,602 kilos de clous du pays, dont les États-Unis n'ont reçu qu'une faible part, soit 16,590 kilogrammes.

La section belge, à Philadelphie, contenait des clous forgés et mécaniques, de M. Albert Demanet, de Gosselies; des articles de serrurerie, nickelés et autres; des charnières, des rivets, des crémones pour fenêtres de M. J.-B. Fondu, de Bruxelles; des boulons de locomotives, avec ou sans axes; des vis spéciales, des écrous, des crampons, des fonds pour navires, de M. Charles Nicaise, de La Louvière; une collection de clous pointes de Paris, de M. Adolphe Fix, de Bruxelles; des bagues pour tubes; des goupilles et toutes sortes de pièces taraudées et filetées, de MM. P. et N. Nicaise, de Marcinelle; des fils de fer, clairs, galvanisés et cuivrés, de MM. Velings et Cie, de Châtelet lez-Charleroi, etc.

On manufacture actuellement une quantité considérable de clous aux États-Unis. Dès 1866, on utilisait à ce travail 147,625 tonnes de fer. Il a acquis plus d'activité depuis lors et se fait entièrement à la mécanique. Il est d'ailleurs, comme on le sait, très protégé. Les clous importés, en fer forgé, sont frappés à l'entrée d'un droit de 12 centimes environ, la livre; les clous de cuivre, venant dehors, d'une taxe de 35 p. c.; les clous en argent blanc, de même provenance, de 40 p. c.; les clous en zinc, de 35 p. c., etc.

Quelques établissements de clouterie, aux États-Unis, sont très importants. MM. A. Field et fils, de Taunton, en Massachusetts, avaient exposé, indépendamment d'une quantité de clous pour tapis, de fer ou de cuivre, de toutes couleurs, plus de 2,000 variétés de pointes à l'usage des vitriers. Une société industrielle, l'*American screw Company*, de Providence, dans le Rhode-Island, exhibait 2,300 espèces de vis de toutes formes.

Nous avons déjà fait mention, en parlant des articles d'ameublement, de l'habileté des serruriers américains. On a adopté aux États-Unis un système de serrures qui offre beaucoup plus de garanties de sécurité que celui qui est encore généralement pratiqué en Europe. Nous allons en donner une idée en analysant l'un des articles exhibés par la *Yale lock manufacturing Company*, de New-York.

La serrure dont il s'agit est composée de deux plaques superposées, tournant l'une sur l'autre au moyen d'une charnière. La plaque inférieure porte cinq entailles perpendiculaires, la traversant de part en part. Ces entailles se prolongent très avant dans la plaque supérieure, qu'elles perforent partiellement. Des chevilles d'acier, de longueurs égales, sont placées dans ces découpures et maintenues en position par des ressorts en spirale, installés vers le haut des dites découpures, dans la plaque supérieure. Elles viennent aboutir à cinq millimètres environ d'une pièce de fond, formant le bas de la serrure. On découpe, dans une feuille d'acier, de 2 millimètres d'épaisseur, la clef qui sert à ouvrir cette dernière. Cette clef, tout à fait plate, de deux pouces et demi de longueur, terminée en biseau, est tailladée sur un de ses côtés. Lorsqu'on l'introduit dans la serrure, elle soulève les chevilles d'acier, à des hauteurs diverses —

d'après la nature des tailles ci-dessus mentionnées — mais calculées de façon à ce que le point de séparation de chaque demi-cheville corresponde avec le point de séparation des deux plaques, à l'endroit où se trouve la charnière. Les deux plaques, n'étant plus rattachées l'une à l'autre par les chevilles, tournent alors sur elles-mêmes et cèdent à la pression. Les serrures ainsi construites sont presque incrochetables.

M. Célestin Carmoy, de Paris, avait exposé à Philadelphie des clous de style, dont la tête était façonnée et représentait soit une fleur, une étoile, un lion, ou tout autre objet d'ornementation. C'était là, au moins pour les États-Unis, une nouveauté qui y trouvera application.

―――

Objets fabriqués d'origine végétale, animale et minérale.

(CLASSES 285 A 291.)

Les usages du caoutchouc se multiplient chaque jour. Il entre dans la composition de vernis, de colles, de mastics; on en fabrique des étoffes, des instruments de chirurgie; on l'emploie dans les laboratoires; on en fait des cylindres pour la filature du lin; on en manufacture des peignes, des tabatières, des boîtes, des objets d'ameublement, etc.

Cet important agent n'est appliqué à l'industrie, toutefois, que depuis peu d'années. Il n'est connu en Angleterre que depuis 1843 et en France, que depuis 1846. On le reçoit à l'état de matière première, d'Amérique, d'Asie et d'Afrique. Le caoutchouc américain est particulièrement estimé. Il est connu dans le commerce sous les noms de *Para* et de *Central*.

Le *Para* s'obtient par la dessication du suc laiteux d'un arbre, le *Siphonia elastica*, qui atteint jusqu'à 100 pieds et croît au Brésil. On fait des incisions dans son écorce en juin ou juillet. La sève qui en découle est recueillie, exposée à la fumée, agitée à la cuiller jusqu'à desséchement, puis coupée et exposée au soleil : c'est le *Fine Para*. Un ouvrier peut en préparer de dix à douze livres par jour. Ce produit est blanc et vaut de 60 à 70 cents la livre.

Cette première opération laisse quelques résidus, qui sont recueillis et dont on forme le *Coarse Para*, évalué sur le marché à 40 ou 50 cents. Parfois on active la coagulation de la sève par une adjonction d'alun. Dans ce cas, le caoutchouc ainsi traité est pressé en gâteaux et prend une teinte plombée : cette variété est moins estimée.

Le *Central* se manufacture de diverses manières et sous différentes formes. Il vient des États-Unis de Colombie, de l'Équateur, de Panama, de l'Amérique Centrale, du Mexique, etc. Le *Castillio elastica*, qui le produit, est un arbre dont la croissance est rapide dans les forêts humides et chaudes des régions intertropicales. On le coupe et on en laisse égoûter la sève. On solidifie celle-ci à l'aide du suc d'une plante, connue sous le nom de « Coasso. » Une pinte de ce suc suffit à coaguler un gallon de sève.

Le caoutchouc de provenance asiatique figurait également à l'Exposition de 1876, à l'état brut et manufacturé. En Malaisie, on se borne à faire des entailles dans les arbres à exploiter, en laissant sécher, sur l'écorce même, la sève qui s'en échappe. On l'y récolte ensuite et on la met en boules.

Les variétés africaines sont peu employées, étant de qualité inférieure et mal préparées.

L'île de Madagascar produit également du caoutchouc. Celui-ci provient d'une sorte de plante grimpante, dont les tiges ont de quinze à vingt pieds. On en connaît trois qualités différentes, plus ou moins recherchées. La solidification de la sève s'y fait au moyen d'eau salée ou par l'action du feu.

Le caoutchouc fut importé pour la première fois aux États-Unis, en 1825. On y consomme actuellement, chaque année, de 13 à 14 millions de livres de ce produit, représentant une valeur industrielle de 26,000,000 de dollars.

Une société de New-York, l'*India Rubber Comb Company*, en présentait un étalage extrêmement varié, comprenant des gourdes, des instruments de chirurgie, des encriers, des dés, des têtes de poupée, des gobelets; des ronds de serviettes; des cuillers et fourchettes pour saladiers, voire même des plats, imitant le bronze ciselé. Un de ces plats, très bien fait, de 8 × 12 pouces, était mis à prix à deux dollars. Un beau bas-relief, représentant le combat de Bunker-Hill, et la mort du patriote américain Warren, en caoutchouc coloré, avait l'apparence, la netteté, le ton métallique du bronze.

L'*India Rubber Comb Company*, établie comme nous venons de le dire à New-York, occupe au-delà de 400 ouvriers. Nous n'avons vu, dans les départements étrangers, rien d'aussi complet que sa collection. Notons cependant, dans la section française, quelques tissus en caoutchouc, quelques instruments de chirurgie et des rouleaux pour presses lithographiques; dans le quart allemand, des peignes de diverses formes; parmi les produits autrichiens, des articles similaires; dans l'exposition suisse, des élastiques pour bottines, fabriqués dans de favorables conditions de vente.

La classe 286 du catalogue américain, dont nous avons à parler présentement, comprenait la brosserie en général, dont nous nous bornerons à constater les progrès. On fabrique, aux États-Unis, des articles très recommandables en ce genre, ainsi que beaucoup de balais et de vergettes en tiges de maïs. Les industriels anglais exhibaient surtout des

pinceaux et des brosses servant aux décorateurs ; la France,
de la brosserie de toilette ; la République Argentine, des plu-
meaux ; la Hollande, des objets de brosserie à l'usage des
marins. Un fabricant belge, M. Edouard de Ryckere aîné,
d'Iseghem, avait envoyé à Philadelphie un assortiment de
brosses et de pinceaux de bonne manufacture.

Le crin, destiné à être filé, et les poils de toutes espèces,
sauf les soies de porc, sont libres à l'entrée sur le territoire
de l'Union.

L'importation des cordages et des cordes, vers les États-
Unis, a été plus active en 1875 qu'en 1874. Durant les trois
derniers mois de l'année 1874, on en a introduit 191,808 livres ; en 1875, le chiffre des entrées s'est élevé à 258,812 livres. Le département espagnol, au Centenaire, présentait
un déballage assez considérable de ce produit.

Carrosses, voitures et accessoires.

(CLASSES 292 A 296.)

La carrosserie belge, assez appréciée puisqu'elle donne
lieu, indépendamment du commerce intérieur, à un mouvement d'exportation évalué, pour 1875, à 1,458,000 francs,
n'était représentée à Philadelphie que par les produits de
deux fabricants, MM. de Ruyter, de Gand, et Louis Van
Aken, d'Anvers. Ce dernier avait exposé deux voitures, un
phaéton à flèche et une victoria. Ces pièces, assez recommandables, ne convenaient pas toutefois au marché américain,
où l'on vend surtout des voitures très légères. Cette préférence des américains pour certains types a sa raison d'être.
Les chevaux du pays sont ardents, pleins de feu, mais, en
général, de taille médiocre et de force très moyenne. Les

carrossiers américains, d'autre part, ont à leur disposition des bois d'une extrême tenacité, le hickory par exemple, qui leur fournissent les moyens de fabriquer des roues et des timons extrêmement minces, quoique fort solides. Les véhicules qui en sont munis circulent, sans trop de fatigue pour leurs attelages, sur des routes où les nôtres, plus pesants et différemment construits, seraient bientôt brisés. Parfaitement adaptées aux besoins du pays, les voitures américaines laissent à désirer, toutefois, sous d'autres rapports. Leur coupe, où la ligne droite domine, est rarement gracieuse, et leurs aménagements intérieurs ne présentent pas tout le comfort qu'on aurait le droit d'en attendre. Les berlines de voyage, venues d'Angleterre, et figurant à Philadelphie, étaient remarquables, au contraire, à ce point de vue. L'une d'elles, sortant des ateliers de MM. Peters et Son, de Londres, était un vrai modèle du genre. Elle était estimée à 3,000 dollars or.

Nous avons remarqué, dans le département français, un joli coupé, expédié au Centenaire par M. Desouches, de Paris, et mis en vente à 1,400 dollars, droits compris ; une victoria, valant 1,300 dollars ; une belle voiture de voyage, exhibée par MM. Million Guiet et Cie, de Paris ; des ressorts et essieux, de bonne facture, envoyés par M. G. Anthoni, de Levallois-Perret ; des feutres pour sellerie, de MM. Fortin frères, de Paris, etc.

M. L. G. Perreaux exhibait un vélocipède à vapeur, chauffé au gaz et pouvant fournir — disait-on — une course de cinq à six lieues à l'heure. Un autre exposant français, plus fantaisiste, présentait un véhicule du même genre, muni de deux tambours en fil de fer galvanisé, servant de roues, destinés à contenir deux grands chiens qui, en courant dans ces tambours — à peu près comme des écureuils en cage — mettaient la machine en mouvement. Une petite

roue, placée au devant du vélocipède, servait à le diriger.
Nous doutons que cet ingénieux appareil reçoive l'approba-
tion de la Société protectrice des animaux.

Dans le département canadien, les voitures de M. Ledoux
ont été très appréciées pour leur élégance, autant que pour
leur solidité.

La section norwégienne méritait une visite, car elle contenait des voitures d'un genre nouveau, destinées à être
employées dans les pays montagneux, très légères, d'une
forme gracieuse, et dont la caisse glissait sur des tringles de
fer, de façon à en diminuer le poids suivant les montées et les
descentes, en l'équilibrant plus avantageusement. Ces voitures
avaient été construites par MM. Sörensen et Klovstad, de
Christiania. Notons encore une autre innovation, appliquée à
un certain nombre d'entre les voitures exhibées à Philadelphie. Elles étaient munies d'un marche-pied en fer, percé
de trous, sur lesquels on étend une couche de caoutchouc,
qui s'y moule, y adhère parfaitement et qu'on peut renouveler,
en cas de besoin, sans difficulté.

Les traineaux étaient nombreux à l'Exposition de 1876, et
quelques-uns des specimens exhibés étaient fort jolis. Les
Américains se sont distingués dans cette spécialité. L'un des
traineaux exhibés par eux, et que nous mentionnerons comme
type, pesait 80 livres, était peint en noir, avec filets d'or, et
garni d'une étoffe à peluches, de teinte verte. Il était très
élégant et très confortable.

Nous n'avons pu examiner en détail l'assortiment varié
de harnais et autres objets de sellerie figurant au Centenaire.
La richesse des articles en ce genre reçus d'Orient, et particulièrement de Tunis et d'Egypte, couverts de velours et de
broderies d'or, est cependant à noter. La section espagnole
contenait également quelques pièces remarquables, entre
autres un harnachement complet, fort original, blanc et noir,

en fibres tressées, venant des Iles Philippines ; le quart brésilien, des selles fort bien confectionnées, en cuir assez clair, avec dessins imprimés, plus foncés, etc.

M. Eugenio Mattaldi, de Buenos-Ayres, est l'inventeur d'une selle de voyage, dont la description peut offrir quelque intérêt. Confectionnée en peau de porc, piquée et brodée, elle se compose de quatre parties, à savoir : 1° le bois de selle ; 2° les quartiers de chasse ; 3° le siége et les petites pièces de côté ; 4° le canon. Toutes ces parties peuvent être jointes ou disjointes en quelques minutes, de façon à permettre l'empaquetage de l'objet dans une étroite valise. Cette selle ne pèse, toute préparée, que huit livres. Elle appartient au type dit : *half steeple chase.*

Instruments scientifiques, philosophiques et méthodes.

(CLASSES 320 A 326.)

Les instruments scientifiques se multiplient à mesure que l'esprit d'analyse étend le cercle de ses recherches. Pour mieux déterminer la nature d'un phénomène, on l'isole, on l'étudie dans des conditions particulières, réglées de façon à dégager les unes des autres les influences qui le produisent. Cette méthode suscite l'invention d'une quantité d'appareils extrêmement compliqués, dont quelques-uns sont aussi remarquables par leur mécanisme que par le travail délicat qu'exige leur fabrication. Quelques savants belges, parmi lesquels nous citerons M. Plateau, de Gand, et M. Gloesener, de Liége, se sont fait dans cette spécialité une réputation bien établie.

Si les instruments scientifiques sont indispensables aux

15

savants, ils ont aussi leur place marquée dans les écoles et servent à l'enseignement. A ce dernier point de vue, la collection de modèles géométriques exhibée par M. Stroesser, de Bruxelles, à l'Exposition internationale de 1876, offrait de l'intérêt. Les modèles dont il s'agit, au lieu d'être façonnés, comme d'usage, en bois, en plâtre ou en fer-blanc, étaient formés de fils de fer. Cette disposition permet à l'élève de prendre non-seulement connaissance des contours extérieurs des corps soumis à son examen, mais aussi d'en apercevoir l'intérieur, avec toutes les lignes auxiliaires ou principales qui s'y rattachent. De plus, en laissant tomber sur ces modèles des rayons lumineux et en suivant au crayon l'ombre qu'ils projetent, on peut en faire immédiatement un dessin correct, résultat très avantageux à l'étude de la géométrie descriptive.

M. Stroesser a appliqué ce système à la cristallographie, à la perspective et à l'astronomie. L'une de ses idées les plus heureuses consiste à représenter le globe terrestre par son axe, quelques méridiens, l'écliptique, les tropiques et les cercles polaires, en y joignant un appareil, très simple, au moyen duquel on peut établir rapidement, en tout endroit et sans difficultés, un cadran solaire sur une surface quelconque. Le procédé s'en trouvait expliqué dans une brochure spéciale.

Le département américain contenait un grand nombre d'instruments à l'usage des ingénieurs et des arpenteurs. La plupart de ces instruments étaient bronzés. Nous y avons remarqué aussi des machines automatiques, très bien agencées, servant à la confection des micromètres, ainsi qu'au polissage des pointes de diamant utilisées dans la dite confection. Ces machines, opérant des graduations tout à fait microscopiques, étaient dues à M. W^m.-A. Rodgers, attaché à l'observatoire du collége Harvard.

Dans la section anglaise, nous citerons parmi les objets rangés dans la classe 320, d'excellents pyromètres, fabriqués par M. Ch.-W. Siemens, de Londres. Ces appareils, destinés à mesurer des températures très élevées, sont utilisés, comme on le sait, dans les manufactures de porcelaine. On en construit aujourd'hui de différents types, tous plus ou moins représentés à l'Exposition de Philadelphie. Parmi les plus estimés, nous mentionnerons le pyromètre chimique de M. Regnault, employé à Sèvres; le pyromètre électrique, de M. Ed. Becquerel, etc., etc. M. James Hicks, de Londres, avait envoyé des instruments météorologiques, et particulièrement des anéroïdes, très soigneusement exécutés.

L'exhibition canadienne comprenait, indépendamment de nombreuses boussoles, terrestres et nautiques, un odomètre, présenté par M. Alex. Ross, de Montréal.

Dans le quart français, nous avons à noter les horloges solaires de M. Grivolat; les modèles de supports, pour engins scientifiques, de M. A. Louvet, de Pont-l'Évêque; les alcoomètres, de M. Ed. Malligaud, de Paris, ainsi qu'une quantité de baromètres, à cuvette, à siphon ou parois métalliques; de thermomètres, à mercure, à l'alcool, différentiels, à maxima, à minima, etc.

Presque tous les thermomètres ordinaires, de facture française, exhibés à Philadelphie, étaient réglés d'après l'échelle de Celsius, modifiée par Strœmer, marquant 100° au point d'ébullition de l'eau, et 0° au point de la glace fondante. Cette échelle, cependant, est peu pratiquée aux États-Unis, de même qu'en Angleterre, où l'on emploie de préférence le système de graduation proposé par Fahrenheit, indiquant 32° dans la glace fondante et 212° dans l'eau bouillante. Quant à l'échelle de Réaumur, elle est encore en usage dans l'Amérique du Sud, la Russie, l'Espagne et — concurremment avec l'échelle centigrade — en Belgique et en France.

On fabrique à Nuremberg d'excellents instruments de mathématiques, très exacts et très précis. Les collections expédiées par MM. Schoener, Bayer et Heissinger, de cette ville, faisaient honneur à leur habileté pratique. Cette industrie s'exerce également en Autriche, dont l'étalage comprenait aussi un tachomètre pour le mesurage de la vélocité des corps mouvants, de MM. Kreuter, de Bielitz, et de nombreux instruments nautiques de M. Pangger, de Trieste.

La section hollandaise renfermait quelques appareils intéressants. M. Harting Bank, d'Utrecht, s'occupe spécialement de la manufacture d'objets destinés à l'enseignement de la physique dans les écoles. Plusieurs de ces objets sont de son invention, d'un usage facile, de bonne construction et à très bas prix. Mentionnons, d'autre part, les instruments envoyés à Philadelphie par le département des Finances de La Haye, servant à la classification des sucres bruts au moyen du procédé Payen-Scheiber, et à celle des boissons alcooliques. MM. Van Wetteren frères, de Haarlem, présentaient des aimants artificiels ; M. P.-J. In de Betou, directeur de la Manufacture royale d'armes, à Delft, un instrument au moyen duquel on peut mesurer jusqu'à la centième partie d'un millimètre, instrument dont voici la description sommaire :

Figurons-nous deux supports, sur lesquels repose un cylindre, dont la partie extérieure est taillée en forme de vis à double pas et dont l'intérieur renferme un filet de vis très fin et très délicat. Ce cylindre est entouré d'une pièce de cuivre, glissant sur une guide, et qu'on peut avancer ou reculer en faisant tourner le dit cylindre dans l'un ou l'autre sens.

La face supérieure de cette pièce de cuivre est divisée

de façon à servir de vernier à une échelle, attachée aux supports, parallèlement au cylindre. Une aiguille se trouve partiellement engagée dans le filet de vis contenu dans ce dernier. L'une des extrémités de cette aiguille est aplatie et traverse une petite plaque, dans laquelle est pratiquée une ouverture à angles droits, arrangée de façon à empêcher l'aiguille de tourner. Il en résulte que celle-ci est mue par le cylindre, en même temps que la pièce de cuivre enveloppant celui-ci, mais plus doucement, à cause de la différence existant entre les filets des deux vis.

De l'autre côté de l'instrument se présente une deuxième aiguille, plus grande que l'autre, divisée en centimètres et millimètres, et qu'on peut avancer ou reculer en la faisant passer devant une petite plaque de cuivre, marquée d'un zéro.

Lorsque le zéro du vernier coïncide avec le zéro de l'échelle et que les pointes des deux aiguilles sont en contact, le zéro de la longue aiguille doit correspondre à celui de la petite plaque de cuivre, laquelle est disposée à cet effet sur un glissoir. Si l'on veut régler l'instrument, on retire la plus courte des deux aiguilles, au point de pouvoir intercaler une feuille métallique, de l'épaisseur d'un millimètre, entre la pointe des deux aiguilles. La position du zéro, sur le vernier, est indiquée alors par une longue ligne, tracée sur l'échelle. La distance entre le zéro et la ligne ainsi tracée est divisée en dix parties égales. Sur le vernier, une longueur équivalant à neuf de ces parties est subdivisée en dix. Il s'ensuit que chaque subdivision de l'échelle figure 0. 1 de millimètre et qu'on peut, à l'aide dudit vernier, mesurer jusqu'à un centième de millimètre.

Quelques industriels suisses, et entre autres MM. J. Kern et Hermann Pfister, d'Aarau, méritent d'être mentionnés pour des boussoles d'excellent choix et des instruments de mathématiques en aluminium, bien conditionnés. Un mécanicien de Neufchâtel, M. Hipp, avait au Centenaire quelques appareils télégraphiques, du système Morse ; des horloges électriques, etc.

Parmi les instruments scientifiques suédois exhibés à Philadelphie, nous signalerons divers météorographes, ou appareils à enregistrer, construits par le Dr A. G. Theorell, d'Upsal. Un conducteur métallique est attaché aux instruments dont il s'agit d'indiquer les variations. L'une des extrémités de ce conducteur peut être déplacée dans le sens de la ligne de direction tracée par l'index des dits instruments ; l'autre est mise en communication avec le mécanisme de l'appareil à enregistrer, lequel indique les positions prises par l'index. Ceci a lieu lorsque le conducteur approche de celui-ci, grâce à l'effet d'un courant galvanique, qui arrête le mouvement, au moment du contact entre le conducteur et l'index.

Ces appareils indiquent la température, le degré d'humidité et la pression de l'air, sa vélocité et sa direction, la quantité de pluie ou de neige tombée. Dans l'un de ceux employés à l'Observatoire d'Upsal depuis 1868, l'enregistrement se faisait au moyen de pointes d'acier pressées sur le papier à l'aide d'électro-aimants. Le lisage en étant laborieux, on a remplacé ces pointes par un système de roues de cuivre, portant sur leur tranche des caractères numériques, qui s'impriment sur le papier. De plus, le pouvoir moteur qui, dans les premiers météorographes, était donné par des engrenages et des poids, s'obtient dans le système actuel par un électro-aimant, modification qui assure l'action constante de l'instrument durant un laps de temps beaucoup plus long.

Les appareils enregistreurs non météorographiques, les machines à calculer, les compteurs à gaz et à eau, les logs marins et électriques, constituaient au Centenaire une subdivision spéciale. M. A. Stewart, de Philadelphie, y présentait quelques mécanismes ingénieux, destinés à contrôler le service des recettes, dans les omnibus ; M. W. Lyon, de Londres, une machine à calculer, multipliant rapidement tout nombre au-dessus de douze ; MM. A. Wier, de la même ville, un hydro-gyromètre, ou enregistreur d'évolution, habilement agencé. Citons encore, dans ce groupe, les machines à calculer de M. Deschiens, de Paris, et celle des ingénieurs Scheutz, père et fils, de Suède. Les appareils exposés par ceux-ci impriment automatiquement les résultats qu'ils servent à obtenir. Une autre machine suédoise, opérant d'après des principes similaires, a été utilisée récemment au calcul et à l'impression de tables complètes de logarithmes. On doit en outre au Dr Wiberg une invention des plus utiles, celle d'un sac à lettres, disposé de façon à ce que la serrure dudit sac s'emploie comme clef des boîtes à lettres, et vice-versa. Il s'ensuit que les lettres contenues dans les boîtes sont transferées dans le sac sans que la personne faisant cette opération puisse les toucher ou les manier. L'invention du Dr Wiberg a été mise en pratique en Suède et sera prochainement adoptée en Prusse et en Autriche.

Le compartiment suédois comprenait aussi un instrument applicable au mesurage des figures géométriques, dû à l'ingénieur J. P. Ljungstrom. C'est un planimètre, composé d'une plaque de verre circulaire, au centre de laquelle passe une roue verticale, en métal, perpendiculaire à un rayon tracé sur le verre, le dit rayon étant marqué d'un point. Lorsqu'on veut employer ce planimètre, on mène la plaque de verre le long d'une règle, jusqu'à ce que le point indiqué sur le rayon cité plus haut ait fait le tour exact du périmètre de la figure à mesurer : on lit alors sur la roue verticale le chiffre qui donne l'étendue de ce périmètre.

La manufacture des balances occupe de nombreux ouvriers

aux États-Unis. Les instruments de ce genre exhibés par
une seule firme, celle de MM. Fairbanks, couvraient un
espace de 2,664 pieds carrés, dans la Halle aux Machines, à
Philadelphie. Très variés en apparence, tous ces instruments
possédaient les mêmes éléments constitutifs : une base
horizontale ou fléau, et un point d'appui servant aux oscillations de la dite base. L'industrie moderne n'a rien changé,
sous ce rapport, aux balances antiques. Elle s'est bornée à
les améliorer en combinant différemment les leviers et les
points d'appui, de manière à augmenter, dans certains cas,
la sensibilité des appareils, ou à les adapter à divers usages.

MM. Fairbanks confectionnent près de quatre cents types
différents de balances-bascule, applicables non-seulement
aux plus délicates manipulations à exécuter dans les laboratoires, mais aussi au pesage de chargements entiers,
atteignant trois cent mille livres. Ils fabriquent annuellement
plus de cinquante mille de ces instruments, de toutes qualités. L'arrête du couteau sur lequel repose le fléau de leurs
balances est en acier très fin, tandis que le corps même dudit
couteau est beaucoup moins trempé. Un tel arrangement
augmente la durabilité de cette partie essentielle de la
machine, devenue moins cassante et moins fragile.

Indépendamment de leurs balances proprement dites,
MM. Fairbanks avaient exposé un appareil servant à éprouver
la force de résistance des cables en fer, acier ou laiton ; à
constater les déviations des barres et des poutrelles de fer,
ainsi que la pression que peuvent subir, sans écrasement, les
bois, les briques, les mortiers et les ciments employés dans
les constructions. Cet appareil était muni de leviers, ajustés
de telle sorte, qu'un jeune garçon de douze ans, en mettant en
mouvement une simple manivelle, pouvait faire agir, sur la
matière soumise à l'essai, un poids de 50,000 livres. Ce
poids — contrairement à ce qui se passe lorsqu'on emploie

au même usage une pompe hydraulique — s'accumulait graduellement, sans aucune secousse, et se trouvait enregistré, au fur et à mesure de son application, avec une précision parfaite.

Une association industrielle du Vermont, la *Brandon manufacturing Company*, s'est distinguée à l'Exposition de Philadelphie, dans les mêmes spécialités. Presque tous les instruments sortant de ses ateliers sont construits d'après le système de Howe, très apprécié aux États-Unis.

Il nous reste à citer, dans le département américain, les excellentes balances de MM. Richlé frères. Parmi celles-ci s'en trouvait une, de quarante tonnes de capacité, consacrée au pesage des voitures de chemin de fer, très solidement construite et très exacte. Les mêmes fabricants présentaient aussi une ingénieuse machine d'enfournage, permettant de constater le poids des minerais déversés dans les hauts-fourneaux.

Dans le quart allemand, nous avons remarqué quelques bonnes balances, de même que dans la section française, où les instruments de M. Deleuil, de Paris, balancier de la Commission des Monnaies, attiraient l'attention des spécialistes et des connaisseurs.

Revenons au compartiment belge, dont nous parlions en commençant la présente étude. Nous avons à y signaler, dans la classe 321, les télémètres de combat, mesurant de 1,400 à 6,000 mètres, exhibés par le major Le Boulengé, universellement approuvés par les meilleures autorités militaires et, dans la classe 322, un modèle de pont à peser, de la force de 30,000 kilogrammes, construit à l'usage des chemins de fer, par M. François Majolini, de la Louvière, au dixième d'exécution. Le pont à peser de M. Majolini est combiné de façon à pouvoir être monté et démonté en fort peu de temps. Il est d'une grande solidité, d'un mécanisme fort simple, aisément réparable en cas de nécessité. Son installation revient, tous frais compris, à 3,000 francs.

Les instruments consacrés à la mesure du temps, si perfectionnés de nos jours, étaient largement représentés à l'Exposition internationale de 1876. Pour en faire l'étude d'une manière plus méthodique, nous les diviserons en trois classes, que nous passerons successivement en revue. Ces trois classes comprennent : 1° les horloges ou montres marines ; 2° les montres proprement dites ; 3° les horloges ordinaires et les horloges astronomiques, à pendule, installées à poste fixe.

La construction des montres marines a acquis un haut degré de développement en Angleterre, où une demande constante entretient l'activité de ce travail, particulièrement exercé à Londres et à Liverpool. Les améliorations les plus utiles appliquées à leur mécanisme sont dues à des horlogers anglais et surtout à MM. Harrisson, Kendal et Graham. Cinq exposants, tous fort connus et justement réputés, MM. J. Sewill, Th. Mercer, Victor Kullberg, M. F. Dent et J. Poole, avaient expédié à Philadelphie des instruments à l'usage des marins, d'un fini et d'une précision remarquables. Le département français était beaucoup moins fourni sous ce rapport, bien que quelques mécaniciens du pays, parmi lesquels nous mentionnerons MM. Berthoud, Leroy et Bréguet, aient contribué sérieusement au progrès de cette branche de l'horlogerie. Il ne comprenait qu'un seul envoi, fait par M. A. H. Rodanet, de Paris, composé de quelques chronomètres ; plus une pendule de bord, due à M. Farcot, de Paris. Cette pendule était à tirage rentrant, d'un remontage simple et facile, pouvant s'opérer sans ouvrir la pièce. Il suffisait de tirer un gland placé à l'extérieur de la pendule et de le maintenir légèrement dans son retour, après l'arrêt.

Aux États-Unis, les montres marines ne figuraient que

dans deux étalages, ceux de MM. J. Bliss et Cⁱᵉ, et de MM. C. E. Fritz, de New-York. Une seule firme suisse avait pris part au même concours, celle de MM. Henry Grandjean et Cⁱᵉ. Nous avons remarqué, dans leurs casiers, quelques chronomètres de navire, soigneusement exécutés.

Si nous passons de l'examen de ces spécialités à l'analyse des montres proprement dites, c'est au département suisse que nous avons à nous rendre tout d'abord. En face de l'avenue centrale du *Main Building*, dans une partie très fréquentée de ce bâtiment, se trouvait une collection fort considérable de montres, fabriquées par les horlogers de Genève et de Locle. Elle réunissait des spécimens de toutes dimensions et de tous prix, de 5 à 1,300 dollars, les uns fort simples, les autres richement garnis de diamants, de perles et de pierres précieuses, ornés d'émaux ou de figures en relief. La manufacture des montres est d'une grande importance en Suisse, où l'on a tout fait pour en augmenter encore le développement. Des concours annuels y ont été organisés entre les producteurs, dont les ouvrages sont mis à l'épreuve dans quatre observatoires, qui délivrent des certificats aux plus méritants. D'après ces certificats, envoyés à Philadelphie avec les instruments qu'ils concernent, les variations de quelques-unes des pièces d'horlogerie faisant partie de la collection suisse n'excéderaient pas 1,100 à 2,100 de seconde par jour.

Parmi les assortiments génevois, nous indiquerons en première ligne celui de la maison Badollet et Cⁱᵉ. Il comprenait, à côté d'objets d'une vente courante, quelques articles de luxe, et entre autres deux fort belles montres, décorées de figures en relief. L'une de ces montres était marquée aux armes d'Autriche, sur émail bleu ; l'autre portait l'aigle américaine, avec soleil levant à l'horizon. La même maison exhibait en outre quelques montres montées sur bagues, d'un travail des plus minutieux, et une tabatière en or, contenant un oiseau au brillant plumage qui, la tabatière une fois ouverte, agitait les ailes, tournait sur lui-même et chantait mélodieusement.

M. H. L. Matile, de Locle, présentait des instruments à variations certifiées, parmi lesquels nous mentionnerons une montre à répétition, avec double chronographe et calendrier perpétuel, indiquant le mois de l'année, la date du mois, le jour de la semaine et les phases de la lune.

L'Alliance Horlogère — une association coopérative — se recommandait par quelques échantillons de caisses de montre, d'un style original. Ces caisses, confectionnées en argent, portaient une gravure dont les creux étaient remplis d'une substance d'un bleu foncé, très brillante.

L'effet de cette couleur sur métal était assez heureux. D'autres fabricants suisses, parmi lesquels nous citerons MM. Ch. Martin et Cie, ornent la boîte de quelques montres d'or d'un monogramme en émail noir, qui en rehausse l'éclat. M. Maurice Stahl, de Chaux-de-Fonds, avait expédié au Centenaire deux montres d'or, à échappement libre, marchant huit jours de suite sans devoir être remontées. Il n'en existait pas d'autres, du même genre, dans le *Main Building*. MM. A. Huguenin et fils exhibaient aussi un article unique, c'est-à-dire une montre avec échappement à tourbillon, dont le mécanisme était disposé de façon à neutraliser toutes variations résultant des changements de position de l'instrument. Ailleurs, dans le déballage de MM. Louis Frankfeld et Cie, de Genève, nous avons remarqué un vrai bijou, consistant en un porte-plume d'or, au sommet duquel se trouvait une montre en miniature, à remontoir, portant trois cadrans, chacun de 3/6 de pouce de diamètre, dont l'un indiquait l'heure, un autre le jour de la semaine, et le troisième la date du mois.

Nous ne pouvons, sans multiplier les détails plus que ne le comporte notre travail, nous étendre sur ces descriptions. Ajoutons toutefois aux mentions précédentes, les noms de MM. L. A. Bressus, David Pierret, H. R. Ekegreen et Ernest Humbert, dont les excellents articles eussent mérité, également, un examen particulier.

Le département américain, comme le précédent, contenait un grand nombre de montres, fabriquées à l'aide de machines automatiques. M. C. Teske, de Saratoga-Springs, dans l'État de New-York, y exhibait une nouveauté, c'est-à-dire une raquette de montre, dont l'action permet de constater et de corriger des variations de 1/2 à 1/10 de seconde. Cette raquette est disposée de façon à ne pas devoir être démontée en cas de nettoyage de la montre qu'elle sert à régler.

MM. Hagstoz et Thorpe, de Philadelphie, avaient exposé des montres d'or, à bon marché, dont la caisse est fabriquée comme suit: deux minces plaques d'or, de dimensions égales, sont soudées à une barre de métal, en composition, de 8 pouces de long sur 2 pouces de large. Cette barre de métal, ainsi préparée, est placée sous de pesants rouleaux d'acier, qui l'aplatissent et la réduisent en feuille, de l'épaisseur requise. Cette feuille est bientôt découpée en quartiers, qui tous reçoivent un chiffre et la marque de fabrique. On les arrondit au moyen d'un emporte-pièce, puis on les presse d'après un procédé particulier, dû à un américain, M. James Boss. Ils passent alors dans un autre atelier, où se font les jointures. On les munit de ressorts, puis on les remet aux graveurs, aux tourneurs et aux polisseurs. Il reste assez d'or sur la composition métallique qui forme le corps de la caisse de montre pour permettre ces diverses opérations.

Quelques manufactures d'objets d'horlogerie, aux États-Unis, sont très importantes. L'*Américan Watch Company*,

par exemple, occupe 800 ouvriers et fabrique jusqu'à 350
montres par jour, qui se vendent, suivant qualité, de 9,50
à 300 dollars. On remplace parfois l'or et l'argent, dans la
fabrication des caisses de montre, par de l'écaille.
MM. Adams et Cie, de Providence, avaient dans leur étalage
quelques jolis spécimens de ce genre. M. F. Dent, de Londres, en présentait d'autres, également bien réussis, en
ivoire, avec monogrammes de couleur bleue, de fort bon
goût. Notons aussi, dans le compartiment espagnol, quelques
beaux travaux de guillochage, de MM. Gelabert et fils, de
Barcelone.

Parmi les horloges astronomiques figurant à Philadelphie,
nous citerons, dans le département américain, les appareils
de M. L. Gropengiesser, de Philadelphie, et, dans la section
hollandaise, ceux de M. A. Hohwü, et de M. A. de Casseres,
d'Amsterdam. Ces derniers surtout étaient fabriqués avec
beaucoup de soin. M. A. Hohwü a été médaillé à Paris, à
Naples et à Vienne. MM. Ch. Frodsham et Cie, de Londres,
se sont distingués à l'Exposition de 1876, par leurs horloges
à interruption galvanique, très habilement construites.

Les horloges d'église, employées partout, étaient peu nombreuses cependant au Centenaire. Elles y étaient représentées par quelques beaux mécanismes, manufacturés dans le
Maryland, le New-York et le Wisconsin, aux États–Unis,
ainsi que par un travail des plus recommandables, dû à
MM. Hadank et fils, d'Hoyerswerda, en Allemagne.

Un fabricant suisse, M. Hipp, de Neufchâtel, s'occupe de
la manufacture d'horloges électriques. Celles-ci, comme on le
sait, se subdivisent en deux variétés. La première comprend
un certain nombre de cadrans, communiquant au moyen
d'un fil conducteur avec une batterie galvanique et un appareil spécial, réglant le mouvement des aiguilles indicatrices.
La seconde suppose des rouages indépendants, c'est-à-dire

une véritable horloge, ayant son pouvoir en elle-même, sans communication avec le dehors. Les deux systèmes fonctionnaient dans les vitrines de M. Hipp. On y voyait neuf cadrans, en connexion avec un régulateur à échappement Graham, à remontage de l'invention de l'exposant. Le mode de transmission du courant — des batteries aux cadrans — offrait aussi quelques particularités nouvelles. Une horloge électrique proprement dite, très ingénieusement combinée, appartenait au même étalage. Nous ne pourrions toutefois en donner une idée bien exacte sans l'aide de dessins. Son principal mérite consistait en ce que les contacts et les transmissions de courants y étaient rendus plus ou moins fréquents, automatiquement, en raison de la force de la batterie motrice. L'horloge exhibée était rattachée à un baromètre anéroïde enregistreur, et à un thermomètre dont elle contrôlait les mouvements. M. Hipp avait aussi expédié au Centenaire des instruments télégraphiques ; un appareil servant à constater la rapidité des trains de chemins de fer ; un fluviomètre, pour l'appréciation de la force des courants d'eau ; un chronographe et un releveur à l'usage des astronomes ; un chronoscope déterminant, par l'électricité, la vélocité de la chute d'un corps. Ce dernier appareil, extrêmement délicat, indiquait des fractions de seconde à peine sensibles.

Nous étendrions considérablement la présente notice si nous y comprenions les horloges ordinaires, les pendules et les boîtes à musique, plus intéressantes à étudier, toutefois, comme œuvres d'art que comme produits industriels. Leur examen nous entraînerait trop loin et ne révélerait, d'ailleurs, aucun fait nouveau. Nous aborderons donc, sans plus tarder, l'analyse d'une autre classe d'instruments, d'une grande utilité et d'une construction très compliquée, formant le groupe 324 du catalogue américain, consacré aux appareils d'optique.

Les miroirs de toutes formes utilisés dans les expériences optiques ne faisaient pas défaut à Philadelphie. MM. Weiskopf, dans le département des États-Unis et M. Radiguet, de Paris, dans la section française, en présentaient un excellent choix. Les miroirs métalliques, formés d'une sorte de bronze, comptant 66 parties de cuivre sur 33 d'étain, sont abandonnés aujourd'hui pour les miroirs en verre argenté, dont le pouvoir réflecteur est plus grand et qui sont beaucoup plus légers. On a essayé, mais sans beaucoup de succès, de fabriquer des miroirs en verre platiné.

M. Derogy, de Paris, avait envoyé à Philadelphie de superbes lentilles à divers usages; M. Henry-Lepaute, de la même ville, des lentilles à échelons, pour phares, très bien préparées. Nous avons noté aussi, dans la plupart des sections, de grands et beaux prismes, d'une précision parfaite. Ils remplissent un rôle des plus importants dans les recherches modernes, surtout depuis leur application au spectroscope, due à MM. Kirchhoff ét Bunsen. On remplace actuellement, avec avantage, le miroir d'éclairage de certains microscopes par un prisme achromatique.

Les lunettes astronomiques, les lorgnettes de spectacle, les lorgnons, les pince-nez et les longues-vues formaient une riche collection à l'Exposition internationale de 1876. Les premières comprenaient des lunettes méridiennes, servant à déterminer l'instant précis du passage d'un astre ; des télescopes ; des instruments fixés à d'autres appareils, comme dans le cercle de Borda, le théodolite, etc., ou des objets montés sur pied, quelques-uns parallactiquement. Dans ces spécialités, nous avons remarqué des pièces de haute valeur dans l'étalage de M. J. H. Dallmeyer, de Londres ; de M. Secrétan, de Paris ; de MM. Voigtlander et fils, de Brunswick.

Parmi les lorgnettes de spectacle exhibées, mentionnons

un vrai bijou, en malachite et or, faisant partie du déballage russe, estimé à 45 dollars papier.

Quant aux lunettes ordinaires, aux pince-nez, aux lorgnons, on les manufacture surtout — en ce qui concerne les États-Unis — en Pensylvanie, dans l'État de New-York et en Massachusetts. MM. Willson et Cie, de Reading ; Spencer, de New-York ; J. Diamond, de Pittsburg, etc., se sont fait une réputation dans ce genre de fabrication. Dans la section française, nous avons à citer, à côté des précédents, M. J. Hoel, M. Lacombe, de Paris ; dans le quart autrichien, M. C. W. Richter, d'Oudenburg, etc.

Les articles étrangers sont frappés à l'entrée, sur le territoire de l'Union, d'un droit de 40 à 45 p. c.

Les graphoscopes et stéréoscopes, les chambres claires et obscures, les appareils de photographie étaient fort nombreux à Philadelphie ; aussi nous bornerons-nous à les mentionner. Signalons cependant, parmi les exposants qui se sont distingués dans cette branche de l'optique, MM. N. H. Edgerton, de Philadelphie ; Dallmeyer, de Londres, déjà cité ; Lachenal, Favre et Cie, de Paris — ces derniers pour leurs belles vues stéréoscopiques, sur verre ; — Darlot, de Paris, etc.

On fabrique d'excellents miscroscopes aux États-Unis, en France, en Angleterre et en Allemagne. On peut les ranger, en général, en deux catégories bien distinctes, comprenant d'une part les microscopes simples, extrêmement utiles pour l'étude préliminaire des objets et, de l'autre, les microscopes composés, indispensables à ceux qui veulent analyser, à l'aide de puissants grossissements, la structure interne des tissus végétaux ou animaux. Le microscope simple constitue un instrument de travail des plus efficaces entre les mains du préparateur ; le microscope composé est plutôt un instrument d'observation, particulièrement nécessaire aux savants.

16

Ces deux catégories d'appareils étaient représentés, sous de nombreuses formes, à l'Exposition internationale de 1876. Parmi les bons types appartenant au premier groupe, nous citerons le suivant, universellement apprécié. L'objectif de l'instrument, parfaitement achromatique, est composé de trois lentilles, qu'on peut employer isolément ou réunies, et qui donnent des amplifications de 15, 20 et 30 diamètres. Une disposition ingénieuse permet de porter le grossissement à 40, 60, 100 et 150 diamètres. Ce résultat est obtenu par l'adjonction d'un verre plano-concave, fixé à l'extrémité supérieure d'un tube de cuivre, qu'on ajuste au-dessus des lentilles primitives. La longueur du foyer s'en trouve augmentée, et l'image qu'il s'agit d'examiner conserve sa position normale. Il est vrai que le champ de vision, lorsqu'on emploie de forts grossissements, est très rétréci dans les microscopes simples.

C'est alors qu'il est avantageux de recourir aux microscopes composés. MM. Beck et Beck, de Londres, en avaient envoyé de fort beaux à Philadelphie. Ces instruments étaient binoculaires, leurs deux parties étant mises en rapport au moyen d'un prisme, du système Wenham. En retirant ce prisme, ils devenaient monoculaires, ce qui facilite les investigations en cas de grossissements s'élevant de 500 à 600 diamètres. Ces microscopes se prêtaient à tous les angles d'inclinaison, tournaient sur eux-mêmes et s'adaptaient non-seulement aux mouvements rectilignes à angles droits, mais aussi aux mouvements circulaires complets. Ils étaient pourvus d'oculaires et d'objectifs de tous genres, tant à immersion qu'à correction, donnant des amplifications variant de 15,000 à 10,000 diamètres. Leurs oculaires étaient pourvus d'un doigt indicateur interne; leur tube-allonge était gradué sur une longueur de six pouces anglais; leur condenseur achromatique, du système Gillett, était muni d'un diaphragme tournant, à orifices de diverses formes et grandeurs. Outre le miroir ordinaire, à bras articulé et mouvements universels, ils étaient pourvus de divers appareils d'éclairage, tels que le prisme rectangulaire, le réflecteur parabolique de Wenham, le prisme d'Amici et l'éclaireur parabolique de Beck, pour les objets opaques; le miroir de Sorby, pour l'examen des surfaces polies.

De plus, ces instruments étaient accompagnés d'un compresseur à mouvements parallèles, d'un chercheur de Maltwood, de divers micromètres et, comme accessoires scientifiques, du micro-spectroscope de Sorby-Browning, avec appareils de polarisation, y compris la série entière des sélénites de Darker. Le diaphragme ordinaire y était remplacé par un autre, inventé par M. Brooke, dont l'effet imite assez bien les contractions de l'iris de l'œil.

MM. Ross et Cⁱᵃ, Powell, Leland, Delmeyer et Crouch manufacturent à Londres des microscopes de tous genres, très estimés, qu'ils améliorent chaque jour par d'ingénieux perfectionnements.

Aux États-Unis, c'est surtout en Pensylvanie que l'on s'occupe de ces travaux. M. J. Zentmayer avait exhibé un microscope binoculaire à cinq lentilles, avec polarisateur complet, deux sélénites, condenseur achromatique de Bicknell, micromètre, compresseur de Wenham, etc., valant 450 dollars. Les prix de cet opticien varient, suivant la puissance des appareils, de 25 à 750 dollars. D'autres constructeurs, MM. James, W. Queen et Cⁱᵃ, livrent un microscope à deux oculaires, avec objectif à un pouce de foyer, dito à un cinquième de pouce de foyer, forceps, lentilles grossissantes et boîte contenant l'instrument, à raison de 125 dollars. Les petits cercles de verre mince, employés pour les préparations, se vendent aux États-Unis, en détail, de trois à quatre dollars l'once. La production s'y présente

donc, en ce moment, dans des conditions assez dispen-
dieuses.

Au département français , nous signalerons les beaux
microscopes de M. A. Nachet ; dans le quart autrichien,
ceux de MM. Plossl et Cie, de Vienne.

Si la revue que nous venons de faire des instruments d'optique, quelque incomplète qu'elle soit, nous a permis d'entre-
voir maintes combinaisons habiles récemment appliquées, les
classes 325 et 326, consacrées aux appareils électriques et
au matériel télégraphique nous fourniraient des exemples
encore plus probants, s'il est possible, des progrès réalisés
depuis quelques années par l'industrie moderne. Ces progrès,
elle les doit surtout à la science, tant il est vrai que celle-ci
a ses côtés pratiques, et que la théorie, — quoiqu'en disent
certains esprits trop imbus de notions utilitaires, — préparant la voie aux inventeurs et aux spécialistes, rend d'immenses et d'incontestables services.

La première installation sérieuse du télégraphe électrique,
aux États-Unis, date du 27 mai 1844 et s'opéra entre les
villes de Washington et de Baltimore. Son usage se popula-
risa rapidement et, en 1866, les lignes télégraphiques nationales s'étendaient sur un espace de 125,564 milles et transmettaient annuellement 12,904,770 messages. En 1870, on
comptait sur le territoire de l'Union un bureau télégraphique
par 6,772 habitants.

L'emploi du télégraphe est général aux États-Unis. On le
découvre partout, car il satisfait admirablement aux exigences de la vie américaine. De petites machines, installées chez les banquiers, les agents de change et dans les
Bar-Rooms, déroulent un ruban sans fin , sur lequel une
petite roue imprime des lettres et des chiffres : c'est le cours
de la Bourse mis sans cesse sous les yeux des intéressés,
qui peuvent en suivre les fluctuations, minute par minute.

Ailleurs, dans les maisons privées, se trouvent des boutons, qu'il suffit de presser pour appeler un messager, un agent de police ou des pompiers munis de leurs engins. Ce service se fait par abonnement, à des prix relativement peu élevés. Une telle activité devait naturellement stimuler les inventeurs : aussi l'Europe doit-elle beaucoup, dans cette spécialité, au génie américain. Le système télégraphique du professeur Morse, de Charlestown, en Massachusetts, a fait pour ainsi dire le tour du monde et a été employé, à peu près exclusivement, pendant plusieurs années, par toutes les nations civilisées.

Les constructeurs américains ont maintenu, à l'Exposition internationale de 1876, leur haute réputation. Nous ne pourrions analyser, même d'une manière succincte, les appareils de tous genres qu'ils présentaient, tant ceux-ci étaient nombreux et variés. On y remarquait toutes espèces de batteries usitées dans la production des courants électriques pour la télégraphie ; des conducteurs et isolateurs, des cables sous-marins ; des machines de transmission ; de réception, de relais, de circuit; des sémaphores et appareils à enregistrer ; des télégraphes à imprimer pour usages spéciaux, des électrographes, des systèmes de cadrans, etc., dont nous devons laisser la description aux spécialistes, faute de temps et d'espace pour la rendre utile et pratique.

Dans les départements étrangers, il y avait peu de nouveautés, sauf un système de signaux de nuit, dû au baron Van Otter, de la marine royale de Suède. Il se composait d'une lanterne munie de lentilles et de volets, destinée à la transmission des signaux, et d'un appareil enregistreur. Dans ce système, les lignes et les points de Morse sont représentés par des traits de lumière, à durée longue ou brève ; les lettres et les chiffres, par des combinaisons d'éclairs lumineux. Des intervalles d'obscurité, convenus d'avance, séparent les diverses manifestations. Ces résultats s'obtiennent à l'aide de deux cordes, suspendues à la lanterne et traversant le contrôleur. En tirant l'une de ces cordes, on obtient un éclat de lumière de certaine durée et, en manœuvrant l'autre, des effets plus brefs. En pesant sur une troisième corde, l'obscurité se fait, tandis que les signaux communiqués se trouvent consignés, automatiquement, sur un rouleau de papier.

Instruments de musique.

(CLASSE 327.)

Il n'existe, dans l'Amérique du Nord, ni grandes écoles de musique comparables à nos conservatoires, ni concours de composition musicale, ni nombreuses sociétés de chœurs, d'harmonie et de fanfares, se disputant des prix d'excellence aux fêtes nationales périodiques. L'étude de la musique n'y est pas, toutefois, entièrement négligée, au moins dans certaines limites, et l'usage des pianos et des orgues expressives ou harmoniums y est très répandu.

Les pianos américains ne sont connus en Europe que depuis 1851, époque à laquelle la maison Chickering et fils, de Boston, expédia quelques-uns de ses instruments à l'Exposition universelle de Londres. Ils présentaient, entre autres particularités, un nouveau mode de construction de la table d'harmonie qui, dans ces instruments, était en fer et d'une seule pièce, au lieu d'être en bois comme dans les pianos européens.

La maison Chickering et fils occupe actuellement 400 ouvriers, et peut fabriquer jusqu'à 60 pianos par semaine. Elle les vend de 500 à 1500 dollars.

Il y a aux États-Unis beaucoup de facteurs de pianos, dont quelques-uns, entre autres MM. Steinway et fils, de New-York; M. Schomacker, de Philadelphie, etc., sont fort renommés. Leurs pianos sont très sonores, possèdent d'excellentes qualités, mais se vendent assez cher. De là une concurrence étrangère avec laquelle ils ont encore à compter, surtout de la part des facteurs allemands, anglais et français. Celle-ci serait même plus forte — malgré des droits de 30 % — si les expéditeurs employaient de meilleurs bois dans la confection de leurs instruments. Ces bois doivent être parfaitement secs et avoir été bien préparés pour résister à l'influence du climat américain, sans se fendiller durant les mois d'été. Nous recommandons tout particulièrement ce point à l'attention des manufacturiers belges.

Un facteur de St-Louis, M. Otto, avait exhibé un piano d'une forme nouvelle. Cet instrument était combiné de façon à présenter la surface d'un piano à queue, tout en occupant beaucoup moins d'espace. Le devant du meuble était celui de tout autre piano, mais, à une certaine hauteur au-dessus du clavier, et à un demi-pied en arrière de celui-ci, la caisse de l'instrument s'arrondissait brusquement, puis descendait, formant une légère courbe, en ligne diagonale, jusque sur le sol, sur lequel elle reposait au moyen de deux isoloirs, placés aux deux extrémités de la dite caisse. C'est dans cette partie que se trouvaient les cordes, placées diagonalement sur une table d'harmonie en fer. Cette disposition ne nous a pas paru heureuse, en ce sens qu'elle n'améliore pas l'aspect du meuble, tout en diminuant, pensons-nous, la sonorité de l'instrument. Nous la signalons toutefois, comme sujet d'étude et d'examen.

Dans le département français se trouvaient quelques

pianos de MM. Focké et fils ; Beunon; Otto Brunning, de Paris. Dans le quart anglais, MM. J. Brindsmead et fils, Léonard Collman et H. Browne, de Londres, avaient exposé quelques-uns de leurs produits; dans la section allemande, nous avons à noter quelques bons instruments expédiés de Stuttgart, de Berlin et de Hambourg.

Les orgues ou harmoniums sont employés spécialement, aux États-Unis, dans les églises et les écoles. Leur construction diffère, comme celle des pianos, du mécanisme des instruments similaires d'Europe, d'un usage plus général et auxquels ils sont décidément inférieurs. Quelques fabriques américaines, en cette spécialité, sont cependant très considérables et occupent un grand personnel. Le prix des harmoniums, en Amérique, varie suivant qualité de 70 à 950 dollars et au delà. On manufacture peu de grandes orgues aux États-Unis, et celles-ci sont presque toutes importées pour l'étranger. La Belgique a envoyé, a diverses époques, des instruments de ce genre de l'autre côté de l'Atlantique, qui ont fait honneur à son industrie.

La maison Gavioli et Cⁱᵉ, de Paris, avait exhibé un très grand orgue mécanique, formant un orchestre complet, estimé à 1400 dollars.

Les instruments à vent figuraient en grand nombre dans les divers départements. MM. Mahillon, père et fils, de Bruxelles, présentaient dans ce groupe d'assez belles pièces, qui ont été mentionnées très favorablement dans les rapports du Jury, chargé de l'examen de cette classe de produits.

Ajoutons, pour conclure, que la section italienne contenait quelques violons, dans le style de Stradivarius, envoyés par M. Batta de Lorenzi, de Venise, exécutés avec beaucoup de soin.

Art de l'ingénieur. Architecture. Cartes, plans et représentations graphiques.

L'art de l'ingénieur, dans ses applications variées, fait appel à de nombreuses industries et contribue puissamment à leur extension. Son influence n'est pas moins grande sur l'activité des relations commerciales, qu'il favorise par la création de voies nouvelles, l'endiguement et la canalisation des rivières, l'amélioration des hâvres et des ports. Pour juger de la situation économique d'une nation, il suffit d'étudier les travaux publics exécutés dans la contrée qu'elle occupe. Leur amplitude n'indique pas, absolument, une civilisation très développée, mais s'ils présentent à la fois un vaste ensemble et un caractère de haute utilité, on peut affirmer qu'ils résultent d'un état social avancé et progressif, A ce point de vue, l'Exposition universelle de 1876 fournissait de précieuses indications que nous allons relever brièvement.

Commençant nos recherches dans la section néerlandaise, nous y découvrons tout d'abord deux grandes cartes, dont l'une représente la Hollande, en partie inondée, couverte de marais et de lacs, telle qu'elle existait il y a trois cents ans, et dont l'autre nous fait voir le même pays, considérablement agrandi par suite de conquêtes successives sur les eaux, réduites aux débouchés nécessaires au cours du Rhin, et à un réseau de canaux utilisés pour les transports maritimes. A côté de ces cartes se trouvaient des plans et des documents relatifs au desséchement du lac de Haarlem, très complets et très instructifs. Ce lac, de 43,000 acres, menaçant d'envahissement les villes d'Amsterdam, de Haarlem et de Leyde, a été transformé, comme on le sait, en un district riche et prospère qui, bien que situé à 15 pieds au-dessous du niveau de la mer, est en ce moment parfaitement protégé contre ses attaques.

A peu de distance de la partie septentrionale du lac de Haarlem, entre Amsterdam et les dunes de sable de la côte, s'étendait jadis une vaste nappe d'eau salée, appelée l'Y, couvrant 13,000 acres. Une série de dessins, exhibés dans le pavillon hollandais, en rappelaient les contours, donnant aussi le tracé d'un canal qui remplace actuellement ce bras de mer. Le canal dont il est question est accessible aux plus gros navires. Il a seize milles d'étendue et ouvre une voie nouvelle entre Amsterdam et la mer du Nord. A son extrémité se trouve un port artificiel, enclos entre deux môles, solidement construits en blocs de béton. Ces môles ont trois quarts de mille de longueur. De fortes écluses empêchent les flots de l'Océan, ou du Zuyderzée, de pénétrer dans le canal et d'en ruiner les ouvrages. Des canaux secondaires, creusés latéralement, s'y rattachent et servent à la navigation intérieure. Aux dessins dont nous parlions précédemment se trouvait joint un modèle en relief, indiquant les moindres ondulations du territoire ainsi modifié, sa composition, l'élévation des rives et des dunes qui y appartiennent, c'est-à-dire tous les renseignements nécessaires à la parfaite compréhension de l'œuvre accomplie. ·

Le compartiment hollandais contenait aussi des informations concernant un projet plus hardi encore que les précédents : le drainage de la partie méridionale du Zuyderzée, comprenant un aréa de 480,000 acres, noyé actuellement sous douze pieds d'eau, en moyenne. On doit établir, pour l'exécuter, une énorme digue partant d'Enkhuizen, reliant l'île d'Urk et se prolongeant jusqu'à Kampen. Cet immense travail préparera le desséchement des 750 milles carrés de

mer se trouvant au sud de ladite digue et vaudra une province nouvelle au royaume de Hollande. A côté de cartes,
de profils et de coupes se rapportant à cette entreprise, on
avait placé — comme dans le cas précédent — un modèle
en relief du territoire à transformer, exposant les sondages
déjà opérés, le caractère du sous-sol, le parcours des lignes
de communication destinées à relier la province future aux
districts plus éloignés, etc.

Il nous est impossible de tout décrire. Ajoutons cependant que les Hollandais exhibaient encore des dessins relatifs à la construction de très beaux ponts, établis sur le
Leck et le Hollandsch-deep; le tracé d'une nouvelle voie
navigable, de Rotterdam à la mer; des caissons pneumatiques, employés dans les travaux sous-marins; le
mécanisme des grandes pompes d'épuisement de Fyrye;
le plan des barrages installés au travers d'une branche
de l'Escaut et de la Sloe, etc. L'ensemble de cette belle
collection faisait honneur aux ingénieurs hollandais et a
été très apprécié aux États-Unis.

Le Gouvernement français avait fait élever, non loin de
la galerie des arts, un bâtiment spécial, en fer et en briques,
consacré à l'exhibition des objets, appartenant au génie
civil, expédiés à Philadelphie par le Ministère des Travaux
publics et par la ville de Paris. Dans le vestibule de ce
bâtiment, à la droite du visiteur, se trouvait un phare, à
lumière catoptrique, présentant différentes phases, combinées de façon à guider la marche d'un navire à l'entrée
d'un chenal; à sa gauche était disposé un autre appareil de
même nature, électrique, à verres Fresnel.

Après avoir traversé ce vestibule, on pénétrait dans une
grande salle, peinte et décorée. A l'extrémité septentrionale
de celle-ci, sur le panneau du fond, s'étalait une carte de

France, extrêmement détaillée et fort complète. Les murs étaient couverts de dessins et de plans d'ouvrages de tous genres. Au centre de la salle étaient exhibées quelques grandes pièces, admirablement montées.

A l'extrémité sud du local, se présentait d'abord une vue du viaduc de Port-Launay, magnifique structure en pierres, portée sur douze arches. Un modèle, à l'échelle de 1,25, comprenant trois arches du dit viaduc, en indiquait les détails, montrant en position les pièces de charpente employées à son édification. Plus loin figurait une aquarelle, représentant l'aqueduc de Roquefavour, également accompagnée d'un modèle, reproduisant quatre des arches de cette belle bâtisse. L'aqueduc dont il s'agit est en pierres, à deux étages ; ceux-ci sont formés de deux séries d'arches dont les plus élevées, moins grandes que celles qui leur servent de base, supportent le conduit d'eau.

Ailleurs, on remarquait des plans, très élaborés, des ports de Marseille, de Bordeaux, de Saint-Jean-de-Luz ; autour de la grande carte de France dont nous avons déjà parlé, des dessins et des coupes des phares de Four, de Roches-Douvres, de Palmyre et d'Ar-Men, et, de plus, des détails sur la construction des viaducs de Bouble et de l'Osse.

Sur d'autres panneaux, du côté opposé, étaient disposées des vues du réservoir de St-Chanaud ; une carte géologique du territoire français ; une carte du parcours de la Seine entre Paris et Auxerre ; une carte de canal de l'Aisne à la Marne, avec dessins d'écluses et d'appareils, etc. Quant aux pièces rassemblées au centre de la salle, nous citerons, parmi les plus remarquables, un modèle partiel de l'aqueduc de Roquefavour, déjà cité, à l'échelle de 1.10 ; le pont d'Arcole, à l'échelle de 1.25 ; trois arches du pont de Dinan, sur la Rance; le pont de Tarascon, sur le Rhône, construit en fer, avec double voie, sur huit arches, etc.

On avait envoyé de Suisse, au Centenaire, deux grandes cartes, dont l'une se rapportait à la topographie du territoire helvétique et l'autre à sa composition géodésique. Elles se composaient de diverses sections et avaient été dressées par les soins de l'État-Major national, sous la direction du général G. H. Dufour. Il est inutile d'ajouter, après avoir rappelé leur origine, qu'elles étaient fort belles, parfaitement gravées et qu'elles peuvent être comparées aux meilleurs travaux de ce genre.

A côté de ces cartes se trouvaient de nombreuses publications concernant l'établissement et l'entretien des routes et des canaux en Suisse; des plans d'agrandissement de villes; des modèles de ponts; des projets relatifs à l'utilisation des cours d'eau; à l'emploi du gaz dans les centres populeux, etc. Observons, incidentellement, qu'il n'existe pas en Suisse, de chemins de terre proprement dits. On y creuse les routes à un pied environ en dessous de leur niveau définitif; de grosses pierres sont placées dans le lit ainsi formé, puis recouverts de débris pierreux de moindre volume. Après un an de trafic, on ajoute à ceux-ci une couche de gravier fin, qui complète la voie et la rend parfaitement solide et durable.

La création des lignes de chemins de fer rencontre en Suisse des difficultés spéciales, qu'on est toutefois parvenu à vaincre. Plusieurs compagnies locales avaient exhibé des plans de leurs tracés, ainsi que des dessins relatifs à leur équipement. La plus intéressante de ces collections se rapportait au percement du Saint-Gothard. Elle comprenait, outre une foule de coupes, de profils et de tracés, accompagnés de notes très instructives, des spécimens de gneiss,

de granit et de cristal de roche, mis à découvert durant la
construction du grand tunnel qui doit ouvrir des communi-
cations nouvelles entre le nord de l'Europe, Lucerne, Milan,
Florence et Rome.

Le département des États-Unis offrait aux visiteurs étrangers, en ce qui concerne les travaux publics exécutés sur le
territoire fédéral, de précieux éléments d'études. Citons
d'abord de nombreux plans d'édifices et, entre autres, ceux
de divers hôtels, occupés par l'administration des Douanes
et par celle des Postes, construits aux frais du gouvernement central. Parmi les plus beaux, nous mentionnerons
ceux de Nashville, en Tennessee ; d'Albany, dans l'État de
New-York ; de Boston, en Massachusetts, etc. Les deux
premiers, ornés d'une sorte de beffroi, appartiennent au
genre gothique ; le troisième, à l'architecture de la Renaissance. L'hôtel des Postes récemment érigé à New-York est
un véritable monument, digne d'une grande capitale et dont
les aménagements intérieurs ne laissent rien à désirer.

Le système de distribution des lettres et des journaux, dans
l'Amérique du nord, était exposé d'une manière pratique
dans le *Government Building*. Là se trouvaient des bureaux
toujours entourés de monde et en pleine activité, avec boîtes
à lettres, guichets, machines à fabriquer les enveloppes
timbrées, balances, modèles de voitures-poste, etc. De belles
cartes, dressées avec soin, indiquaient au public la direction des routes postales exploitées et la position de tous les
dépôts locaux.

L'exploration du vaste territoire des États-Unis, si désert
encore de nos jours — malgré ses quarante millions d'habitants — a exigé de longs et pénibles efforts. Une quantité
de documents, relatifs à ce travail, avaient été réunis au
Centenaire, embrassant non-seulement la description détail-

lée de toutes les parties du Continent américain septentrio-
nal, ainsi que de ses productions géologiques, botaniques et
minéralogiques, mais aussi des dissertations d'un haut intérêt
concernant la géodésie, l'astronomie, la détermination des
longitudes, l'arpentage, l'hydrographie, le magnétisme terrestre et le *Gulf stream*, dues à des savants américains. Ces
dissertations étaient accompagnées de cartes, de plans, de
vues photographiques, etc. Des vitrines spéciales contenaient quelques objets — précieux par les souvenirs
qu'ils rappellent — découverts dans les solitudes glacées du
cercle arctique, tristes épaves des expéditions faites au Pôle
nord à différentes époques par le capitaine Ross, sir
John Franklin, le capitaine Parry et le voyageur américain C.-F. Hall.

Le service des feux destinés à guider les vaisseaux à
leur approche du Continent américain, occupe aux États-
Unis environ 1,300 hommes, chargés de l'entretien de
953 phares fixes et de 22 phares flottants, distribués sur
les côtes de l'Atlantique, du golfe du Mexique, du Pacifique
et de quelques lacs et rivières. On maintient une flottille de
29 bâtiments pour le ravitaillement de ces postes et la
surveillance de 3,259 bouées. Les dépenses résultant de ce
service s'élèvent à 2,000,000 de dollars annuellement.

Le Gouvernement fédéral avait exhibé des appareils
éclairants, immédiatement utilisables, formant série depuis
les feux à éclipses de premier ordre jusqu'aux instruments
de cinquième à sixième rang. On avait appliqué jusqu'à
présent, aux lampes de première, seconde et troisième
dimension, le système Fresnel. On les alimentait au moyen
d'oléine ou d'huile de baleine, injectée sur les mèches par
un mouvement d'horlogerie. Ce procédé n'est pas encore
abandonné, mais on commence à lui substituer le système

Funck, d'un mécanisme plus simple, et dont l'action, paraît-il, est plus régulière. Les lampes à modérateur ne sont employées, aux États-Unis, que pour les feux de quatrième, cinquième et sixième ordre.

Quelques vues photographiques complétaient cet étalage, représentant divers phares particulièrement importants, et entre autres le *Minot ledge light*, placé à l'entrée de la baie de Boston ; le *Spectacle reef light*, élevé en 1874, à l'est de la Passe de Mackinac ; le *Sombrero reef* et l'*Alligator reef*, en Floride, etc.

De grandes améliorations ont été réalisées, par les soins du Gouvernement central et des administrations des divers États, au cours des fleuves et des rivières dépendant du territoire de l'Union. Le passage des *Narrows*, près de New-York, était obstrué par les récifs rocailleux de *Hell-Gate* : on les a fait sauter après d'immenses labeurs, opération qui ouvre une voie nouvelle aux gros navires se rendant au port de New-York. La Rivière Rouge, dont le lit était encombré, sur un espace de 150 milles, de troncs d'arbres renversés et fixés dans l'eau, a été déblayée et rendue navigable. Le *Government Building* contenait, relativement à tous ces travaux, des plans, des dessins et des modèles de grande valeur, que nous devons toutefois nous contenter d'indiquer.

L'exposition organisée par la Société des Ingénieurs civils américains était également riche, et donnait une idée très avantageuse de l'habileté ainsi que de l'esprit éminemment pratique de ses membres. Celle de la *Keystone Bridge Company* était des plus remarquables. Elle comprenait, entre autres choses, un modèle du pont suspendu construit par cette compagnie à Raritan-Bay. La portée de ce pont est de 472 pieds ; ses armatures ont 40 pieds de hauteur à leur point central, et 30 pieds d'élévation à leurs extrémités. D'autres modèles se rapportaient au pont de St-Louis, sur le Mississipi, de 520 et 515 pieds; à ceux de Newport, de 420 pieds; de Keokuk, de 387 pieds; de Connecticut-River, à quatre arches, d'une portée de 200 pieds, etc.

Les travaux publics exécutés en Belgique et en Angleterre, si importants et si variés, embrassant la création de nombreuses voies ferrées, des entreprises de canalisation et de barrage, le creusement de bassins et de docks à l'usage des navires de mer, la construction d'imposants édifices, n'étaient point représentés à Philadelphie. Cette lacune était regrettable, et nous espérons qu'elle sera comblée aux futures expositions internationales. La Belgique, sur le territoire de laquelle s'opère un mouvement de transit des plus actifs, a particulièrement intérêt à faire apprécier, en toutes occasions, les ressources exceptionnelles qu'elle offre, tant par sa position géographique que par le développement de ses voies de communication, aux relations internationales. Nous n'avons à relever dans le compartiment belge que quelques notices sur l'établissement géographique fondé en 1830 par Philippe Vander Maelen, ainsi qu'une carte agricole du pays, due à M. C. Malaise, de Gembloux. Cette carte, basée sur des données géologiques, indiquait, au moyen de signes et de couleurs, le genre de culture ainsi que les caractères spéciaux des régions ou zones composant le sol belge.

On avait reçu d'Allemagne de belles cartes géographiques, dressées à Weimar, supérieurement exécutées. Les moindres reliefs de terrain y étaient reproduits avec une clarté remarquable, malgré une profusion de détails qu'il n'a été possible d'obtenir qu'après de longues et laborieuses études.

17

Les collections relatives aux travaux publics entrepris
au Chili étaient dignes d'un sérieux examen. On y remarquait de grands dessins figurant quelques ponts, hardi-
ment construits, reliant divers points de la voie ferrée établie entre Valparaiso et Santiago ; des vues sectionnelles
de plusieurs édifices, élevés récemment dans cette dernière
ville, et des renseignements intéressants sur les améliorations considérables apportées depuis quelques années au
port de Valparaiso. Le Chili se distingue, parmi les États
de l'Amérique du Sud, par une intelligente activité, qui
exercera la plus heureuse influence sur les destinées de ce
pays.

Le Gouvernement de la République Argentine obéit aux
mêmes tendances : il avait exhibé à Philadelphie une carte
sphérique du Rio de la Plata ; un plan topographique des
provinces de San Juan, de Cordoba et de Mendoza ; un plan
du lac de Reloncavi, etc., etc.

Le quart brésilien, si bien emménagé dans toutes ses
parties, nous offrait quelques remarquables travaux de topographie, appuyés de nombreuses vues photographiques,
prises sur différents points du territoire impérial. Nous
avons à noter, parmi les plus intéressantes d'entre les
pièces exposées, une carte géologique de la province de
Minas-Geraës, due à M. Garieix, et un plan des docks Dom
Pedro II, établis à Rio-de-Janeiro. Ce plan était accompagné d'une collection des bois employés à la construction
desdits docks.

Les études géographiques sont très suivies en Danemark,
d'où l'on avait expédié à Philadelphie un magnifique atlas,
contenant deux groupes bien distincts de cartes, d'une
bonne facture. Le premier de ces groupes se rapportait
aux Iles Danoises situées à l'est du Petit-Belt ; le second,

au Jutland et à l'île de Bornholm. Les cartes exhibées, à l'échelle de 1/80,000, étaient construites d'après la méthode Flamsteed modifiée, à développement conique, très apte à représenter une petite partie de la surface terrestre. Le méridien moyen y était placé à 2° 12′ à l'ouest de l'ancien observatoire de Copenhague, et la tangente parallèle à 56° lat. Nord. L'atlas danois se composait d'un titre et de 29 feuillets, chacun de ces derniers embrassant un espace de 20 milles carrés.

Le réseau des voies ferrées suédoises et norwégiennes, qui a pris beaucoup d'extension de 1854 à 1874, était représenté à l'Exposition internationale de 1876 par des tracés très élaborés. A côté de ces tableaux, d'un incontestable intérêt, on remarquait des cartes géographiques et géologiques de la Suède et de la Norwége, dressées par M. J.-M. Larrson, de Stockholm ; par la Commission royale de géologie, etc.

Les classes 330 à 335 n'avaient pas été négligées dans le département canadien. Indépendamment de nombreux modèles de ponts, à différents usages, ce département contenait un plan de la ville de Québec, édité par M. Paul Cousin, et deux belles cartes relatives à la Nouvelle-Ecosse et à la Colombie britannique, construites par le Dr Honeyman et par le colonel A.-T. Anderson. Ces cartes ont été très remarquées, les territoires qu'elles décrivent étant encore peu connus et peu habités.

Mentionnons aussi une collection de photographies, reproduisant des travaux d'art et d'architecture, envoyée au Centenaire par quelques exposants autrichiens et, entre autres, par la Société viennoise de Construction, MM. Baumer, Rudolphe Boyer, Fred. Bomches, la Commission du Danube, etc. M. John Bechar, de Téplitz, exhibait une carte des terrains carbonifères dépendant de la monarchie austro-hongroise.

Dans le quart italien, nous n'avons observé qu'un projet de tunnel, présenté par M. Linari, de Rome.

La section espagnole était beaucoup plus riche. Nous y avons vu, entre autres choses, un plan de la ville, du port, des docks et de la citadelle de St-Sébastien; un modèle du pont *Puerto de Alcantara*, bâti en pierres, sur six arches; un fac-simile réduit de l'aqueduc de Ségovie, posant sur 75 arches simples et 24 arches doubles; des plans de casernes élevées aux environs de Madrid et de la Corogne; un modèle du château de St-Jean d'Ulloa, faisant partie des défenses de Vera-Cruz, etc.

L'une des pièces les plus curieuses de cet étalage consistait en un plan-relief d'une partie de la côte d'Afrique, faisant face à la Péninsule. Ce plan, qui avait plus de vingt pieds de longueur, reproduisait fidèlement le littoral africain, jusqu'à une distance de plusieurs milles vers l'intérieur, avec tous ses accidents de terrain, ses rocs, ses forêts entrecoupées de sentiers et de routes. C'était une œuvre des plus minutieuses, d'une exactitude parfaite.

La Halle aux Machines.

La Halle aux Machines comprenait deux avenues, de 90 pieds de largeur sur 1,360 pieds de longueur, avec aile de chaque côté. Entre ces deux avenues se présentait une galerie principale formant, au centre de l'édifice, un transept de 90 pieds de largeur.

Au milieu de ce transept, deux puissantes machines

jumelles, construites dans les ateliers de M. George Corliss, de Providence, Rhode-Island, avaient été installées et attiraient l'attention générale par leur excellente facture, la facilité de leurs mouvements, la régularité mathématique de leur action.

Ces appareils constituaient le foyer vital — s'il nous est permis d'employer cette expression — des engins de toutes natures et de toutes dimensions fonctionnant incessamment autour d'eux : ils leur transmettaient la force motrice nécessaire à leurs évolutions, d'une extrémité du *Machinery-Hall* à l'autre. On se sentait disposé, à première vue, en contemplant leur masse imposante, à leur attribuer des proportions démesurées. Tel n'était pas cependant le cas, leurs cylindres n'ayant qu'un diamètre de 40 pouces, soit 70 pouces de moins que ceux de deux steamers bien connus, le *Bristol* et le *Providence*.

Les chiffres suivants donneront une idée, au surplus, de leur construction. Leur pouvoir était évalué à 1,400 chevaux-vapeur :

Diamètre des cylindres	3 pieds	4 pouces.	
Mouvement des pistons	10 "	0	"
Diamètre des tiges de piston (acier) . . .	0 "	1/4	"
Vitesse, 36 révolutions par soixante secondes correspondant à un mouvement de piston de 720 pieds par minute.			
Longueur des balanciers	27 "	0	"
Profondeur des balanciers, au centre. . .	9 "	0	"
Poids de chaque balancier, 11 tonnes.			
Longueur de l'arbre du volant	12 "	0	"
Son diamètre	1 "	7	"
" " aux portées	1 "	6	"
Sa longueur " "	2 "	3	"
Diamètre du volant	30 "	0	"
Nombre d'engrenages du volant, 216.			
Son poids, 56 tonnes.			

Les machines Corliss sont très appréciées en Belgique et y ont été adoptées dans différents établissements. M. P. Van den Kerchove, de Gand, avait rendu hommage à leur inventeur en envoyant à Philadelphie deux belles machines horizontales, d'une force de 160 chevaux, agencées suivant la méthode américaine.

Après avoir étudié, à leur origine, les forces utilisées au *Machinery-Hall*, examinons comment on y avait organisé un service également important et tout aussi indispensable, celui de la distribution des eaux, dont on employait journellement une énorme quantité.

Elles provenaient de la rivière Schuylkill, située à peu de distance des locaux de l'Exposition, et en étaient extraites au moyen d'excellents appareils, dus à M. Worthington. Ces appareils se composent de deux pompes, placées à côté l'une de l'autre et disposées de telle sorte que la tige de piston de la première ouvre les soupapes de la seconde, quelques instants avant d'avoir achevé son parcours. Par suite de ce mouvement, la deuxième pompe fonctionne avant que la première soit arrivée à son point d'arrêt, et vice-versâ, c'est-à-dire qu'elles agissent concurremment pendant l'intervalle fort court durant lequel l'une épuise son impulsion et l'autre atteint toute sa vélocité. Il résulte de cette combinaison un jet d'eau constant, impossible à obtenir par le jeu de piston irrégulier des pompes ordinaires, réglées par des machines à volant. Les pompes Worthington, au contraire de ces dernières, manœuvrent sans aucune secousse et sans vibrations. Leurs moteurs sont arrangés d'après le système Woolf, utilisant la vapeur sortant d'un petit cylindre à haute pression, dans un cylindre à base pression d'une dimension plus considérable.

Nous venons de tracer un tableau d'ensemble de la Halle

aux Machines, en signalant, très superficiellement, il est vrai, les éléments principaux de son animation et de son mouvement. Il nous reste, pour compléter cette esquisse, à y ajouter quelques détails concernant les diverses sections qui en constituaient les parties intégrantes.

Commençant notre revue par l'exhibition belge, nous constaterons tout d'abord qu'elle faisait honneur à l'industrie nationale, bien qu'elle fût loin — nous devons bien le dire — d'en représenter toutes les ressources. En effet, plusieurs des plus grandes usines de Belgique, et entre autres celle de Seraing — qui dispose d'une force motrice de 6,600 chevaux-vapeur, et dont la production annuelle s'élève à environ 40,000,000 de francs — s'étaient abstenues d'y concourir. Nous avons mentionné ci-dessus les deux machines Corliss expédiées à Philadelphie par M. Van den Kerchove. Cet habile industriel avait exposé, en plus, au Centenaire, une machine Rider de la force de cinquante chevaux, qui y a été fort remarquée, de même que les appareils de fonçage de M. Valère Mabille, de Mariemont, dont nous avons déjà rendu compte précédemment. A côté de ces belles pièces, nous avons à citer, parmi les produits belges, quatre perforateurs, placés sur affût, fabriqués par MM. Dubois et François. Ces instruments, d'une si grande utilité dans les travaux de mines, rivalisaient très avantageusement avec les engins du même genre étalés dans le département américain.

M. Célestin Martin, qui a contribué largement au développement des manufactures verviétoises depuis 1850, avait envoyé à l'Exposition universelle de 1876 des métiers. un dévidoir et un modèle de machine à carder — nouveau système à lanières — que nous ne mentionnerons ici que pour mémoire, leurs qualités étant suffisamment connues en

Belgique. Les cardiers belges soutiennent à l'étranger la bonne réputation qu'ils ont su s'y créer. Si leurs articles se vendent à des prix un peu plus élevés que la marchandise française, ils sont, en compensation, beaucoup plus durables.

Ajoutons, avant de passer à l'étude d'un autre département, que M. Moreau, de Bruxelles, avait installé dans la *Machinery-Hall* d'excellentes machines à élever les liquides, à savoir trois pompes à vapeur, système Greindl, dont l'une à moteur direct, méthode Brotherhood, débitant 350 litres par minute ; une autre, actionnée par courroie, émettant 600 litres dans le même intervalle ; une troisième, en bronze, pour distilleries, d'une capacité de 200 litres par minute. L'exploitation des pompes, système Greindl, comporte la construction d'appareils à incendie, de pompes à compression et à vide, de toute force, depuis 50 jusqu'à 125,000 litres par soixante secondes.

La section allemande contenait, indépendamment des canons Krupp, dont nous n'avons pas à parler ici, quelques manomètres, confectionnés par MM. Julius Blancke et Cⁱᵉ, de Mersebourg ; des extincteurs du type Bircher, et des moteurs à gaz, venant de Deutz, près de Cologne. Ces moteurs reposaient, comme ceux que l'on connaît déjà, sur le principe de l'inflammation d'un gaz combustible par l'oxygène de l'air, combustion qui produit un développement considérable de chaleur et, par conséquent, un accroissement de pression et de volume de ces gaz : de là un travail disponible, que l'on peut recueillir sur un piston et transmettre aux outils que l'on veut faire marcher. De tels moteurs, construits de façon à ne pas être trop dispendieux et à ne pas exiger d'entretien ni de surveillance difficiles, rendraient de nombreux services dans les petites industries.

Il nous semble douteux que les problèmes qui se rattachent à leur structure aient été résolus, jusqu'ici, d'une manière entièrement satisfaisante.

En somme, les industriels allemands n'étalaient, à Philadelphie, dans la Halle aux Machines, rien de particulièrement important, ni de réellement original.

Le quart britannique ne donnait aucune idée de l'immense activité, si intelligemment employée, des constructeurs et mécaniciens anglais. Il était, comme le précédent, médiocrement fourni. Nous y avons observé cependant une haveuse, très recommandable, manufacturée par MM. Baird, William et Cⁱᵉ, de Coatbridge, Écosse. Elle réalisait quelques perfectionnements nouveaux, complétant avantageusement la haveuse de Gledhill.

MM. Mirrlees, Tait et Watson, de Glascow, exposaient d'autre part une machine à broyer les cannes à sucre ; un moteur sans soupape faisant fonctionner une pompe en rapport avec une chaudière à évaporer ; des engins à force centrifuge servant à séparer le sucre du sirop. Les appareils de MM. Mirrlees, Tait et Watson sont généralement adoptés aux Indes anglaises.

MM. Galloway et fils, de Manchester, avaient au Centenaire quelques belles chaudières à vapeur de leur système, soigneusement travaillées, construites en acier. Une autre machine anglaise, présentée par M. T. Stevens, de Coventry, attirait chaque jour la foule. Elle servait à tisser des signets de livres, ainsi que des rubans à devises et à fleurs, portant des noms, des portraits ou des symboles.

Les machines envoyées du Canada ne brillaient ni par le nombre, ni par l'originalité : elles offraient plutôt des imitations plus ou moins réussies que des innovations importantes. Nous signalerons toutefois, dans ce groupe, un

broyeur à écraser le quartz aurifère, provenant de l'usine
de MM. Symond et Cⁱᵉ, de Halifax, en Nouvelle-Écosse, et
une rabotteuse verticale, du prix de 850 dollars or, faite
par MM. Mᶜ Kechnie et Bertram, de Dundas, État d'Ontario.

L'industrie française n'était représentée au *Machinery-Hall*
— comme celle, d'ailleurs, des principaux États européens
— que d'une manière très imparfaite. Un constructeur de
matériel de chemins de fer y avait étalé quelques-uns de
ses produits, comprenant des roues de wagons, des essieux,
d'un bon travail. Mentionnons encore, dans le même contingent, un métier à tisser la soie, quelques machines
électriques, quelques presses lithographiques, un petit
nombre d'établissements de confiserie avec outillage, etc.
Pour juger de l'habileté des constructeurs français, il fallait, non pas parcourir la Halle aux Machines où ils
s'étaient abstenus de paraître, mais visiter le pavillon élevé
dans le parc de Fairmount par les soins du Ministère des
Travaux Publics, dont nous avons déjà rendu compte précédemment.

Un inventeur russe, M. Alisoff, de St-Pétersbourg,
avait expédié à Philadelphie une machine typographique à
laquelle nous devons consacrer quelques lignes, car elle
était remarquable, tant par sa structure ingénieuse que
par la netteté des impressions qu'on en obtenait et la
variété des caractères dont elle permettait l'emploi. Cette
machine écrivait — si l'on veut bien nous permettre cette
expression — en lettres russes ou latines ; traçait des
majuscules, de petites capitales, des chiffres, des signes,
des points de ponctuation et tous les accents français.
Pour la faire marcher il suffisait de mouvoir une aiguille
posée sur un cadran, jusqu'à la lettre qu'on désirait repro-

duire, indiquée sur ledit cadran, et d'appuyer le pied sur une pédale, mouvement qui mettait en branle un mécanisme réalisant l'impression de la lettre désignée. Cette opération se faisait à peu près aussi rapidement que par l'écriture à la main.

Le même industriel présentait de plus un nouveau procédé, perfectionné par lui, pour photo-lithographier de la musique. Dans ce système, les portées, les notes et les signes, imprimés sur papier fin, sont déposés dans de petites boîtes, d'où on les retire pour les coller successivement sur une plaque de verre, la régularité du placement étant assurée au moyen de bandes de papier fort, rangées sur le revers du carreau. De cette façon, la composition se fait plus promptement, au dire de M. Alisoff, qu'elle ne s'opère à l'aide de types. On prend alors une épreuve négative de l'ensemble, la lumière traversant le verre, et l'impression s'en fait sur pierre, d'après la méthode usuelle.

Le département des États-Unis occupait le plus d'espace dans la Halle aux Machines et comprenait, en général, les objets les plus intéressants exhibés dans ce vaste édifice. Cette prédominance de la manufacture indigène s'explique naturellement. Elle se trouvait, à Philadelphie, dans son véritable centre et n'y était entravée ni par les sévérités d'un tarif exorbitant, ni par des difficultés de transport entraînant des frais considérables. L'incertitude des ventes ne l'inquiétait guère, car un insuccès momentané, en présence d'un marché toujours actif et toujours à portée, ne l'exposait pas nécessairement à de nouveaux sacrifices. Elle avait, de plus, intérêt à s'affirmer, à faire constater par la nation américaine les résultats obtenus, à exagérer même ceux-ci, afin de s'assurer, pendant quelque temps encore, le maintien du régime douanier auquel elle fait remonter son développement et qui contribue plutôt, d'après nous, à la maintenir dans un état d'instabilité caractérisé par des crises périodiques, aussi désastreuses pour elle-même que nuisibles aux masses populaires qui en subissent les conséquences.

Quoi qu'il en soit, la collection de machines, de provenance américaine, réunie au *Machinery-Hall*, était fort complète et extrêmement variée. Pour la décrire dans ses détails, il nous faudrait, non pas les quelques pages que nous pourrions lui consacrer dans la revue sommaire que nous faisons en ce moment, mais tout un volume, du format du présent ouvrage. Nous nous bornerons donc à en indiquer çà et là les points saillants, laissant aux spécialistes le soin de la soumettre à un examen plus sérieux et plus approfondi.

Les Américains excellent particulièrement dans la construction des locomotives; la confection du matériel d'exploitation des voies ferrées; la manufacture des chaudières à vapeur; des moteurs et de leurs accessoires; des machines-outils à travailler le bois ou le fer, et des turbines. Toutes les grandes compagnies de chemins de fer, aux États-Unis, possèdent des ateliers de construction, parfaitement montés. Indépendamment de ceux-ci, quelques usines, parmi lesquelles nous citerons les *Baldwin locomotive works*, de Philadelphie, et les importants établissements de M. Clark et de M. Roger, à Patterson, contribuent largement à la production.

Les *Baldwin locomotive works* furent installés en 1831 par M. Mathias W. Baldwin. Depuis leur fondation jusqu'au 10 mai 1876, on y a construit 3,886 locomotives, vendues aux États-Unis, ou exportées en Canada, dans la Nouvelle-Écosse et l'île du Prince Edouard, à Cuba, au

Mexique, au Brésil, à Buenos-Ayres, à Costa-Rica, au Pérou, au Chili, en Allemagne et en Russie. L'usine est suffisamment outillée pour produire 500 locomotives annuellement. Son plus haut chiffre de fabrication a été atteint en 1873. Elle occupait, cette année, 3,000 ouvriers et compléta 437 locomotives. Depuis lors, son personnel a diminué dans de fortes proportions et comprend actuellement 1,500 à 2,000 employés et travailleurs. Toutes les parties des machines confectionnées dans la manufacture — sauf quelques pièces d'acier supérieur, les roues pleines, en fonte, coulées en coquille, et certains tubes de chaudières — sont faites dans l'établissement. Les *Baldwin locomotive works* sont exploités aujourd'hui par MM. Burnham, Parry, Williams et Cie. Ils avaient exposé, au Centenaire, cinq de leurs locomotives dont nous rappellerons brièvement les traits principaux.

La première était une machine à voyageurs, disposée pour une voie de 4 pieds 8 1/2 pouces de largeur. Elle était destinée à la *Lehigh Valley Railroad Company*. Cette Société se sert des locomotives de ce modèle depuis 1866, époque à laquelle elle mit sur rails la « Consolidation » sortie également des ateliers Baldwin et bâtie d'après les dessins et les plans de M. Alex. Mitchell, mécanicien en chef de la *Lehigh Valley Railroad Company*.

La seconde, du même modèle, à largeur de voie de 4 pieds 9 pouces, était destinée à la Compagnie du chemin de fer de Pensylvanie.

La troisième était une machine à marchandises, commandée par la Compagnie brésilienne du chemin de fer Dom Pedro II. Elle avait à parcourir une voie de 5 pieds 3 pouces et était faite d'après le type dit « Mogul » pour l'emploi du charbon bitumineux.

La quatrième, essentiellement américaine dans ses détails, consumait du charbon anthracite et avait été acquise
par le *Central Railroad* du Nouveau Jersey, dont la voie
est de 4 pieds 8 1/2 pouces.

La cinquième enfin , également pour voyageurs et du
même modèle que la précédente, était réservée au service
de la *Pensylvania Railroad Company*, dont les voies ont
une largeur de 4 pieds 9 pouces, et qui utilise, comme
combustible, le charbon bitumineux.

Les usines de Patterson avaient expédié aussi quelques
belles machines. Nous avons remarqué en plus, au Centenaire, des locomotives provenant d'une firme de Pittsbourg,
dont la spécialité comprend la confection d'engins légers et
de force moyenne.

Les locomotives américaines ont différé, dès l'origine,
par certaines particularités de construction, des machines
européennes. Leurs cylindres sont placés, généralement, à
l'extérieur du cadre ou châssis et sont à peu près au
niveau des axes des roues motrices. Les machines à voyageurs ont huit roues, dont les quatre premières sont placées dans une armature mobile qui tourne sur un pivot
central, de façon à suivre les courbes de la voie, et dont
les quatre autres, situées en arrière, sont toutes du même
diamètre et accouplées au moyen de tiges parallèles. Les
machines à marchandises sont posées sur dix roues, celles
d'avant arrangées sur une armature à rotule ; les six
d'arrière — trois de chaque côté — accouplées pour agir
comme roues motrices.

Les engins américains sont munis, en outre, d'une sorte
de pavillon servant à protéger le mécanicien, et qui, recouvert de verre, lui permet de reconnaître la voie. Leur cheminée s'écarte du type de celle de nos machines, étant d'un

diamètre plus grand et munies d'un treillage métallique, ainsi que d'une plaque, aussi en métal, ayant pour objet de rabattre les étincelles, résultant du foyer, vers le sol.

La seule locomotive étrangère figurant à l'Exposition universelle de 1876 venait de Suède. Elle s'écartait aussi plus ou moins des modèles connus. Sa chaudière et sa boîte à feu occupaient proportionnellement plus d'espace que d'ordinaire. Le poids de cette locomotive se trouvait distribué sur un certain nombre de roues accouplées, et, pour contrebalancer les effets de l'accroissement de distance entre les essieux, le constructeur suédois avait employé des coussinets radiaux de son invention, agissant de manière à ce que les essieux, formant leur base, prissent la direction du rayon de toute courbe parcourue par la machine, en produisant un mouvement de côté, préventif de toute torsion.

Nous ne parlerons pas des chaudières à vapeur, très intéressantes cependant et très variées, exhibées dans le compartiment américain. Leur description n'est guère possible sans l'aide du dessin, et elle nous engagerait, d'ailleurs, dans des dissertations toutes professionnelles, étrangères à notre cadre et à notre sujet. Nous devons négliger également les perforateurs de même provenance — constituant pour la plupart des modifications du système Leschot — ainsi que les haveuses d'origine américaine, parmi lesquelles il en était une cependant, la *Monitor coal cutting machine*, qui nous a paru fort bien agencée. Ces spécialités seront traitées plus habilement que nous pourrions le faire par les ingénieurs et autres personnes autorisées que les divers gouvernements européens ont chargés de ce soin.

Mentionnons toutefois, avant de quitter la section des États-Unis, une installation particulière faite par M. Albert

Brisbane, dans le parc de Fairmount, à l'extrémité occidentale de la Halle aux Machines. Cet industriel y exposait une section de tube pneumatique, en exercice. Il y avait substitué, aux véhicules cylindriques à section perpendiculaire généralement en usage dans les transports pneumatiques, une sphère creuse, roulant dans ledit tube avec une vitesse considérable, après épuisement de l'air devant elle. Les objets à convoyer se trouvaient empaquetés dans cette sphère, où ils étaient maintenus au moyen de vis. La combinaison de M. Brisbane nous a paru digne d'attention, car la construction de grands tubes pneumatiques est relativement peu dispendieuse, si on en compare les frais à ceux que nécessite l'établissement de chemins de fer, et pourrait servir très avantageusement à l'expédition des lettres, des paquets et de marchandises diverses d'un volume moyen et qui doivent arriver promptement à destination. La sphère employée par lui remplit beaucoup mieux le but à atteindre — en raison de sa forme — que les récipients jusqu'ici utilisés.

L'étalage de machines à coudre, tant au Machinery-Hall que dans certain pavillon spécial, était plus complet qu'aucun de ceux qui ont été faits jusqu'à ce jour. Il comprenait les inventions les plus récentes réalisées dans cette spécialité au Canada, en Angleterre, en Allemagne, en Belgique, en France et en Russie. Les produits américains y figuraient naturellement en grand nombre. Les perfectionnements appliqués à la machine à coudre n'en ont pas modifié les caractères généraux qui n'ont guère changé. Ils tendent presque tous à l'adapter plus exclusivement à certains genres de travaux, et surtout aux ouvrages de broderie. Une machine française, fort ingénieuse, était disposée de façon à permettre à l'ouvrier d'étendre dans toutes les directions, sans la toucher, l'étoffe sur laquelle il avait à opérer. Ailleurs, un exposant américain présentait un appareil servant à broder automatiquement certains dessins. Il est parfois désirable d'employer des fils de couleurs différentes en même temps. On a réussi à obtenir ce résultat en inventant une machine qui agit, selon les besoins, avec une ou deux aiguilles. En général, les machines américaines nous ont semblé plus soignées, dans les détails, que leurs similaires venant de l'étranger. Celles-ci, il est vrai, se vendent à des prix moins élevés.

Les appareils américains les plus ordinaires se débitent, aux États-Unis, à 50 dollars, et en Angleterre, à 30 ou 35 dollars.

Agriculture.

ARBORICULTURE ET PRODUITS DES FORÊTS. — Les États-Unis sont très productifs en bois de construction, d'ornementation et de teinture. On compte, dans les forêts américaines de l'Est — pour ne citer que celles-là — 140 espèces différentes d'arbres.

Parmi ces derniers, 80 variétés atteignent 60 pieds de hauteur et au delà. Le peuplier de la Caroline, la sapinette noire, divers genres de chênes, le robinier faux-acacia, l'érable rouge, qui se développent vigoureusement dans ces forêts, fournissent d'excellents matériaux aux menuisiers et aux ébénistes ; les charrons et carrossiers y exploitent le chêne blanc châtaignier, l'orme rouge, le noyer pacanier, le noyer hictory ; les constructeurs de navires y trouvent des pins de toute beauté, et entre autres le pin du lord Weymouth, pour les mâtures ; le pin austral, extrêmement compacte, et dont on extrait une résine utilisée dans les arts sous le nom de térébenthine de Boston ; le noyer noir, au bois solide et dur, noirâtre après avoir été exposé à l'air, etc., etc.

Un grand nombre de ces produits forestiers figuraient au Centenaire, tant dans l'*Agricultural-Hall* que dans certaines installations spéciales. Nous y avons remarqué, de plus, une collection de conifères, venant du versant du Pacifique, très intéressante ; des cèdres et des cyprès de la Caroline du Nord ; des pins jaunes du golfe du Mexique et de la Georgie, d'où l'on tire du goudron, de la poix, de la térébenthine et des pièces de charpente fort estimées. Plusieurs États avaient expédié, à Philadelphie, des spécimens de toutes les essences indigènes dans leurs districts, et entre autres l'Indiana, l'Iowa et le Michigan.

Le Canada, de même que les États-Unis, est riche en forêts. Celles-ci sont composées en majeure partie de conifères. On y rencontre aussi, cependant, des érables, des hêtres, des frênes, des tilleuls, des noyers hickory et des chênes. M. F. Larochelle avait construit, dans le parc de Fairmount — pour mieux faire apprécier les ressources forestières du Canada — un pavillon, ou *Log-House*, très original. Ce bâtiment, de 75 pieds de long sur 50 de large, était supporté par dix fortes colonnes de bois à l'état naturel. On y montait par quatre escaliers, formés de pièces de sapin curieusement entrelacées. Il contenait des échantillons des bois les plus recherchés croissant dans la province de Québec.

Le département français ne comptait, dans les classes 600 à 606, que deux exposants, M. Augustin Delmas, de Toulouse, qui présentait un groupe de bois du pays, et

M. Gouturon, de Mezin, dont l'envoi consistait en pièces de liége manufacturées.

Dans la section allemande, nous n'avons eu à noter que quelques produits résineux, préparés par MM. Körper et Cie, de Mannheim. Le quart autrichien n'était guère plus fourni, une seule firme, celle de MM. Frankl, de Vienne, y figurant pour quelques bois d'ébénisterie.

L'étalage suédois avait plus d'importance. Les forêts occupent en Suède une aire de 175,690 kilomètres carrés, soit 42.8 p. c. du territoire national. Les pins, rouges et blancs, les bouleaux, les aunes et les trembles y dominent. Quelques districts, situés au sud de la rivière Dalelf, produisent des chênes. Les abattages s'y font, annuellement, dans les proportions suivantes :

Bois de chauffage . . . . . . ,	890,000,000	de pieds cubiques.
Bois de charpente et de menuiserie	110,000,000	—
Bois d'exportation	150,000,000	—

Les exportations, qui s'étaient constamment accrues de 1865 à 1872, ont subi, depuis cette époque, une notable diminution.

M. Wikström avait exhibé, à l'Exposition de 1876, au nom de la Compagnie suédoise de Gellivara, des bois coupés au 67° de latitude Nord.

La Norwége, comme la Suède, fait un grand commerce de bois, et particulièrement de sapins, dont ses parties montagneuses sont presque entièrement couvertes. M. Holst, de Ladegaardsoen, Christiania, avait réuni, dans l'*Agricultural-Hall*, des échantillons des principales essences forestières exploitées en Norwége.

Le contingent italien n'offrait rien de bien remarquable, On y voyait des feuilles de sumac, récoltées à Palerme et à

Trapani, très appréciées, comme on le sait, par les teinturiers et les tanneurs ; de la manne, recueillie à Salerne, et
une collection de semences rassemblée par un comité agricole de Sicile.

La partie la plus importante de l'exposition brésilienne,
dans la section agricole, était celle qui se rapportait à l'arboriculture. Les forêts du Brésil, extrêmement étendues,
remplies d'une végétation luxuriante, produisent en effet
une immense variété de bois d'utilité et d'ornementation,
également adaptés aux constructions navales, aux travaux
de menuiserie, d'ébénisterie ou de teinture. Le cocotier
abonde sur les côtes sablonneuses de l'Empire et y atteint
des dimensions beaucoup plus grandes qu'aux Indes ; le
carrasato est indigène au Brésil, où on le cultive à cause
de l'huile qu'on retire de ses graines ; le *Jacarandu,* ou bois
de rose, y croît rapidement et y fait l'objet d'une forte
exportation ; la *Césalpinia Brasiletto* — excellente pour la
teinture — se rencontre avec profusion, et de la meilleure
qualité, dans la province de Pernambuco. A côté de ces
végétaux précieux, le Brésil fournit des cèdres, du bois de
campêche, d'acajou, etc,, etc.

Des spécimens des richesses forestières des provinces de
Saint-Paul, de Bahia, de Sainte-Catherine, d'Alagoas, de
Rio-de-Janeiro, de Parana, de Macahé, de Para et de Goyaz
se trouvaient exhibés à Philadelphie. Ils méritaient un examen approfondi, que nous n'avons pu, malheureusement,
leur consacrer.

Le département des Indes anglaises renfermait quelques
échantillons de bois, de même que celui du Mexique. La
collection dépendant de celui-ci était bien composée et assez
complète. On y voyait, entre autres pièces, une immense
racine de bois d'acajou, des blocs résineux de balsamier, etc.

L'État libre d'Orange avait étalé, à Philadelphie, des planches d'eucalyptus, d'olivier, de saule et de mimosa. Tous ces bois, comme on le sait, prennent un beau poli. Le mimosa atteint, dans cette contrée, une dimension considérable et y est très employé dans les constructions.

Les Portugais avaient fait élever, dans l'*Agricultural-Building*, une grande pyramide, formée de quartiers de chênes-liége. La marchandise y était présentée sous toutes ses formes, en même temps que les outils de tous genres employés à la préparer.

Une colonie portugaise, l'île Saint-Thomas, étalait ses produits à côté de ceux de sa métropole. Nous y avons observé le *Tamarindus indica*, aujourd'hui cultivé aux Antilles; le *Soa-soa*, dont le bois ressemble à celui du citronnier; le *Manque de Rio*, le *Zenzen*, le *Capitao vespereira*, toutes essences d'une véritable valeur.

L'exhibition japonaise, peu importante quant au nombre, était disposée avec beaucoup de méthode. On y voyait un assortiment des principaux bois indigènes, quelques écorces et de la résine. Chaque bloc de bois exposé portait une ramille, garnie de feuilles, et une partie de son écorce; leur tranche, polie et vernie d'un côté, avait été laissée intacte de l'autre. Nous n'avons rien observé, au Centenaire, de plus pratique et de mieux combiné.

Sur le territoire de la République Argentine croissent de magnifiques cèdres, très recherchés par les constructeurs de navires; le pin américain, ou *Cury*, et le caroubier, dont les fruits sont comestibles et fournissent un agréable breuvage. Le contingent botanique de la République Argentine, au Centenaire, comprenait des écorces de *Curapaï*, de laurier; du bois de gaiac poli; des semences d'*Anona cherimolia;* des résines, de la salsepareille, etc., et, de plus, des collections de bois divers recueillis dans les provinces d'Entre-Rios, de Buenos-Ayres, de San-Luis, de Tucuman, de la Rioja, de Zujui, de Cordoba et de San-Juan.

PRODUITS AGRICOLES. — Un grand nombre d'exposants d'Europe, d'Amérique et d'Asie avaient envoyé des céréales, des graines et des plantes fourragères à l'Exposition internationale de 1876. Ces exhibitions ont peu de valeur, car elles se composent, en général, de spécimens remarquables, choisis parmi les gerbes, et ne donnant par conséquent qu'une idée très imparfaite du rendement moyen et de l'état réel des récoltes dans chaque pays. Nous nous bornerons donc à en faire mention.

On produit annuellement, aux États-Unis, 25,456,669 livres de houblon. Une firme française, celle de MM. Gutmann et Bloch, de Paris, et quelques maisons autrichiennes exhibaient, dans cette spécialité, des échantillons de leurs articles de vente.

La culture du thé, inconnue aux Européens avant 1712, était représentée en détail, au Centenaire, dans la section japonaise, grâce aux étalages de Sancho et Sannin Kambayashi, d'Uji, province de Yamashiro. On y avait placé tous les instruments utilisés dans cette culture, les couteaux, les ciseaux, les plateaux, les paniers qu'on y emploie et, de plus, des aquarelles fort bien exécutées, indiquant les développements successifs de l'arbuste et la manière de récolter ses feuilles. Vingt variétés de thés, toutes très estimées, faisaient partie de l'envoi.

Au Brésil, on substitue au thé, comme breuvage, des décoctions de feuilles de cafier et de maté, ou d'*Ilex Paraguayensis*. Un institut agricole de la province de Parana avait exposé des spécimens de cette dernière plante.

Les exportations de café, faites de l'Empire brésilien vers l'étranger, ont considérablement augmenté depuis quelque temps et atteignent aujourd'hui une valeur annuelle de 64,047,481 dollars. Les provinces de Bahia, de Sainte-Catherine, de Guara, de Boa-Esperanca, de Piedade, de Concordia, de Santa-Monica, d'Uniao, de Maranhea, de Campinas, de Saint-Paul et d'Iguape exhibaient, dans la Halle d'Agriculture, des produits de nombreuses plantations de cafiers établies sur leur territoire. On récolte aussi d'excellent café au Mexique. Quelques personnes le comparent, en qualité, à l'article d'Arabie. Le grain en est petit, arrondi, de couleur jaunâtre, d'un parfum très pro·noncé et très agréable.

Un État nouveau, et dont les progrès méritent d'être signalés, la République de Libéria, fondée en 1819, a inauguré la culture du cafier en Afrique. Cette tentative a parfaitement réussi, s'il nous est permis d'en juger par l'assortiment de grains, de fort belle venue, étalé par le Gouvernement de ce pays à l'Exposition universelle.

Trois firmes belges, celles de M. Ameye-Berte, de Gand, de MM. Bonenfant frères, de Jodoigne, et de M. Devos-Biebuyck, de Hal, se sont fait apprécier à Philadelphie par leurs échantillons de chicorée, brute et manufacturée. M. Vandendaele-Rigot, de Quiévrain, y présentait une machine à vapeur servant à la préparation des chicorées.

Les Colonies Néerlandaises, dont le commerce d'épices est fort considérable, avaient, au Centenaire, une quantité de produits de ce genre, parmi lesquels nous avons remarqué surtout du macis, des clous de girofle, des noix-muscade, etc., etc.

Le tabac est devenu aujourd'hui une matière indispensable, qui donne lieu à des travaux très actifs et à un négoce de premier ordre. Comme l'aire de culture de cette plante s'étend des pays tropicaux au 55° de latitude, dans les deux hémisphères, il est aisé de concevoir qu'elle figurait abondamment à l'Exposition internationale. Deux manufacturiers américains, de Louisville, en exhibaient, à eux seuls, 800 préparations différentes, et le nombre total des échantillons de tabac exposés à Philadelphie s'élevait à plus de trente mille !

Les États-Unis, le Mexique, le Brésil, le Chili, la Confédération Argentine, Cuba, la Jamaïque, les îles Philippines, le Japon, l'Hindoustan, la Nouvelle-Galles du Sud, la colonie anglaise du Cap, la Turquie, la Russie et l'Autriche avaient pris part à cet immense étalage.

Les États-Unis constituent, actuellement, la plus importante région de production pour les tabacs. Les districts américains les plus favorables à leur culture sont le Maryland, la Virginie, la Caroline du Nord, la Louisiane et le Kentucky.

En Virginie et dans la Caroline du Nord, on obtient d'excellent tabac à fumer et à mâcher. On y fabrique aussi une grande quantité de cigarettes. Les principales manufactures virginiennes, parmi lesquelles nous citerons celles de Sam. Bayley, P.-H. Mayo et frère, Turpin et frères, Louis Armstead, etc., sont installées à Richmond et à Lynchbourg. Le meilleur tabac louisianais, connu sous le nom de *Périque*, et très recherché, se récolte dans les environs de la Nouvelle-Orléans. Il possède un arome très prononcé. La manufacture des tabacs fait des progrès rapides dans le Kentucky, surtout depuis la guerre de sécession. Le Connecticut fournit aussi du tabac, mais d'une qualité inférieure.

Nous disions ci-dessus que la marchandise dont nous

traitons en ce moment donnait lieu à un commerce de premier ordre : on va en juger. Les États-Unis ont exporté, en 1874-1875, pour 27,844,470 dollars de tabacs bruts et manufacturés. On y a payé, en 1875, pour solde des droits d'entrée exigibles sur les produits étrangers importés, 6,000,000 de dollars or, et les taxes locales prélevées sur les tabacs manufacturés dans le pays ont élevé les revenus publics, la même année, de 33,000,000 de dollars.

L'île de Cuba et le Levant doivent être cités immédiatement après les États-Unis, comme centres producteurs. L'île de Cuba possède sur le Levant une supériorité établie, et le parfum de ses cigares défie toute concurrence. Quelques planteurs cubains retirent un prix considérable de leurs récoltes, et il est des crus, à la Havane, qui se vendent de 3,600 à 4,000 fr. le quintal. Les plus renommés, comme on le sait, sont ceux de la Vuelta-Abajo, et surtout les *Vegas*, venant de Lena, de Hatode-la-Cruz et de Rio-Hondo. Après ceux-ci, mentionnons encore ceux de Partidas et de la Vuelta-Arriba. Toutes ces localités sont situées dans la partie occidentale de l'île.

Quelques émigrés cubains, établis au Mexique, dans le district de Vera-Cruz, y ont appliqué récemment les procédés de culture en usage dans leur pays, avec le plus grand succès. Les cigares, de leur fabrication, exposés à Philadelphie, étaient de la meilleure qualité. On espère également obtenir d'excellents produits, du même genre, en Californie. Des essais y ont été faits, et les articles californiens sont comparables, dit-on, aux bons types de la Vuelta-Abajo.

On importe beaucoup de tabac turc aux États-Unis, pour la fabrication des cigarettes. On y emploie généralement le *latakié*, moins estimé cependant que la variété de Yénidjé-Karasou. Les tabacs brun-clair de Salonique, de

Trébizonde, d'Alep, de Djebel entrent plus rarement dans la consommation américaine.

Les produits brésiliens expédiés au Centenaire ont été très remarqués, particulièrement ceux de Bahia. On les emploie à la composition du tabac à priser. Il n'y a pas, au Brésil, de grandes manufactures de tabacs. Le planteur lui-même y prépare sa marchandise, pour la vente. Nous avons dit ci-dessus, que les Japonais figuraient, eux aussi, parmi les exposants. Les tabacs qu'ils avaient envoyés étaient parfaitement soignés, comme tout ce qui sort de leurs mains. On les a trouvés assez faibles, quoique d'un parfum délicat.

Les échantillons reçus des colonies portugaises rappe-laient, par leurs qualités, le *Périque* orléanais.

PRODUITS ANIMAUX ET VÉGÉTAUX. — La collection d'é-ponges exhibée dans la section turque était très complète. Elle comprenait toutes les espèces péchées dans la Méditer-ranée, depuis la grosse éponge commune, à larges trous, jusqu'au produit fin, servant à la toilette, venant des côtes de Syrie ou de l'Archipel. Quelques-uns des spécimens exposés adhéraient encore à la pierre sur laquelle ils s'étaient développés.

Les éponges originaires de la Méditerranée sont les plus estimées. Celles qu'on pêche sur les côtes de Bahama et de la Confédération Argentine — qui figuraient également au Centenaire — sont loin d'avoir la même valeur.

L'examen de la classe 651, qui suivait celle dont nous venons de parler, nous ramène aux exploitations agricoles proprement dites. Elle se rapportait à la laiterie et à toutes les manipulations qui s'y rattachent. On vend actuel-lement, aux États-Unis, beaucoup de lait condensé, qu'on y obtient par deux méthodes différentes. Suivant la prémière, le lait, sortant de la vache, est d'abord mis à refroidir pendant quelque temps. On le chauffe ensuite rapidement, jusqu'à 170 ou 180 degrés Fahrenheit, puis on le place dans un appareil à cuire dans le vide, où l'eau qu'il contient s'évapore, à une température n'excédant pas 130°. Après cette opération, il ne reste qu'une crème très épaisse, qui se coagule plus ou moins et qu'on peut conserver fort longtemps. Le second procédé consiste à mêler au lait un peu de sucre et d'alcali. On chauffe ce mélange en le plaçant au-dessus d'un récipient rempli d'eau bouillante, et on l'y laisse jusqu'à ce qu'il devienne très pâteux. On le dessèche ensuite en le passant entre des rouleaux, et on le met en boîte.

Nous avons remarqué des préparations similaires dans les compartiments suédois et anglais. Ajoutons qu'un industriel de Londres, M. Donald Nicoll, exhibait des capsules solubles, dans la composition desquelles entraient du café ou du thé, du lait et du sucre.

Le beurre, débité aux États-Unis, est de médiocre qualité. Le meilleur vient de Pensylvanie, de la Nouvelle-Angleterre, de l'État de New-York et de la partie septentrionale de l'État d'Ohio. Dans les États du Sud et de l'Ouest, il laisse beaucoup à désirer.

On donne plus de soin à la confection des fromages, surtout dans l'État de New-York, qui en exporte annuellement d'assez fortes quantités. Nous avons vu à Philadelphie du Stilton anglais ; des fromages de Roquefort, de France ; de l'Edam, de Hollande ; des fromages de Parmesan et de Gorgonzola, d'Italie, etc.

La classe 652 était consacrée à des articles de commerce d'une vente très suivie, c'est-à-dire aux cuirs, aux suifs, aux huiles, à l'ivoire, aux os, etc.

On a importé, en 1874-75, aux États-Unis, pour 18,536,884 dollars de cuirs tannés. Les exportations du même pays vers l'étranger, en ce qui concerne cette spécialité, s'élevèrent, durant la même période, à 6,286,397 dollars: Ce sont surtout les cuirs fins qui grossissent le chiffre des importations venues d'Europe.

Le *Shoe and leather Building* — un pavillon isolé que nous avons déjà cité précédemment — renfermait un assortiment considérable de cuirs américains. Quelques-uns des échantillons que nous y avons remarqués étaient de qualité supérieure et comparables aux meilleurs produits exhibés à l'Exposition internationale de 1876. En général, cependant, on a recours, en Amérique, à des moyens de tannage qui, tout en offrant l'avantage d'être très rapides, diminuent la solidité et la durabilité des peaux.

Dans la section anglaise, MM. Wilson, Walker et Cⁱᵉ, de Leeds, et MM. J. et R. Pulman, de Londres, avaient étalé des cuirs colorés de très bonne facture.

L'exhibition canadienne comprenait des peaux de mouton, des cuirs grenés et vernis, des cuirs de veau, des peaux d'ours et du cuir d'élan.

Les manufacturiers français de Saint-Saens (Seine-Inférieure) avaient organisé au Centenaire une exposition collective de leurs produits, très intelligemment faite. On y remarquait surtout des cuirs forts, parfaitement préparés. A côté de ce bel envoi se trouvaient des cuirs de Nantes, d'excellente qualité, des maroquins, des peaux de chevreau, etc.

Les Allemands prennent une part assez active aux importations de cuirs faites d'Europe aux États-Unis. Leurs tanneries étaient honorablement représentées à Philadelphie, de même que les établissements similaires autrichiens.

Parmi ces derniers, celui de MM. A.-H. Suess et fils, de Vienne, mérite une mention spéciale pour ses maroquins.

Dans le quart suisse, nous avons noté du cuir de veau noirci, manufacturé à Winterthur, près de Zurich, et, dans le département italien, quelques cuirs à courroies, très résistants. La section belge était assez fournie et contenait d'excellents articles. Nous signalerons, entre ceux-ci, les peaux de mouton, les cuirs blancs, les maroquins, les cuirs laqués, les peaux salées, les peaux d'Islande mégies, les peaux de chèvre satinées, les cuirs à chapeaux de MM. Ed. Bodart, de Louvain; E. Chantrain, de Schaerbeek; J. Lebermuth et Cⁱᵉ, de Bruxelles; Ocreman et E. Witdoek, de Malines; F.-A. Schmidtz et Cⁱᵉ, de Koekelberg; E.-B. Verboeckhoven, de Bruxelles.

L'État libre d'Orange se distinguait, parmi ces groupes, par l'originalité de ses produits. On y remarquait des courroies en peau de rhinocéros, d'une dureté et d'une solidité extraordinaires; des cuirs de *Caama*, ou de Cerf, du Cap, employés dans le pays à la confection des semelles et des harnais; des peaux tannées d'antilopes; des aiguillons servant à diriger les attelages, en peau de girafe, etc.

Quelques peaux, provenant des îles Sandwich, de différents degrés de finesse, étaient remarquables par leur tannage, ainsi que certains produits turcs. Ces derniers, malheureusement, étaient entassés pêle-mêle et très imparfaitement exposés. Divers envois de Suède, de Norwége, du Brésil, de Russie et de la Confédération Argentine complétaient l'ensemble, très varié, dont nous venons de faire brièvement la description.

Ajoutons, avant de passer à un autre sujet, qu'on avait exhibé à Philadelphie plusieurs substances de nature à être substituées, plus ou moins, au cuir. Un industriel américain, M. Harrington, fabrique une sorte de feutrage verni, imperméable à l'eau, bosselé au moyen d'un moule stéréotype, pris sur le cuir même. Il débite ce feutrage, connu sous le nom de « leatherette », en feuilles de 20 × 30 pouces, employées par les relieurs, et à la confection de ceintures, de boîtes, de garnitures de meubles.

Un fabricant danois, M. Kongens-Lynglig a eu l'idée d'utiliser les déchets de cuir et d'en constituer, à l'aide de quelques manipulations chimiques, des rouleaux d'une certaine dimension. Une paire de souliers de dame, provenant des ateliers de M. Kongens-Lynglig, et figurant à l'Exposition, était mise à prix à 80 cents américains.

Les colles fortes, les colles de gélatine, la grénétine, la baudruche sont manufacturées partout, et nous ne nous y arrêterons que pour mentionner la belle marchandise envoyée à Philadelphie par MM. Fréd. Puckridge et Neveu, de Londres. Ces industriels s'occupent particulièrement de la production de la baudruche, dont ils présentaient des spécimens excellents, à différents degrés de fabrication. Cette substance consiste, comme on le sait, en une sorte de parchemin très mince, que l'on prépare en dégraissant avec soin une fine pellicule, tirée du gros intestin du bœuf. La firme citée plus haut exposait des moules pour batteurs d'or, en forme de livrets, contenant 1,400 feuilles de baudruche doublées, soit 1,800 membranes, d'une épaisseur de 225 millimètres. L'achèvement d'une telle moule suppose l'abattage de 825 bœufs.

Les exportations de lard, faites des États-Unis vers l'étranger, atteignirent, en 1875, un total de 987,1997 tierçons, dont MM. Wilcox et Cⁱᵉ, propriétaires d'une raffinerie considérable, située à New-York, expédièrent près d'un sixième. Cette firme commença ses opérations en 1862.

Elle avait un étalage complet de ses articles à Philadelphie, de même que MM. Daubin et Cie, de Paris, qui exploitent un procédé rendant la graisse de porc inaltérable
à l'air.

Une maison argentine, d'autre part, exhibait de la
graisse de cheval et de l'huile d'alose. Le compartiment
néerlandais était fourni d'huile de foie de morue, mélangée,
dans quelques cas, avec de l'iodine et du fer.

Quant au contingent belge, il ne comprenait dans ce
groupe qu'un seul envoi, dû à MM. Fremerey et Cie, de
Verviers, fabricants d'huiles pour l'ensianage des laines, et
se composant d'échantillons d'huiles de Santos, de Ponzo,
de Brussa et de Ceylan.

La maison James Pagniol, de Marseilles; MM. J. Mottet
et Cie, de Grasse; MM. Mestrézat et MM. Seignouret
frères, de Bordeaux, avaient exposé des huiles d'olives
d'une pureté et d'une limpidité parfaites.

L'État libre d'Orange tenait le premier rang, pour son
étalage d'ivoire brut, à l'Exposition de 1876. Quelques-
unes des plus belles défenses d'éléphant expédiées à Philadelphie se trouvaient dans cette section. Nous avons remarqué aussi, toutefois, une très belle pièce, presque
droite, de six pieds de longueur, dans les collections colo-
niales du Portugal.

L'industrie du travail de l'ivoire est très-active en Angleterre et en France. Cinquante mille éléphants sont abattus
annuellement pour fournir l'ivoire nécessaire aux marchés
anglais. Les défenses d'éléphant provenant de Zanzibar y
sont toujours cotées à des prix élevés. Leur matière est
opaque, facile à travailler et exempte de craquelures.
L'ivoire d'Afrique, contrairement à celui d'Asie, ne jaunit
jamais.

La classe 653 était réservée aux œufs, aux plumes et au duvet. M. S. Berg, de Cracovie, exploite un procédé au moyen duquel on peut conserver, pendant plusieurs années, la partie nutritive des œufs, réduite en poudre. Cent sacs de ces préparations, du poids de 35 grammes chacun et contenant la matière de 5 œufs, se vendaient à Philadelphie à raison de 4 dollars 50 cents, or.

MM. Stein, Hirsch et Cie, de Chicago, exhibaient, d'autre part, de l'albumine et de la caséine, extraites d'œufs et de sang, industrie également pratiquée en Europe. Quelques manufacturiers italiens, de Florence et de Turin, en avaient envoyé des échantillons. Un certain nombre de nids comestibles figuraient dans le département hollandais, section coloniale.

En ce qui concerne les plumes, nous devons revenir à l'État d'Orange, dont nous avons parlé ci-dessus. Son étalage, au Centenaire, contenait des plumes d'autruches, préparées et non préparées, recueillies par les indigènes, sur l'oiseau à l'état sauvage, ou obtenues dans les fermes, où l'on commence à domestiquer l'autruche. Ces dernières sont, toutefois, inférieures en qualité aux précédentes.

Quelques spécimens de plumes de nandou, ou d'autruche américaine, étaient étalés dans le quart de la République Argentine.

Les meilleures plumes pour garnitures de lits s'exportent du Groenland, de l'Islande et de la Norwége. Nous avons observé, dans la section hollandaise, des plumes de poules, assorties, pour oreillers.

On avait reçu, à Philadelphie, des îles Sandwich, de curieux objets, manufacturés en plumes. Parmi ceux-ci, nous citerons un manteau de cérémonie, d'une grande vivacité de couleurs, des chasse-mouches et des cables, de nuances extrêmement brillantes.

D'excellentes plumes à écrire sont expédiées aux Etats-Unis, chaque année, de la Baie d'Hudson.

On s'occupe beaucoup d'apiculture, depuis quelque temps, dans l'Amérique du Nord. Les abeilles indigènes ne fournissant pas autant de miel que l'espèce européenne, on a introduit celle-ci, aux États-Unis, avec succès. Les procédés barbares d'autrefois, consistant à sacrifier l'essaim lors de la récolte du miel, ont été abandonnés, et l'usage des ruches perfectionnées a été universellement adopté. On avait réuni, au Centenaire, des miels d'origine anglaise, suisse, italienne, argentine et portugaise.

L'industrie contemporaine a fait de grands progrès en ce qui concerne la conservation, durant une longue période, des substances alimentaires, animales ou végétales. Les États-Unis possèdent, dans cette spécialité, quelques établissements de premier ordre, parmi lesquels nous mentionnerons la *Portland Packing Company*. Cette firme a installé, sur les côtes du Maine, du Nouveau-Brunswick, de la Nouvelle-Ecosse et aux environs du cap Breton, une trentaine de factoreries. Elle s'occupe surtout de la confection des conserves de homards, de poissons et de la mise en boîtes du maïs sucré de Yarmouth. Près de 100,000 homards par jour sont préparés dans ses ateliers, et elle consacre 1,700 acres de terre à ses cultures de maïs. Elle débite six à sept millions de boîtes de conserves annuellement. MM. Dunbar et fils, de la Nouvelle-Orléans, se sont fait une spécialité de l'empaquetage des crevettes du Mississipi, fort estimées, et qu'ils exportent en Europe.

L'espace important réservé à la France dans la Halle d'Agriculture était en grande partie occupé par des articles d'alimentation, fournis par MM. Alph. Biardot, Appert, Louis, Tivollier, etc.

MM. Peltier et Paillard, de Paris, y exposaient une boîte-bidon, d'un très petit volume, contenant séparément quatre rations de viande, bouillon et légumes, soit douze rations. Un soldat peut porter facilement six de ces boîtes sans allourdir beaucoup son bagage. Ces produits pourraient être d'une grande utilité à une armée en campagne. Parmi les végétaux et fruits conservés ou séchés venant de France, nous avons observé des flacons d'asperges, de petits pois et de cardons; de superbes champignons; des légumes traités par le procédé Chollet; des truffes exhibées par MM. Bonfils frères et Cie, de Carpentras; des compotes, des sirops d'oranges rouges, de Malte, fabriqués par M. Déjardin, etc.

La maison Louit frères et Cie, de Bordeaux, et surtout la maison Maille, avaient envoyé des pickles, de la moutarde et des vinaigres aromatisés excellents.

Dans la section anglaise, nous signalerons l'essence de bœuf de M. Edw. Schneider, de Londres; les extraits concentrés de viande de MM. Geyelin et Cie, et une grande variété de sauces et de condiments, pour la manufacture desquels les industriels anglais se sont fait une réputation méritée.

Le compartiment allemand contenait quelques conserves de poisson; celui de Norwége, des biscuits de même matière, de la veuve A. Rosings; le quart italien, des saucisses de Boulogne; l'exhibition autrichienne, des fruits conservés et desséchés; le département belge, des pâtes de pommes de MM. Mirland et Cie, de Frameries, près de Mons, etc.

Les États-Unis exportèrent, en 1874-75, 53,047,175 boisseaux de froment, 3,951,086 barils de farine de froment et 28,858,420 boisseaux de maïs. Ces chiffres donnent une idée de l'importance du marché américain relativement aux céréales. Parmi les grands établissements de mouture

dont les produits figuraient à Philadelphie, nous indiquerons ceux de MM. George V. Hacker et Cie, de New-York,
et de MM. C.-A. Pilsbury et Cie, de Minneapolis, dans le
Minnesota. Le premier est outillé de façon à fabriquer
2,500 barils de farine par jour; le second peut en fournir
un millier et occupe en moyenne 200 ouvriers.

Les pâtes farineuses de tous genres, les macaronis, les
vermicelles, les semoules, les composés de farine de manioc
ou d'arrow-root, ne manquaient pas dans la Halle d'Agriculture, mais nous nous bornerons à en faire mention.

L'amidon est un article indispensable, d'un usage universel. Un grand nombre de manufacturiers américains en
exhibaient, et entre autres M. André Erkenbrecher, de Cincinnati, dont l'usine est très grandement montée. On y
emploie 130 ouvriers, qui livrent à la consommation, journellement, 35 tonnes de marchandises. Une autre manufacture du même genre, exploitée par une compagnie, la
Oswego Starch Factory, tire de l'amidon de la farine de
maïs, d'après le procédé Kingsford. Sa production s'élève,
annuellement, à 21,500,000 livres de fabricats.

Une maison de Louvain, celle de MM. Remy et Cie, exposait au Centenaire, dans le compartiment belge, de l'amidon
et autres produits similaires, de bonne qualité.

La culture de la vigne s'est considérablement développée
aux États-Unis, surtout en Californie. Dès 1867, on produisait annuellement, dans les districts du Pacifique,
4,000,000 de gallons de vins et 40,000 gallons d'eaux-de-
vie de raisins. En 1870, on calculait que les vignobles californiens contenaient environ 30,000,000 de plants, soit 900
par acre, et que leur nombre s'accroissait annuellement de
30 p. c. Quelques crus américains sont très recommandables,
quoique caractérisés par un certain goût résineux, particu-

lier aux vins du pays. MM. Smith et fils, de New-York ; MM. Dreyfus et Cie, de San-Francisco ; la Société vinicole de Buena-Vista ; M. G. Mahé ; M. J. Landsberger et Cie, ainsi que beaucoup d'autres propriétaires de vignobles et négociants en vins, aux États-Unis, avaient établi des dépôts et de splendides étalages dans l'*Agricultural-Hall*.

Les importations de vins, de spiritueux et de cordiaux étrangers, aux États-Unis, représentaient, en 1874-75, un capital de 7,759,464 dollars.

Le département français, naturellement, était des plus fournis dans ces spécialités. On y remarquait, en fait de liqueurs, de l'anisette, de Marie Brizard et Roger ; de la crème de menthe, de Cusinier ; l'élixir Combier ; l'eau souveraine, de Marchand frères ; le curaçao, de Rousseau frères ; la liqueur St-Émilion, de la maison Louit ; la liqueur de la Grande-Chartreuse, tous produits bien connus et justement appréciés.

Plus de 400 exposants, des diverses régions vinicoles de la France, y exposaient des vins et cognacs. Toutes les marques de Bourgogne, de Bordeaux et de Champagne, depuis le fameux Clos-Vougeot et le Romanée jusqu'au plus humble vin de Macon ; depuis le Château-Laffite et le clos d'Estourmel jusqu'au plus modeste claret ; depuis le Champagne Roederer jusqu'aux vins de Saumur, qu'on vend souvent aux États-Unis pour des Mumm ou des Piper-Heidsick, s'y trouvaient représentées par d'importants assortiments.

D'Angleterre, on avait reçu des eaux-de-vie de cerises, fabriquées par M. Thomas Grant, de Maidstone ; des eaux minérales, dues à M. Hiram Codd, de Londres, et du wiskey d'Écosse, de diverses provenances.

L'Allemagne, comme la France, présentait au public américain une collection remarquable de ses vins, formée des envois de 78 exposants, et comprenant les meilleurs vins du Rhin, sur le mérite desquels il est inutile d'appeler l'attention. Le quart allemand était non moins riche en liqueurs spiritueuses de tous genres et comptait, dans cette classe, 22 exposants.

Les distillateurs suisses, du canton de Neufchâtel, exhibaient leurs absinthes, vertes et blanches, et leur kirchwasser; les Hollandais — dont l'installation était très élégante — leurs eaux-de-vie de Schiedam; les Suédois et les Norwégiens, du punch de très bonne qualité. M. Hagendahl, de la petite ville suédoise d'Orebro, faisait connaître un produit local, une variété d'eau-de-vie, obtenue d'une sorte de lichen, plus ou moins comestible, le cénomyce des rennes.

Les meilleurs vignobles chiliens sont ceux d'Ochagavia, de Tocornal, de Dupuch, d'Urmenita, de Subercaseaux, etc. Ils fournissent des vins blancs et rouges, ainsi qu'un excellent *mosto*, qui rappelle l'oporto. Une pyramide de bouteilles, placées dans la section chilienne, se rapportait à ces crus. Plusieurs variétés de vignes d'Europe, introduites au Chili, y réussissent parfaitement.

Dans la section belge, nous avons remarqué des cordiaux et des eaux minérales, de MM. Schaltin, Pierry et Cie, de Spa, et du genièvre, envoyé par MM. Van den Berghe et Cie, d'Anvers; dans le quart italien, quelques bons vins indigènes, du vermouth, de la liqueur de Pise, de la Chartreuse et des vinaigres; parmi l'étalage turc, des eaux-devie, du muscat et du vin de Samos; dans le département portugais, des cordiaux, de l'Oporto, etc., etc.

Nous n'insisterons pas davantage sur tous ces produits, parfaitement connus et classés en Europe. Il nous reste d'ailleurs à visiter, avant de clore la présente revue, déjà

longue, le pavillon construit dans le parc de Fairmount par
les Brasseurs, et exclusivement consacré à leur industrie.
On y avait réuni non-seulement des bières de toutes ori-
gines, de la drèche, des houblons, mais aussi une foule
d'appareils, en usage aux États-Unis et au dehors, dans les
brasseries. Le pavillon dont il s'agit, d'un dessin très élégant, constituait un spacieux local, de 272 pieds de long
sur 96 pieds de large.

Nous y avons puisé les renseignements qui vont suivre.
La production de la bière est surtout active dans les îles
Britanniques, qui occupent, sous ce rapport, le premier
rang. L'ale anglaise de Burton; les ales écossaises, et particulièrement celle d'Édimbourg; le stout de Dublin, sont
exportés partout. L'Allemagne suit immédiatement l'Angleterre dans cette industrie. On compte, approximativement,
sur le territoire germanique, une vingtaine de mille brasseries. Aux États-Unis, auxquels revient le troisième rang
— ainsi que nous avons pu le constater — on a installé,
depuis 25 ans, 2,600 brasseries, fabriquant annuellement
285,000,000 de gallons de bières. Quelques-uns de ces établissements sont très considérables. L'un des plus achalan-
dés livra à la consommation, en un an, 4,225,000 gallons
de ses fabricats.

L'Autriche-Hongrie, avec 2,636 brasseries, doit être
classée, dans notre nomenclature, immédiatement après les
États-Unis, dont elle n'atteint pas tout à fait les totaux de
vente. Au cinquième rang, parmi les pays producteurs,
figure la Belgique, qui, en 1875, débita 9,673,609 hectolitres de bières, manufacturées dans ses provinces.

Les brasseries françaises ne sont pas à comparer, comme
importance relative, avec celles des contrées précédemment
citées, surtout depuis la cession de l'Alsace-Lorraine à l'Al-

lemagne. Leur rendement ne dépasse pas actuellement, croyons-nous, 9,000,000 d'hectolitres par an.

SUBSTANCES TEXTILES D'ORIGINE VÉGÉTALE OU ANIMALE. — Parmi les substances végétales servant au tissage, le coton est l'une des plus utiles. Depuis la fin du siècle dernier, les États-Unis approvisionnaient de ce précieux textile tous les marchés étrangers. La guerre de sécession ayant suspendu ce commerce, les grandes nations manufacturières firent des efforts énergiques pour suppléer aux envois américains, et le coton est cultivé aujourd'hui nonseulement dans l'Amérique du Nord, mais aux Indes, en Perse, en Syrie, en Asie-Mineure, dans les îles de Malte et de Goze, en Grèce, en Espagne, dans l'Italie centrale, en Égypte, en Algérie, au Brésil, etc.

Les États-Unis, toutefois, fournissent encore les plus beaux cotons à longue soie et à courte soie. Les premiers sont employés à la fabrication des mousselines, des tulles, des percales; les seconds aux indiennes et autres étoffes de finesse moyenne, ou entièrement grossières. MM. Albert Murdork, de Boston, et Claghorn Herring et Cⁱᵉ, de Philadelphie, exhibaient au Centenaire des collections fort intéressantes de toutes les variétés de cotons, de provenances diverses, utilisées dans les manufactures. Le *Cotton Exchange*, de la Nouvelle-Orléans, y avait également expédié quelques balles assorties.

Les régions cotonnières, aux États-Unis, embrassent une vaste étendue de territoire, de formation crétacée, relevant des États de Mississipi, d'Alabama, de Georgie, de la Caroline du Nord et de la Caroline du Sud. Elles comprennent, de plus, les districts situés dans la vallée du Mississipi, jusqu'à la hauteur de Memphis, et de considérables exploitations établies sur les bords de l'Arkansas et de la Rivière Rouge. La récolte du coton, en 1874, valut aux Etats-Unis un capital de 200,000,000 de dollars.

Les exposants brésiliens avaient élevé, dans la Halle d'Agriculture, une construction gothique, rectangulaire, de 30 pieds de long sur 20 pieds de large, entièrement formée d'échantillons de coton. Le Brésil fournit surtout des cotons longue soie, estimés pour faire des calicots, de la bonneterie et des étoffes destinées à la teinture.

Signalons encore, parmi les objets exhibés, quelques spécimens de cotons, assez mal nettoyés, venant du Pérou, et quelques produits plus soignés, originaires des provinces argentines de Rioja et de Salta.

L'Inde livre au commerce des longue-soie et des courte-soie. Ceux-ci sont réservés pour la passementerie et les étoffes communes, bien qu'on leur donne depuis quelque temps, grâce à un outillage plus perfectionné, d'autres applications. Les longue-soie du Levant ne sont pas très fins, mais d'une grande solidité.

Le chanvre, dont la fibre résistante est, de même que la matière floconneuse du cotonnier, d'un si grand usage, n'est guère cultivé aux États-Unis. On en produit une médiocre quantité dans le Kentucky, le Missouri et en Virginie. Cet article n'était représenté, à l'état brut, que dans le quart italien, dans la section dévolue à la Confédération Argentine et, très faiblement, dans le quart américain. M. Taulez-Bottelier, de Bruges, avait envoyé à Philadelphie un assortiment d'étoupes de teillage et d'arrachures de toutes qualités, provenant de déchets.

Quelques produits plus ou moins similaires au chanvre, commencent à être mis en usage. Une maison anglaise, celle de MM. Dickson, James Hill et neveux, établie à

Godalming, comté de Surrey, fabrique des filés et des étoffes au moyen d'une espèce d'ortie, la *Rhea*, ou « chanvre de Caloee », venant des Indes. Dans l'Amérique du Sud, on confectionne des cordes et des câbles au moyen de fibres de *caraguata*, de *chaguar* et de *yuchan*. Le département argentin contenait quelques spécimens de ce genre de manufacture.

Une autre plante, l'*Olna*, qui croît aux îles Sandwich, fournit des fibres extrêmement tenaces, dont on fait une sorte d'étoffe, qui a l'apparence d'un papier entoilé.

Le lin commun donne lieu à une culture importante en Italie, dans le nord de la France, en Belgique, en Hollande, sur les bords de la Baltique, en Saxe, en Silésie et en Irlande. Sa production a pris aussi quelque développement aux États-Unis, surtout dans la Virginie occidentale. M. Wannemacher, de North-Jackson, Ohio, avait expédié à Philadelphie des échantillons de lin indigène, et l'*American linen thread Company*, de Mechanicville, en présentait aussi des spécimens.

Au Canada, on sème la variété d'Écosse, qui y réussit assez bien, dans l'État d'Ontario.

Le lin belge, récolté dans les Flandres, et particulièrement aux environs de Courtrai, est très estimé. MM. Henry Leclercq, de Courtrai, et Taulez-Bottelier, de Bruges, en avaient expédié quelques assortiments, qui en faisaient apprécier l'excellente qualité.

Une association hollandaise, ayant pour objet l'encouragement de l'industrie linière, exhibait des lins à fleurs blanches, dont la filasse, comme on le sait, est plus grosse que celle du lin commun ; MM. Gorter frères, de Dokkum, des lins de Frise ; M. A.-F. Van Casteel, de Rotterdam, des lins de Zélande. Cette dernière firme, fondée en 1813, exporte annuellement environ mille tonnes de produits bruts.

Un industriel suédois, M. C.-D. Bergvik, avait exposé des lins rouis au moyen de procédés chimiques. Il est douteux que ces méthodes nouvelles de préparation soient généralement adoptées.

Entre les substances textiles d'origine animale, les laines offrent un intérêt capital, tant pour leur utilité que pour l'immense négoce auquel elles donnent lieu. Pour faire apprécier l'importance de celui-ci, il nous suffira de citer quelques chiffres, en commençant nos recherches en Belgique. Nos importations de laines, de 1841 à 1850, s'élevaient en moyenne à 4,000,000 de kilogrammes, sur lesquels on prélevait, pour l'exportation, de 350,000 à 490,000 kilogrammes, envoyés en France et dans quelques autres pays. La consommation locale, en comprenant parmi les quantités disponibles 2,000,000 de kilogrammes de production indigène, était alors de 5,650,000 kilogrammes environ. Dès 1855, le total des laines importées atteignait 8,342,000 kilogrammes. En 1860, il était presque doublé; en 1865, il montait déjà à 28,000,000. Le mouvement d'exportation, dans l'intervalle, n'ayant guère augmenté, la quantité de matière première employée en Belgique, ladite année, peut être estimée approximativement à 30,000,000 de kilogrammes. Comparons maintenant ces résultats à ceux qui nous sont indiqués pour la période actuelle. En 1875, la Belgique a reçu 103,797,893 kilogrammes de laines, dont 45,824,844 sont restés dans le pays.

En France, les importations de laines brutes, évaluées à 68 millions de francs en 1855, étaient portées, en 1865, à 247 millions de francs. Quant à l'Angleterre, elle se faisait expédier, dès 1863, 174,094,062 livres de laines de mouton et d'agneau, 3,402,582 livres de laine dite d'alpaga et 22,098,944 livres de laines diverses, provenant de chiffons. Elle en exportait 63,926,817 livres. Aux États-Unis, en 1870, on a fait venir de l'étranger — malgré des droits d'entrée très élevés — pour 6,743,350 dollars de laine brute.

Le relevé que nous venons de présenter, tout incomplet qu'il est, justifie suffisamment nos observations précédentes concernant la grande valeur commerciale de l'article dont nous traitons présentement.

On s'est efforcé de calculer les ressources de la production lainière, dans les contrées qui s'en occupent spécialement. D'après les renseignements que nous avons pu nous procurer à cet égard, le nombre des moutons existant sur le territoire de la Confédération Argentine s'élèverait à 80,000,000; dans les îles Britanniques, à 32,246,000; en France, à 30,386,000; en Allemagne, à 30,000,000; aux États-Unis, à 28,477,951; en Autriche-Hongrie, à 16,801,545; dans la Nouvelle-Zélande, à 11,704,853; dans la colonie de Victoria, à 11,221,036; dans la Nouvelle-Galles du Sud, à 5,615,054; en Suède et en Norwége, à 2,950,000 moutons et chèvres; en Belgique, à 662,508 moutons.

Cette nomenclature, que nous devons laisser imparfaite, faute d'informations plus étendues, n'embrasse pas certains pays d'où l'industrie retire cependant de grands approvisionnements, tels que l'Italie, le Portugal, et surtout l'Espagne, qui nous a donné cette belle race mérine, si remarquable pour sa splendide toison, au poil fin, soyeux et bouclé, d'une blancheur si éclatante après avoir passé au lavage.

Le contingent de la République Argentine, en fait d'échantillons de laines brutes, à l'Exposition Universelle

de 1876, comprenait les envois de 51 éleveurs et marchands.
On y observait des produits très fins, provenant de moutons
mérinos léonais, importés jadis de Rambouillet, France, et
acclimatés sur le territoire argentin, et des laines longues
et lisses, obtenues de moutons de descendance anglaise, de
la race des *Lincoln*. Nous avons remarqué, dans le même
déballage, de la laine d'alpaca et des spécimens de poils de
chèvre d'Angora.

L'Angleterre, où se sont développées, par suite de croise-
ments habilement combinés, des variétés ovines précieuses,
telles que les *New-Leicester*, les *Costwold*, les *New-Kent*, les
Southdown et les *cheviots*, n'avait à Philadelphie que des
laines tirées de déchets, exhibées par la *Mill Hill Wool and
rag extracting Company* et MM. Smith, David et Cie, de
Halifax, en Yorkshire. Ses colonies australiennes, d'autre
part, y étaient largement représentées. Dans le quart de
Victoria étaient étalées des laines mérinos d'excellente
qualité, ainsi que des produits de toutes les races anglaises
citées plus haut, et successivement importées en Australie.
Dans le compartiment réservé à la Nouvelle-Galles du Sud,
on avait exposé aussi des laines mérinos. Mentionnons à ce
propos un fait intéressant. Les moutons de race mérine
introduits dans la Nouvelle-Galles du Sud, et choisis parmi
les meilleurs types du genre, s'y sont plus ou moins modifiés en s'y acclimatant. Leur laine est plus longue que celle
des mérinos d'Europe, mais a quelque peu perdu en densité.

Les éleveurs français, du Roussillon, du Bas-Languedoc,
de la Bourgogne, de la Champagne, de la Brie et de l'île de
France, n'avaient pas répondu à l'appel les organisateurs
du Centenaire. Les producteurs allemands s'étaient également abstenus. Quelques marchandises d'Autriche-Hongrie,
consistant en laines lavées et non lavées, avaient été instal-

lées dans la Halle d'Agriculture, par les soins du Comte Aloïs Karolyi et d'une Compagnie industrielle de Buda-Pesth. Cette dernière présentait, à côté de ses lainages, de la potasse extraite des toisons, au moyen de lavages.

Dans le département des États-Unis, nous n'avons à signaler qu'un bon assortiment, venant de l'Orégon. Cet État, où les rigueurs de l'hiver sont inconnues et qui possède des vallées remarquablement fertiles, baignées par trois belles rivières, la Willamette, l'Umpqua et la Rogue, se prête admirablement à l'élevage du bétail. On y compte actuellement 539,600 moutons, qui fournirent, en 1875, 1,863,000 livres de laines, dont 613,000 pour l'exportation. En dehors de l'assortiment précité, il n'y avait, dans la section américaine, que deux étalages, dus à M. George Bond, de Boston, et aux *Northern Ohio woollen mills*, de Cleveland, Ohio, contenant quelques types de différentes qualités.

On s'est ressenti, sur les marchés américains, de l'effet des changements résultant de la transformation récente de l'outillage employé par les filateurs. De 1827 à 1861, c'est-à-dire durant trente-cinq ans, le prix moyen des laines n'avait guère varié à Boston. La laine fine s'y vendait 50,3.10 cents; la laine moyenne 41,3.10 cents; la laine inférieure 35 1/2 cents. D'après ces bases, les laines longues valaient 15 p. c. de plus que les laines courtes. Aujourd'hui qu'on est parvenu à peigner ces dernières, il n'y a presque plus d'écart de prix entre les diverses classes de produits.

Le commerce des laines prend du développement dans l'État libre d'Orange, et nous appelons sur ce point l'attention des manufacturiers belges. On élève sur le territoire de cet État non-seulement un nombre considérable de moutons, mais aussi des chèvres d'Angora. Les récoltes sont expédiées chaque année jusqu'à la côte, dans de grands chariots — auxquels on attelle de sept à dix chevaux — et qui peuvent transporter jusqu'à trente balles de marchandise, pesant chacune 500 livres. Un modèle de ces chariots faisait partie de l'exhibition.

Quatre exposants canadiens, de la province d'Ontario, avaient fait quelques envois, consistant en laines préparées et non préparées, de peu d'importance. Le compartiment portugais, mieux fourni, méritait une visite. Il comprenait de nombreux échantillons, remplissant une vaste armoire de 50 pieds de longueur, et méthodiquement arrangés dans des bocaux en verre. Les laines lavées, y exhibées, étaient cotées de 3 dollars 27 cents à 5 dollars 44 cents les 15 kilogrammes; les laines brutes, de 3 dollars 20 cents à 4 dollars 35 cents.

USTENSILES ET MACHINES SERVANT AUX TRAVAUX AGRICOLES. — L'agriculture, devenue une science, est entrée dans la voie de progrès déjà parcourue par l'industrie manufacturière. Ce mouvement, très sensible en Europe, n'est pas moins actif en Amérique. Il se développe toutefois, de l'un à l'autre continent, dans des directions différentes. Cette divergence résulte, ainsi que nous allons le démontrer, de causes parfaitement déterminées.

En Europe, la valeur des terres arables est très élevée, et la main-d'œuvre à bas prix.

Aux États-Unis, le travail est chèrement payé, tandis que la propriété rurale, sauf dans le voisinage de quelques grandes villes, est à peine cotée.

Que doit-il résulter, logiquement, de ces faits?

De constants efforts, d'une part, tendant à tirer tous les bénéfices possibles du sol, celui-ci représentant la majeure partie du capital engagé dans les entreprises agricoles ; des études persévérantes, d'autre part, ayant pour objet de réduire la main-d'œuvre, encore dispendieuse et rare.

Telle est, en vérité, la situation. En Europe, les améliorations réalisées se rapportent surtout à l'emploi, de plus en plus habile, des fertilisants ; à la bonne direction donnée aux travaux de drainage et d'irrigation ; à l'élève du bétail ; aux installations de ferme. Dans beaucoup de districts, la petite culture — plus profitable là où l'ouvrier ne fait pas défaut — a été substituée aux grandes exploitations d'autrefois, trop difficiles à maintenir d'ailleurs en présence du prix croissant des terres. Aux États-Unis, où le cultivateur a intérêt à étendre sa sphère d'action, à condition d'y employer le personnel le plus restreint, c'est au perfectionnement de l'outillage qu'on s'est surtout appliqué, avec un remarquable succès.

Si les appréciations précédentes sont exactes, il est clair que, durant des années, les deux systèmes se maintiendront parallèlement. L'ancien et le nouveau monde ont cependant, dès aujourd'hui, des emprunts à se faire, et c'est avec la pensée d'en faciliter les moyens que nous commençons notre revue des ustensiles et des machines agricoles exposées à Philadelphie.

Les outils à main, en usage dans l'Amérique du Nord, appartiennent à peu près aux mêmes types que ceux d'Europe. Ils comprennent des houes, à large lame ou à dents ; des bêches carrées, effilées ou pointues, avec ou sans pédale ; des fourches, des bidents, des pics, des pioches, des râteaux, des serfouettes, etc., etc. On les fabrique dans toutes les sections de l'Union, quoique plus activement en Pensylvanie, dans l'Illinois et dans l'État de New-York. Une société industrielle du Connecticut, l'*American Shovel Com-*

pany, de Birmingham, se faisait remarquer, à l'Exposition internationale, par son bel étalage en ce genre. Elle livre une douzaine de bêches, solidement confectionnées, à raison de 13 à 16 dollars, suivant dimensions.

La manufacture des haches, des cognées, des machetés occupe quelques grandes usines à Pittsbourg, admirablement montées. MM. Collins et Cie, de Hartford, exhibaient un assortiment fort complet de ces instruments, à prix modérés.

Les charrues de toutes formes et de tous modèles, des plus simples aux plus compliquées, abondaient dans le quart américain. MM. Speer et fils, de Pittsbourg, y présentaient des charrues araires, ainsi cotées :

Charrues avec flèche de fer.

Poids.	Prix (en dollars et cents papier.)
60 livres. . . .	10.00
70 »	10.50
95 »	12.50
150 »	16.25

Leurs charrues à flèche d'acier, du même poids, coûtent de 1 à 2 dollars 75 cents de plus.

Les mêmes fabricants avaient envoyé à Philadelphie une charrue construite spécialement pour les districts montagneux. Son versoir était disposé de façon à pouvoir être placé, successivement, à la droite ou à la gauche du sep, en exécutant, sous cette pièce, un mouvement de demi-tour. On laboure, dans ce cas, perpendiculairement à la direction de la pente, et en travers de celle-ci. Les charrues *tourne-sous-sep*, système américain, ont été introduites, il y a quelques années, dans l'Allemagne rhénane.

MM. Avery et fils, de Louisville, Kentucky, méritent

également, dans ce groupe, une mention particulière. Leurs charrues les plus ordinaires étaient mises à prix à 46 dollars 70 cents. Ils manufacturent beaucoup de *sulky plows*, ou charrues montées sur deux roues, et munies d'un siége, sur lequel le laboureur prend place. Ce dernier en opère la manœuvre au moyen d'un levier, tout en conduisant l'attelage. MM. Deere et Cie, de Moline, Illinois, exploitent également ce modèle, très en vogue aux États-Unis.

Les buttoirs et binoirs, les scarificateurs, les hersesbrisoires et les extirpateurs occupaient, dans la Halle d'Agriculture, un emplacement considérable. Nous ne nous y arrêterons pas, la plupart d'entre eux ne différant que par des détails peu importants des appareils de même nature employés en Europe. Notons cependant l'un des extirpateurs exhibés par MM. Avery et fils, servant à nettoyer les champs de maïs, assez ingénieusement disposé. Un autre instrument, opérant le dépouillement et l'entassement des feuilles de tabac, mis en vente par M. David H. Hull, de Syracuse, Nouveau-Jersey, attirait l'attention des agronomes.

Parmi les machines agricoles mues par la vapeur, les locomobiles ont leur utilité dans les grandes plantations, situées en plaine. M. Mansfield, de l'Ohio, s'occupe de leur fabrication. Les mécaniciens anglais font d'excellents travaux en ce genre, et les locomobiles, entre autres, figurant à l'Exposition sous le nom de MM. Davey, Paxman et Cie, nous ont paru d'autant plus recommandables qu'elles sont construites très économiquement.

MM. Davey, Paxman et Cie avaient importé, de plus, des moteurs diversement combinés, ainsi qu'un type de chaudière qui leur appartient. La chaudière dont il s'agit se compose d'une enveloppe extérieure, concentrique, entou-

20

rant un foyer intérieur. On verse l'eau, destinée à être chauffée, dans un espace ménagé entre l'enveloppe et le foyer ; elle pénètre, de là, dans des tubes traversant ledit foyer, de haut en bas. Grâce à cet arrangement, il existe dans la chaudière un courant constant et non interrompu.

Les locomobiles d'une autre firme anglaise, celle de MM. Aveling et Porter, de Rochester, offraient aussi quelques particularités. Afin d'éviter des chocs trop violents et de faciliter l'emploi de leurs machines sur un sol détrempé et boueux, les industriels que nous venons de citer introduisent des bandes de caoutchouc très épaisses entre les deux cercles concentriques formant la circonférence des roues de leurs locomobiles. Ils ont, de plus, augmenté la valeur pratique de ces dernières en les appliquant aux moissonneuses, ainsi que nous l'expliquerons bientôt.

L'étude des semoirs mécaniques nous ramène à la section des États-Unis et à celle du Canada, les départements européens ne contenant pas d'instruments de ce genre. On en fabrique beaucoup en Pensylvanie, dans l'Illinois, dans l'Ohio et en Massachusetts. Quelques-uns d'entre eux se règlent automatiquement. M. Charles F. Keller, de Harbour Creek, Pensylvanie, en avait expédié ainsi agencés, fonctionnant parfaitement. La *Keystone manufacturing Company*, de Sterling, Illinois, s'est attachée à produire un semoir à céréales, pouvant être utilisé, aussi efficacement, pour les semailles de graines d'herbes. Les instruments qu'elle avait envoyés à Philadelphie valaient, avec leurs accessoires, 65 dollars.

La Compagnie Goodil, d'Antrim, New-Hampshire, exhibait aussi un semoir à combinaison. Le système qu'elle exploite s'applique indifféremment aux instruments à main et à ceux qui sont mus par des animaux. Les grains de blé renfermés

dans ces instruments sont projetés avec force au travers
d'une quantité de petits trous et tombent sur le sol à intervalles égaux. On peut — nous a-t-on affirmé — ensemencer,
à l'aide de ces appareils, sept hectares par heure. Le diamètre
des trous dont nous avons fait mention est réglé au moyen
d'une plaque mobile, arrangée de façon à le diminuer ou à
l'augmenter, suivant le volume des graines que l'on veut
confier à la terre.

Dans le quart canadien, MM. J. et S. Vassot, de Joliette,
Québec, présentaient un semoir pour grandes exploitations,
destiné à être traîné par deux chevaux. Cette machine était
estimée à 110 dollars.

La classe 672 du catalogue américain, à laquelle nous
sommes arrivés, comprenait le matériel employé aux
récoltes, les faux, les faucilles, les moissonneuses, les
faucheuses, les faneuses, les élévateurs à foins, etc. Les
Américains y figuraient brillamment, surtout les constructeurs du New-York et de l'Ohio ; le Canada y comptait
vingt-sept exposants ; la Suède, deux ; l'Angleterre et l'Allemagne, chacune un exhibiteur.

Nous citions ci-dessus l'application nouvelle, faite par
MM. Aveling et Porter, de la locomobile aux moissonneuses. Elle s'opère de la manière suivante : La moissonneuse, soutenue au moyen d'une grue, est placée à l'avant
de la locomobile, qui lui transmet le mouvement à l'aide
d'une chaîne à la Vaucanson, passant autour de l'arbre à
manivelle. Mise aux champs, cette machine fauche le blé,
d'une seule traite, sur un espace de douze pieds. Un seul
homme suffit pour manœuvrer, en même temps, moissonneuse et locomobile.

On combine aussi la moissonneuse et la gerbeuse. Un
grand nombre d'appareils de cette espèce garnissaient le

compartiment américain. La *Wayne Agricultural Company* s'est fait une spécialité de leur construction. Elle les vend au prix de 115 dollars.

Nous avons remarqué, à l'Exposition internationale, beaucoup de machines à râteau, employées à la récolte des foins et auxquelles on attelle un cheval. Placées sur deux roues légères et munies d'un siége pour le conducteur, leur mécanisme est des plus élémentaires. Il se compose d'un arbre horizontal, sur lequel sont fixées des tiges d'acier, recourbées, minces et flexibles, qui rasent le sol et y ramassent le foin. Lorsqu'elles en sont chargées, on imprime un mouvement de rotation à l'arbre dont il vient d'être question. Les tiges susdites se relèvent, puis retombent dans leur position première, après avoir déposé leur fardeau, très régulièrement entassé. La *Wheeler, Melick Company*, d'Albany, New-York, s'était distinguée par ses envois de faneuses.

MM. Stratton et Cullum, de Meadville, Pensylvanie, fournissent plus de facilités encore au propriétaire de prairies. Ils offraient à son inspection, à Philadelphie, un appareil servant à mettre le foin, mécaniquement, en charrette. Qu'on se représente un essieu, garni de dents, et monté sur deux roues. Il ramasse le foin, à la façon des machines à râteau et l'amène jusqu'à un plan incliné, formé de planchettes, disposées sur des chaînes sans fin. Ces chaînes, dont l'un des bouts est attaché audit essieu, meuvent le plan incliné ci-dessus mentionné, qui élève le foin dont il est chargé — au fur et à mesure qu'il lui arrive — jusqu'à une charrette, placée en suite, dans laquelle la récolte s'entasse, pour être transportée subséquemment en fenil.

Presque tous les modèles que nous venons d'étudier figu-

raient aussi dans le département canadien, où l'on observait, de plus, une grande variété d'arracheurs de pommes
de terre.

MM. Meyer et Cⁱᵉ, de Kalk, près de Cologne, avaient
aussi envoyé quelques faneuses à Philadelphie, d'une bonne
fabrication, mais de types connus.

Les Suédois avaient réuni, dans leur section, une collection de faux et de faucilles, ainsi qu'une moissonneuse.

Les machines à battre le blé, en usage depuis longtemps
aux États-Unis, y ont été fort perfectionnées, surtout dans
l'État de New-York. On peut les diviser en deux grandes
catégories, celles qui agissent sur toute la longueur de la
paille à la fois, et celles qui la soumettent successivement,
d'une extrémité à l'autre, à l'action de l'organe batteur. Ces
deux catégories comprennent à leur tour des subdivisions,
qu'il serait trop long d'analyser en détail. Presque toutes se
trouvaient représentées au Centenaire. On y observait des
égreneurs de tous modèles, depuis le modeste instrument,
manié à bras, jusqu'aux engins plus puissants, mus par un
manége, une chute d'eau ou une machine à vapeur.

MM. Silver et Denning, de Salem, Ohio, se recommandaient aux agronomes par un appareil de transmission de
force, très utile, applicable aux machines à battre, à scier
le bois, etc.

Cet appareil, peu compliqué, se composait d'un plancher,
placé obliquement et reposant sur deux chaînes sans fin.
Des pièces de bois transversales, formant saillie, étaient
clouées sur ce plancher. Un ou plusieurs chevaux — on en
attelle parfois jusqu'à dix — y sont conduits et on les oblige
à y marcher. Le plancher, étant mobile, glisse lentement
sous leurs pieds. Son mouvement est communiqué à un volant, qui le renvoie aux pièces qu'on désire faire fonctionner.

Les chaînes sans fin servant d'assise au plancher sont mises sur roulettes, de façon à subir moins de frottement. Des freins servent à enrayer et à régulariser le déplacement du plancher, en cas de besoin.

Une Compagnie, exploitant les *New-York State agricultural works*, exposait aussi plusieurs machines à battre, accompagnées d'appareils de transmission de forces. L'une d'elles, du poids de 2,550 livres, était mise à prix à 330 dollars; une autre, plus complète, à 375 dollars. Quelques-uns des appareils de transmission exposés étaient de très petites dimensions, de façon à pouvoir recueillir la somme des efforts d'un poney, d'un veau, et même d'un chien. On les adapte, aux États-Unis, aux mécanismes servant à préparer le beurre, à puiser l'eau, etc. Ils coûtent de 25 à 50 dollars.

Les moteurs à vapeur, montés sur roues, appartenant au même étalage, étaient cotés comme suit :

Machines de six chevaux de force, de	3350 livres,	800 dollars.
— huit —	3675 ⊥	900 —
— dix —	3800 —	1,000 —

La plupart des industriels que nous venons de mentionner fabriquent également, en quantité, des concasseurs, des ventilateurs, des cribles-trieurs, etc.

A propos de ces derniers instruments, il convient de rappeler un excellent modèle — dû à M. Pernollet, de Paris — employé en Europe et que nous avons retrouvé à l'Exposition de 1876.

Les trieurs de M. Pernollet se composent d'une trémie, qui reçoit d'abord le grain à nettoyer. Celui-ci passe de là dans un cylindre, dont les parois sont formés de quatre compartiments de toiles métalliques, percées de trous variés. Ces compartiments correspondent à l'encaissement séparateur, où viennent tomber les différentes semences triées dans le cylindre.

M. Pernollet vendait ses cribles de 110 à 200 francs.

Quant aux instruments servant au triage des petits pois, des lentilles, des cafés, etc., on en demande, aux États-Unis, de 385 à 800 francs, selon dimensions.

Les hâche-foin, les hâche-paille, les coupe-racines font partie aujourd'hui de l'outillage de toutes les exploitations agricoles, et nous ne nous arrêterons pas à ce groupe, très nombreux dans le département des États-Unis et dans celui du Canada. La France avait exposé, à Philadelphie, ses belles pierres meulières de la Ferté-sous-Jouarre, justement renommées, et M. Dassonville de Saint-Hubert, de Namur, Belgique, de bons articles du même genre, pour la monture des grains et des ciments.

CONCLUSION.

L'Exposition universelle inaugurée à Philadelphie, en 1876, tiendra une place considérable dans l'histoire de l'industrie et du commerce. D'une part, elle a fait connaître aux populations d'Amérique, pour la première fois — au moins dans leur ensemble — les éléments principaux de l'industrie européenne; de l'autre, elle a permis aux manufacturiers européens, ou à leurs représentants, d'analyser plus complétement qu'ils n'avaient pu le faire jusqu'aujourd'hui les procédés mécaniques si ingénieux par lesquels on supplée, aux États-Unis, à l'insuffisance de la main-d'œuvre. Ces résultats justifieraient déjà l'importance que nous lui attribuons, et cependant elle était encore intéressante à d'autres titres. La Chine et le Japon y étaient admirablement représentés. Dans les sections réservées à ces deux contrées, le travail patient, précis, exact jusqu'à la minutie, de l'ouvrier asiatique, se révélait par de merveilleux produits. Les collections provenant du Brésil, des îles Sandwich, de l'État libre d'Orange et de quelques autres contrées lointaines avaient aussi, au Centenaire, beaucoup plus de valeur et de prix que dans aucune exhibition précédente.

Un fait nous a frappés tout d'abord, en parcourant les divers locaux élevés dans le parc de Fairmount. Chaque nation dont nous examinions tour à tour les déballages semblait avoir pris un soin particulier à présenter, dans toutes les branches de l'industrie humaine — quelle que fût d'ailleurs son infériorité constatée dans quelques-unes de ces branches — des spécimens manufacturés, sortant de ses ateliers, de ses fabriques, de ses usines. Si ces marchandises mal confectionnées entrent dans la consommation, là où elles pourraient être remplacées avantageusement par des articles similaires, de meilleure facture et à plus bas prix, il est clair qu'il faut qu'il y ait — quelque part — déperdition de capital et de labeur.

On a reconnu depuis longtemps, en ce qui concerne la bonne distribution des forces industrielles, les avantages de la division du travail. Si les classifications qui en résultent sont utiles et nécessaires dans leurs applications aux unités sociales, elles doivent, en principe, conserver le même caractère lorsqu'on les généralise, pour les étendre de nation à nation. Les peuples diffèrent entre eux comme les individus. Tous ne disposent pas des mêmes ressources; leurs mœurs, leurs aptitudes varient essentiellement. Dépendants les uns des autres, solidaires quoi qu'ils fassent, chacun

d'eux a une mission à remplir, mais la raison et la logique
n'indiquent-elles pas que cette mission ne saurait être la
même pour tous?

Les efforts inintelligents que nous signalions plus haut,
tendant à maintenir, et parfois même à protéger, contrairement à des lois naturelles qu'on n'enfreint jamais impuné-
ment, des industries factices, non viables, aux dépens
d'autres branches d'activité sociale, susceptibles d'un accroissement normal et régulier, démontrent combien l'organisation économique actuelle est encore incomplète et défectueuse. Les Expositions générales, en mettant à la portée
de tous des éléments de comparaison et d'étude, contri-
bueront largement à modifier cette situation. Sous ce
rapport, elles rendent de précieux et d'incontestables services.

S'il reste encore bien des réformes à réaliser, la belle
installation qui avait attiré à Philadelphie tant de visiteurs
étrangers, nous a fourni une preuve nouvelle que des progrès sérieux ont été accomplis. Les relations internationales
se multiplient et s'étendent; les productions et les besoins
de chacun des pays entraînés dans ce mouvement sont plus
connus et mieux appréciés ; la télégraphie électrique a
supprimé les distances ; les droits prélevés jadis sur la navigation ont été abaissés ou supprimés; le travail libre a
remplacé, dans toutes les contrées civilisées, le labeur dispendieux de l'esclave.

On ne saurait estimer assez haut la valeur des résultats
déjà obtenus. S'ils servent les intérêts matériels de l'humanité,
ils exercent, par ceux-ci, une influence non moins grande
sur son expansion intellectuelle. Les libertés publiques ne
sont bien assises; les sciences, les arts et les lettres ne
brillent de tout leur éclat que là où l'industrie et le com-

merce, en fondant le crédit public et la fortune privée, développent des sentiments d'indépendance chez l'individu, conscient de ses droits comme de ses devoirs, et fournissent les moyens, aux savants, aux artistes, aux poëtes, de se consacrer exclusivement au culte du vrai, du beau, de l'idéal. L'ignorance, source de tous nos maux, ne vit à l'aise qu'à l'ombre de la pauvreté.

La Belgique, dont nous avons à nous occuper plus spécialement, était convenablement représentée à l'Exposition internationale de 1876. Ses étalages, il est vrai, eussent pu être plus complets, et nous y avons constaté mainte abstention regrettable; mais on pourrait répéter la même observation à propos des envois faits à Philadelphie par chacune des puissances européennes. Nous ne reviendrons pas sur ce sujet, que nous avons déjà discuté précédemment.

Si nos produits, dans leur ensemble, faisaient honneur à notre activité manufacturière, le cadre dont on les avait entourés n'était pas tout à fait en harmonie avec le tableau offert par celle-ci. Il était d'une simplicité qui contrastait vivement avec la richesse et la somptuosité d'autres installations, réellement moins importantes. Plus d'élégance dans les accessoires eût été d'autant plus désirable, qu'un pays comme le nôtre, où les traditions d'art sont si répandues et si vivaces, a sous ce rapport une vieille réputation à soutenir, dont il convient de ne pas affaiblir le prestige.

Il nous serait difficile, en ce moment, d'agrandir considérablement notre marché aux États-Unis. Les débouchés toutefois nous manquent, et nous devons nous attacher à en augmenter le nombre. Le chiffre de nos affaires est déjà, il est vrai, fort élevé. Notre commerce général, en 1875, atteignit un total de 4,426,416,407 francs. En analysant ce total, on découvre néanmoins qu'il repose principalement sur le résultat d'opérations faites en Europe. En effet, la part des États européens, sur le montant cité ci-dessus, peut s'évaluer, en 1875, à 4,068,375,853 francs; celle de l'Amérique, de l'Asie, de l'Australie et de l'Afrique, à 358,040,554 francs seulement. Il est à remarquer que nous avons choisi, en prenant pour base de nos calculs les éléments du commerce général, l'exemple le moins favorable à notre thèse. Ces éléments comprennent un mouvement de transit très actif, auquel nous ne prêtons que nos moyens de transport et notre territoire. Si nous avions étudié les tableaux consacrés à notre commerce spécial, nous y eussions vu baisser encore davantage le compte des importations et des exportations s'effectuant entre la Belgique et les contrées hors d'Europe.

Notre négoce, quelque étendu qu'il soit, présente donc — comme les chiffres précédents l'indiquent — de fâcheuses lacunes. C'est de la main de spéculateurs étrangers que nous recevons la plupart des produits coloniaux nécessaires à notre consommation; ce sont eux aussi qui transportent au loin, en les surchargeant de frais qui en diminuent les chances de placement, les marchandises sorties de nos manufactures.

Le désavantage d'une telle situation ne saurait être contesté, et il est urgent d'y porter remède. Qu'il nous soit permis — quant à ce dernier point — d'exposer ici quelques idées générales, résultant de nos convictions personnelles, basées sur une étude consciencieuse du sujet.

Nos industriels, dont les capitaux sont engagés dans de coûteuses installations, ne peuvent évidemment, par eux-mêmes, entreprendre des opérations lointaines, exigeant une mise de fonds nouvelle et des connaissances commerciales très étendues. Il leur faut un intermédiaire, belge ou étranger. Nous savons à quel prix ce dernier fait payer ses services. Quant au négociant belge, il lui manque, pour agir efficacement, une condition essentielle à ses succès : des moyens de communication faciles, prompts et réguliers avec les marchés d'outre-mer.

L'effectif de notre marine marchande, comparé à l'importance de nos expéditions mercantiles, est très faible. Au 31 décembre 1875, le nombre des navires à voiles et à vapeur existant dans les différents ports de Belgique ne s'élevait pas à plus de 59, d'une capacité totale de 50,186 tonnes. Or la Grande-Bretagne en possède 37,136; l'Autriche, 7,440; le Danemark, 2,846; la France, 15,524; la Grèce, 5,202; l'Italie, 32,019; le Mecklembourg, 426; la Norwége, 7,664; l'Oldenbourg, 361; le Portugal, 575; la Prusse, 3,103; la Russie, 2,036, etc., etc. La seule ville de Brême dispose d'une flottille quatre fois plus considérable que la nôtre, dont l'ensemble n'atteint pas la huitième partie des armements de Hambourg !

D'où provient cette infériorité manifeste, par rapport à toute l'Europe, de notre marine nationale? Représenterait-elle, dans notre pays, une de ces industries factices, non viables, dont nous parlions naguère?

Évidemment que non. Nous avons d'excellents chantiers de construction navale; une population côtière qui peut fournir d'habiles marins; des ports spacieux et sûrs.

Notre neutralité politique, garantie par les traités, scrupuleusement observée de notre part, assure de plus à notre pavillon une précieuse immunité.

Pour bien comprendre l'inactivité de nos armateurs, il faut se rappeler les changements importants que la création des chemins de fer, la pose des câbles sous-océaniques et l'application de la vapeur aux transports maritimes ont déterminés dans les allures du commerce. Des lignes de steamers, régulièrement constituées, expédient actuellement, d'un marché à l'autre, avec célérité et exactitude, sans grandes variations de prix, les marchandises confiées autrefois aux navires à voiles, plus lents, plus exposés, visitant tantôt un port, tantôt l'autre, parfois nombreux, souvent rares. Le courant commercial, sauf pour quelques produits pondéreux et à bon marché, tend de plus en plus à dévier vers ces lignes. Il s'accroît là où elles existent; il s'affaiblit là où elles font défaut.

Leur création, toutefois, exige des sacrifices considérables, surtout si elle tend à relier deux points entre lesquels il n'y a pas eu, précédemment, de relations directes. Dans ce cas, en effet, les échanges ne s'établissent que lentement, car on ne s'aventure pas sans hésitation sur un terrain inexploré. Les steamers qu'on y emploie ne reçoivent, dans l'intervalle, qu'un demi-chargement, chacun de leurs voyages se soldant par un déficit. Cette situation, il est vrai, peut se modifier, et de précaire devenir brillante ; mais que d'avances à faire avant d'atteindre ce résultat, que de difficultés à surmonter ! Faut-il s'étonner que l'industrie privée, limitée dans ses ressources, et à laquelle il faut des bénéfices immédiats, recule devant de telles entreprises?

Si nous voulons nous ménager de nouveaux débouchés, nous devons les chercher cependant, non-seulement autour de nous, mais par delà l'Océan. Nous devons relever notre marine, aujourd'hui si négligée, et lui rendre l'importance qui lui incombe, en raison de notre activité manufacturière et mercantile. L'esprit d'initiative, l'intelligence nécessaire pour conduire de grandes affaires ne manquent pas en Belgique : il ne s'agit que d'étendre nos frontières pour leur donner l'essor.

L'intervention du Gouvernement doit se substituer à l'action individuelle là où celle-ci ne suffit pas. Avant l'établissement de nos premières voies ferrées, tracées sous les auspices et par les soins de l'État, on se déplaçait rarement dans notre pays. Actuellement, grâce aux facilités nouvelles offertes à nos populations, un changement radical s'est effectué dans leurs habitudes, et villes, bourgs, villages se trouvent reliés par une circulation constante de voyageurs. Le même phénomène ne se produirait-il pas, et dans de plus fortes proportions, si le Gouvernement, complétant son œuvre, prolongeait ses chemins de fer jusqu'aux grands marchés du dehors, en concourant à la fondation de lignes de bateaux à vapeur consacrées à ce service? Ce système a été suivi par toutes les grandes nations commerciales, et si on y recourait résolûment, n'en obtiendrait-on pas, comme elles, des résultats fructueux?

Veuillez agréer, Monsieur le Ministre, etc., etc.

ERNEST VAN BRUYSSEL.

FIN.

TABLE DES MATIÈRES

TABLE ALPHABÉTIQUE

DES

NOMS D'EXPOSANTS

mentionnés dans le rapport.

www.ingramcontent.com/pod-product-compliance
Lightning Source LLC
Chambersburg PA
CBHW050157030726
47505CB00005B/1414